VS.こち亀

こちら葛飾区
亀有公園前派出所
ノベライズ
アンソロジー

VS.おそ松さん

イラスト：浅野直之

VS.魔術士オーフェン

イラスト：草河遊也

VS.チア男子!!

イラスト：近藤憲一

VS.ガールズ&パンツァー

原画：杉本功　仕上：原田幸子　特効：古市裕一
CG：柳野啓一郎（グラフィニカ）　背景：岩瀬栄治（スタジオ・ちゅーりっぷ）

VS.『ハルチカ』シリーズ

イラスト：山中ヒコ

謎解きは葛飾区亀有公園の前で

集英社

VS.『謎解きはディナーのあとで』シリーズ

イラスト：中村佑介

こちら葛飾区亀有公園前派出所
秋本治

こちら葛飾区亀有公園前派出所

VS.こち亀

ノベライズアンソロジー

集英社

目次

こちら葛飾区亀有公園前派出所　おもな登場人物

両《りょう》津《つ》勘《かん》吉《きち》

新葛飾署亀有公園前派出所に勤務する警官。破天荒な行動、儲け話がからむと発揮される悪知恵の数々で周囲の人間を振り回す。

中《なか》川《がわ》圭《けい》一《いち》

中川財閥の御曹司で両津の後輩。何をしても様になる色男。両津によくお金をたかられている。

秋《あき》本《もと》・カトリーヌ・麗《れい》子《こ》

フランス人の母親を持つ、秋本財閥の令嬢で両津の部下。抜群のプロポーションを誇る才女。

大《おお》原《はら》大《だい》次《じ》郎《ろう》

両津たちの上司で巡査部長。両津の天敵。彼が恐れる存在としては唯一と言っていい。

早《さ》乙《おと》女《め》リカ

新葛飾署の交通課に所属。男勝りで気が強い。

乙《おと》姫《ひめ》菜《な》々《な》

交通課に所属、白バイに乗る。少女漫画家でもある。

擬《ぎ》宝《ぼ》珠《し》纏《まとい》

新葛飾署に勤務。両津が寿司職人として働く『超神田寿司《ちょうかんだずし》』の長女。江戸っ子気質。

擬《ぎ》宝《ぼ》珠《し》檸《レ》檬《モン》

擬宝珠家の次女で幼稚園児。『神の舌』と呼ばれるほど味覚に優れている。

擬《ぎ》宝《ぼ》珠《し》夏《ゲ》春《バル》都《ト》

纏や檸檬の祖母で、『超神田寿司』の大女将。１００歳を越えて店を仕切る。

本《ほん》田《だ》速《はや》人《と》

交通機動隊に所属する。バイクに乗ると性格が変わる。乙姫と交際している。

ボルボ西《さい》郷《ごう》

元傭兵の警官。武器に関してエキスパート。両津のせいでたびたびトラブルに巻きこまれる。

and more...

~6つ子の童貞VS.こち亀女子　魂の合コン~

石原宙

『おそ松《まつ》さん』

赤《あか》塚《つか》不《ふ》二《じ》夫《お》『おそ松くん』を原作とし、2015年からTVアニメーションとして放送された。松《まつ》野《の》家《け》の6兄弟が大人になって帰ってきたのはいいものの、働かずぶらぶらしている様子を描く。原作ゆずりのギャグセンスで大きな話題となった大人気作品。

石原 宙

小さな頃からジャンプっ子でした。毎週発売日に近所の駄菓子屋へ自転車を走らせ、夢中になって読みました。そこにはいつも両さんがいて、驚くべきことに今もいて、やがて大人になった私がその両さんを書くだなんて、人生には夢があります。

扉イラスト　浅《あさ》野《の》直《なお》之《ゆき》

本文イラスト　シタラマサコ

1

たばこの匂いが染みついた椅子の上、いかつい体に角刈りの男が、バンと目の前の台を忌々《いまいま》しげに叩いた。

「あー！　全部飲まれた！　ちくしょう！」

射幸心を煽《あお》るノリのいいBGMに、ジャラジャラと騒がしい音。

「おい！　本当に出るのかこの台！　インチキじゃないだろうな！」

男は、ちょうど通りかかった店員にいちゃもんをつける。

アルバイトらしき若いチャラ男風の店員は、男を見るなりぎょっとして、「い、いえ、まさか」とだけ答えて、そそくさと立ち去った。

「ったく……。気分を変えてちょっと遠くの店まで来てみたが、無駄骨だったか」

浮かせた尻を椅子に戻す。

その男の外見は特徴的だった。平日、しかも昼日中《ひるひなか》のパチンコ屋という、猛者《もさ》たちが集《つど》う魔境にあって、なお際立っていた。

一見ずんぐりむっくりの体型は、その実きわめて頑健で、たいていの攻撃は屁《へ》とも思わない。グローブのように分厚い手。M字につながった太い眉。眼光は鋭く、ただその鋭さは世の不正を暴くより、もっぱら手つかずの金脈を探すために費やされていた。

そして、制服。

警察官の制服である。

水曜日の午後1時。真っ昼間のパチンコ屋である。彼は決してコスチュームプレイをしているわけではない。正真正銘の警視庁所属の警察官なのである。

PPPPP――。

すると、胸ポケットに入れた携帯が着信を知らせる。

「わしだ――って麗子《れいこ》か。何？　早く戻れ？　ダメだ。わしは忙しい。え？　遊んでるんじゃないかって？　そんなわけないだろう！　わしは今パチンコ屋のパトロール中だ！」

大声で通話口に向かって唾《つば》を飛ばした。

この男、警視庁新葛飾《しんかつしか》署地域課所属、亀有《かめあり》公園前派出所勤務。階級は巡査長。

その名を両津勘吉《りょうつかんきち》といった。

――すると。

「あー！　も――！　せっかくチョロ松《まつ》から巻き上げた2000円――――！」

「ん？」

誰かが叫び、両津のすぐ左隣の台が大きく揺れた。

さっきの両津の剣幕と、負けず劣らずの勢いで台を叩く男がいたのだ。

ぐるりと見渡せば、両津のそばにはその男しかいない。

普通、警察官の制服を見て、やましいことがあろうとなかろうと、好き好んで寄ってくる者もいないだろう。場所も場所だ。自然、いつも両津のまわりには空席が目立つようになるのだが、その男だけはまるで空気を読まず、そこにいた。

よほどの強心臓がなせる業《わざ》か、あるいは奇跡の馬鹿なのか。

「また負けたよ――も――……」

肩を落とし、洒落《しゃれ》っ気のない坊ちゃん刈りにした頭をかくと、

「……ま、いっか。今度はカラ松《まつ》あたりから巻き上げよ！」

一言でクズとわかる台詞《せりふ》を吐いて、顔を上げた。

見たところ、特徴的なのは、大きな松のマークがプリントされた赤いパーカーくらいだろうか。下は洗いざらしのジーンズ。やや童顔だが、取り立てて珍しい顔でもない。

そういう意味で、隣の両津と比べると、いかにもこの場になじんでいた。

「あ、お姉さん？　余り玉でコーヒーちょうだい～」

後ろを通ったコーヒーレディに声をかけ、ポケットの中から別に取り分けてあった玉を握って差し出す。入店時や台の移動時、あるいはトイレに立つ時など、店内を歩きながら

少しずつ拾い集めた玉を使い、コーヒーを注文するのが男のささやかな楽しみだった。

「んん？」

その男を見て、眉間《みけん》にしわを寄せたのは両津だ。

「……ん？」

それに気づいて、男も両津を見返した。

視線が交差し、刹那《せつな》の間、二人の間で時間が止まる。

両津は慎重な口ぶりで尋ねた。

「お前……どこかで会ったことがあるか？」

「え？　知らないけど。知らない……ん、あれ、俺もお巡りさんのこと見覚えあるかも？」

2人は同時に腕を組み、「うーん」と首を傾《かし》げて、互いの顔を見つめあう。

「お前、名前は？」

「おそ松《まつ》」

「おそ松……？　おそ松……。絶対絡《から》んだことがあるはずなんだ、ほら23年前くらいに！」

両津は頭を抱えて必死に思い出そうとするが、なかなかどうして出てこない。

喉元まで出かかっている気がするのに、そこから先に出てこない。

「そういうお巡りさんはなんて言うの？」

「両津だ。両津勘吉」

「両津……両津………？　うわ、絶対知ってる……なのに出てこない……」

対するおそ松も同じ反応。「あー」と唸って頭を振ると、

「えっと、ねぇ、両《りょう》さんでいい？」

「ああ、いいぞ」

「両さんってさ、もしかして……って両さん!?　両さんじゃん!?」

おそ松は目を見開き、唐突に気づく。

「お、なんだ、わしを知ってるのか？」

「知ってるも何も！　知らない人の方が珍しいよ！　だって両さんだよ!?」

「そ、そうなのか？　まぁ、たまにテレビに出たりもしたが……」

両津は「わしも有名になったもんだな」と、照れ臭そうに頭をかく。

多芸を極めた男である。バラエティ番組に出演したり、プロデューサーとしてアイドルを育てたり、華々しいメディアへの露出は枚挙にいとまがない。

しかしおそ松、

「それよりニュースでよく見るよ！　どこの建物を爆破したとか、警察にいくらの損害出したとか！　いやー、こんな有名人に会えるなんて！　サインちょうだい！」

「そ、そっちの方か……」

両津は複雑な顔をしながら、おそ松が差し出したチラシの裏にボールペンで署名する。

「でも俺、両さんのこと尊敬してんだよ？　憧れの人っていうかさー」

「憧れだって？　ははは、そんなことを言われるとむずがゆいな」

「だって、いっつも遊んでるように見えるのに、仕事でお金もらえるんでしょ？　今日だってパチンコしてるし？　それで公務員とか、俺からしたら理想だよ〜」

両津の趣味は競馬、パチンコのほかギャンブル全般、あるいはゲーム、乗り物、おもちゃ集め、模型作りなど、呆《あき》れるほど多岐にわたる。

そして、勤務時間中にその趣味に興《きょう》じることは日常茶《さ》飯《はん》事《じ》である。出勤時間も自由であり、朝まで飲んで午後から出てくる重役出勤もお手のもの。とても公務員とは思えない働きぶりに、上司である部長のゲンコツは日に日に破壊力を増していた。

「ば、馬鹿者！　わしだってちゃんと働いてる！　今日だってパトロールだ！」

「へー。やっぱいいじゃん！　パトロールでパチンコ屋に行けるんでしょ？　最高だよ！　俺ならついでに競馬場も行っちゃうね！」

「競馬場だと？」

目を輝かせて言うおそ松に、両津は眉を寄せ、身を乗り出した。

「何だお前、話がわかるな？　わしもよく競馬場へはパトロールに行くぞ」

「マジ!?　いいじゃんいいじゃん！　なら税金で馬券も買っていいよね！」

「いや、それはちょっと……」

「えー？　だってパトロールでしょ？　実際買わなきゃわかんないこともあるじゃん」

「まぁ、それは否定せんが……」

「せっかくだから馬も買おう！　夢だったんだよね〜馬主！　さっすが税金！」

「ううむ……」

「そうだ！　いっそ家の前に競馬場作ろうよ！　できるでしょ？　そう、税金ならね！」

「お前は税金をなんだと思ってるんだ！」

さすがの両津も、珍しく常識的なことを言ってしまう。

しかし不思議と、心のどこかでこの男と共鳴するものを感じていて、

「……だが、なんだか楽しくなってきたな？　わしならこうだ！」

両津は少年のような目になり、人差し指を立てた。

「全国のパチンコ屋から美人のコーヒーレディを集めてアイドルグループを作る！　『いつでもコーヒーを淹《い》れてくれるアイドル』の誕生だ！」

「おー！　いいじゃんそれ！　ハンドルを握る手にも熱が入るってもんだよ！」

「どうせ楽しむなら、金を使うより儲《もう》ける側に行かねばならん。まずはメディアに露出して話題を作る。それから全国を営業して荒稼ぎだ！」

「それならさ、イケメン騎手を集めたアイドルグループもできるんじゃやない？」

「おお、そうだ！　最近の若手騎手にはイケメンが多い！　きっと人気になるぞ！」

「ファンの女の子にドレス着せてさ、白馬の王子様になったイケメン騎手と馬に乗るってイベントをやったらウケるかも！」

「いいな！　競馬場で結婚式をした例があるが、仕掛け次第で定番化できるかもな！」

いつの間にか興奮して、パチンコ屋の騒音に負けないくらいの大声で語りあう2人。

両津は相好《そうごう》を崩し、おそ松の背中をバシバシと叩きながら言った。

「お前見込みがあるな！　気に入った！　ここまで話のあうやつはなかなかいない！」

「痛《い》てて、俺もだよ両さん！　兄弟以外で話のあうやつなんてそんなにいないもん！」

「そうかそうか！　お前、兄弟もいるのか！　そりゃあいい！」

意気投合した2人は肩を組み、体を揺らして満面の笑顔。

俄然《がぜん》、両津はこのおそ松という男に興味が出てきた。

「ところでお前、何をしてるやつなんだ？　ここまでわしと話があうなんて、きっと只者《ただもの》じゃないだろう！」

歴戦の男の眼力である。経験に裏打ちされた両津の肌感覚が、この男は只者じゃないと告げていた。ところがどっこい、

「俺？　ニートニート！　現役バリバリのね！」

そう。このおそ松という男、無職である。二十歳《はたち》を超え、就職活動をする気さえなく、朝からパチンコ屋に入《い》り浸《びた》る筋金入りのクソニートである。

「ニ、ニート……」

　自分の目が節穴だったというか、なるほど納得というか、両津は複雑な気分になるが、気を取り直して提案する。

「そうか……。ならわしが仕事の世話をしてやるぞ？　そういうのは得意だ！」

「え、ほんと？　ん――……でもな――……」

「どうした？　何か都合が悪いのか？」

「そういうわけじゃないんだけど、たぶん就職したって3日ももたないだろうなと思って」

「そこは頑張れよ！」

「いや――、そこ頑張れたらこうなってなくない？　俺なんか、職なし、彼女なし、やる気なしの三重苦なんだよ？」

「なんか気の毒なやつだな……」

「まぁ、せめて童貞くらいは卒業したいとこだけどね――」

「そうなのか……？　ふ――む……」

　おそ松が想像以上に穀《ごく》つぶしだったことに動揺する両津だったが、そういう相手だからこそ自分が世話を焼いてやらねばと思い直す。

「わかった！　ここで会ったのも何かの縁だ！　わしがなんとかしてやる！」

「え、マジで!?」

「ああマジだ！　わしに任せておけ！」

『――わしに不可能なことはない！　わはは！』

『さっすが両さん！　頼りになるー！』

その頃の亀有公園前派出所。派手なピンクの制服に身を包んだ秋本《あきもと》・カトリーヌ・麗子は、今もしぶとく両津と通話を続けていた。

最初こそ麗子も声をかけ続けていたが、両津が聞いていないと知るなり諦めた。とはいえ、どこかの誰かと盛り上がる会話に興味をそそられ、ずっと聞き耳を立てていたのだ。

やがて話が一段落すると、麗子も通話を切り、信じられないような顔をして呟《つぶや》いた。

「……両ちゃんが２人いたわ」

◇

2

――ここは赤塚《あかつか》区、松野《まつの》家。

「いやー。今日もすることないねー」

６つ子の末弟である松野トド松《まつ》は、覇気《はき》のかけらもない声で、床に寝そべって言った。

それに答えたのは、ソファの上でバタフライの動きを繰り返す五男の十四松《じゅうしまつ》。

「そうだね！　逆にあることの方が少ないよね！」

「人間なんてそんなもんだ……。意味もなく生まれたんだから、意味もなく過ごして意味もなく死ねばいい……」

四男の一松《いちまつ》は、部屋の隅で膝《ひざ》を抱き、かたわらで眠る猫の頭をなでた。

すると、ペラペラと無料の就職情報誌をめくりながら、三男チョロ松《まつ》は苦言を呈した。

「そんなことばっかり言ってるからダメなんだよ。時間があるなら仕事を探すか、彼女を作るかしに行ったら？」

「チョロ松の言う通りだ」

窓枠に腰かけ、手鏡で髪を整えていた次男カラ松《まつ》がすっくと立ち上がった。

「……そろそろ行くか。オレを待ってる未来のアモーレを探しにな」

「お願いカラ松兄さん、そのまま帰ってこないで？」

「トッティ⁉」

トド松から辛辣《しんらつ》な言葉を浴び、ショックを受けるカラ松。

「だってさー、ボクらみんな同じ顔でしょ？　なのに街でそんな痛々しいことされたら、ボクらだって外歩けなくなるもん」

「「「そうだそうだ！」」」と、他の兄弟たちからもバッシングが起こる。

「せめてその痛々しいサングラスに革ジャンっていうクソファッションやめようよ。家の中だよ？　それやめるだけで世界に貢献できるんじゃない？」

「そ、そんなに変か……？」と、改めて自分の服装を確認するカラ松。

「あーあ、ボクらがモテないのもカラ松兄さんのせいかもね？　そこから悪評が立ってんだよきっと！」

非難するような口ぶりで言って、ごろんと大の字になるトド松。

そして、淋《さび》しげな声で、ぽつりとこぼした。

「……モテたい」

「ちょっとやめろよトッティ。みんなその事実から目を背《そむ》けてるのに」

「だって！　ボクらみんな二十歳《はたち》を超えて童貞だよ！　もはや人としての存在価値もないんだよ⁉」

チョロ松にいさめられても、なおトド松は体を起こして主張する。

「世の中はカップルのために作られてるんだ！　街に出ればカップル割引⁉　デートスポット⁉　童貞には生きづらいったらないよ！」

「そんなこと言ったら、僕だって世の中はもっと童貞に優しくなるべきだと思ってるよ！」

つい感情的になって言い返すチョロ松。

すると一松も顔を上げ、

「手始めにさ、バレンタインとかクリスマスとかいう非国民イベントを廃止しない？」

「イベント廃止ばんざーい！」と十四松。

「なら、年金とかも免除してほしいよね。なんなら補助金支給してもらってもいいくらい。その分イケメンには重税を課そう」と、チョロ松。

「チョロ松兄さん、政治家みたいだ！」と十四松。

「幸せそうなカップルとすれ違うとさ、その圧力に屈してボクら通路の端っこ歩くじゃない？　そのための手すりもほしいよね」と、トド松。

「バリアフリーだね！」と、十四松。

――人はここまで鬱屈《うっくつ》できるのだろうか。

最早手遅れなほど性根がねじくれた5人の男たち。これが現代の生み出した闇なのか。

しかし彼らの置かれた状況は深刻だった。

二十歳を超えて童貞、職なし、金もない。時間が過ぎれば過ぎるほど、世間との距離は遠くなり、いつか取り返しがつかなくなる。

この中では比較的女子との接点が多いトド松でさえこの始末だ。女子の知り合いがいるだけではダメなのだ。たまにデートに行けるだけではダメなのだ。そこから一歩踏み出して、見栄もプライドも脱ぎ捨てた裸の魂をぶつけ、それが受け入れられて初めて、彼らの本懐は遂《と》げられる。越えるべき脱童貞の壁は、摩天楼のように高かった。

「……お――い――……」

その時だった。

家の玄関でどたどたと音がしたかと思うと、それが階段を駆け上ってくる。

5人が見守る中、部屋の襖《ふすま》がスパァンと開くと、息を切らせた長男おそ松が立っていた。

「どうしたおそ松？　そんなに慌《あわ》てて」と、カラ松。

「どうしたもこうしたも！」

おそ松は必死に呼吸を整えると、震える唇で言った。

それは、天啓にも等しい一言だった。

「お前ら！　合コンするぞ！　なんと6VS.《たい》6だ!!」

「「「「「え……ええええええ――――!?」」」」」

3

亀有公園前派出所は、いわば不屈の派出所である。

警視庁管轄《かんかつ》の機関でありながら、純粋な営利目的で、写真屋、銀行、コンビニなどにその姿を変えられたこともある。車が突っこみ、ヘリが突っこみ、戦車が突っこみ、はてはダイナマイトで爆破され、平和な下町で炎に包まれること数知れず。

決してここは戦地ではない。繰り返すが平和な下町なのである。

そんな地獄に見舞われながら、何度も不死鳥のごとく立ち上がってきたのである。

それもこれも、すべて両津勘吉という男のせいなのだが。

「うーむ……どうしたものか……」

両津が椅子の上で困り顔をしていると、戸口に立っていた長身の男が靴音を鳴らした。

「どうしたんです？　先輩。難しい顔をして」

中川圭一《なかがわけいいち》。両津の後輩に当たる巡査である。

モデルとして鳴らした端麗な容姿、スポーツは万能。そして世界に名だたる中川財閥の御曹司《おんぞうし》であり、自《みずか》らも複数の企業の社長をこなす俊才だ。

お前は世界中の女を手に入れるつもりかとでも言いたくなる怪物的スペックを引っさげ、しかしこの男は毎日制服を着て、なぜか派出所に勤務していた。

「いやぁ、合コンのセッティングをしているんだが、なかなか人数が揃《そろ》わなくてな」

「合コンですか？　珍しいですね」

「ちょっと世話をしてやりたいやつがいてな。だが安請け合いだったか……」

「うちの女性陣はどうですか？　美人揃いと有名じゃないですか」

「声はかけたよ。連敗だ。纏《まとい》は論外だし、マリアにいたっては話してる途中で顔面に回し蹴りをお見舞いされた」

「マリアさんが怒るのも無理ないですよ……」

彼女は先輩にぞっこんなんですから、と中川は言う。

「じゃあ磯鷲《いそわし》さんは？」

「早矢《はや》はダメだ。飲んだら脱ぎだす酒乱だからな」

「保可炉《ほかろ》さんはどうです？」

「動画のレコーディングで忙しいらしい」

「じゃあ、爆竜《ばくりゅう》大佐の娘さんは？」

「ジョディーか？　あいつはしばらくハワイで軍事演習があるそうだ」

中川は「うーん」と腕組みして考える。すると急に思いついて、

「そうです！　たしか早乙女沙織《さおとめさおり》さんという子が……」

「それは『どきどきメモリアル』のヒロインだ！」

両津は頭を抱える。ここまで難航するとは思わなかった。中川の言う通り、署の女性陣は美人揃いだ。6人くらいはすぐに都合がつけられると思ったが、考えが甘かった。

「こうなれば……」

そう言って両津が顔を上げた時だ。

「おはよう。何を話していたの？」

「おお、麗子！　いいところに！」

「な、何？」

出勤するなり、両津が勢いこんできたので、怯《ひる》んで後ずさったのは麗子だ。

「お前に頼みがあるんだ。実は今度合コ――」

「いやよ」

「即答するなよ！　まだ全部言ってないだろ！」

「全部言わなくてもわかるわよ。合コンなんて行かないわ」

「そこを何とか！　全然人数が揃わないんだ！」

両手をあわせ、どうかと頭を下げる両津。

「自業自得。どうせ安請け合いしたんでしょ？」

「う……鋭い……」

つきあいの長い相手である。両津の行動パターンは麗子にはお見通しだった。

「先輩、麗子さんはさすがに……」

察したように中川が声をかけるが、両津は聞く耳を持たない。

「それでも頼む！　どうにか面倒を見てやりたいやつがいるんだ！」

「面倒を見てあげたい人？」

「ああそうだ！　この間パチンコ屋で隣になってな。話のわかるいいやつなんだ！」

麗子には思い当たる節があった。

きっと先日電話の向こうで両津と盛り上がっていた知らない男のことだ。

「頼む！」

両津は頭をさらに下げ、このまま放っておけば土下座をしかねない勢いだ。

麗子は困ってしまった。

合コンなどには興味がない。自分の仕事だって忙しい。

でもこんなに真剣に頼まれたら揺れてしまう。両津という男は、金に汚くて、人の迷惑を顧《かえり》みなくて、不潔で、デリカシーもない。でも、優しいところがある。

麗子は遠くフランスの地で、大富豪の令嬢として生まれ、何不自由ない暮らしをしてきた。

5歳の時からモデルとして活躍し、芸術各方面の英才教育も受けてきた。運動にも優れ、特に射撃の腕は出色《しゅっしょく》で、入りたての警察学校で教官を驚かせた逸話は有名である。

彼女は小さな頃からエリート街道を歩いてきた。才能に恵まれ、環境に愛され、それに甘んじることなく努力を続けてきたからこその境地だった。

そんな彼女でも、この両津勘吉という男には、出会って目を瞠《みは》った。

発想のスケールが違う。行動は破天荒だが、目的は必ず果たす力強さがある。

大事なものは必ず守る。そして何より、いつも楽しそうに生きている。

両津勘吉という男は、彼女にないものを持っていた。

「……しかたないわね」

「え？」と、両津は顔を上げる。

「今回だけよ。両ちゃんのわがままにつきあうのは」

「ほ、本当か、麗子！　やった！　助かった！」

両津は目を輝かせ、小躍《こおど》りをする。

「じゃあ残りの面子《メンツ》はなんとかわしが集める！　ちょっと交通課へ行ってくるから！」

そして言うなり、派出所の前に停めてあった自転車に飛び乗ると、あっという間に消えて行った。

派出所に残され、溜息《ためいき》をつく麗子に、中川は言った。

「よかったんですか？　麗子さん」

「いいのよ、圭《けい》ちゃん。今回だけだから。——それに」

「それに？」

「もう一人の両ちゃんに会ってみたくなったのよ」

4

——モテる男とは何ですか？

カッと、暗い部屋に一筋のスポットライトが当たる。

浮かび上がったのは、テンガロンハットをかぶり、足を組んで椅子に座るカラ松の姿。

「フッ、モテる男だって？　タフガイに決まっているだろう。迷える小鳥たちは、男らしさという名の宿り木を求めている」

——具体的には？

「叩かれても叩かれてもへこたれない男だろう。そう……オレのような男さ」

——では、あなたの考えるモテ男とは？

再びカッと、今度は別の男にスポットライトが当てられる。

余裕のある顔で、ストローからトロピカルジュースを飲むトド松だ。

七分丈のキレイめな白シャツに、リネンのハーフパンツで抜け感を出している。足元はいかにも上級者を思わせるピンクのサンダルだ。

「やっぱオシャレな男じゃないかな？　ダサかったり不潔なのはその時点でダメ」

――自信がおありで？

「まあね。兄弟の中じゃボクが一番脱童貞に近いから。暗黒泥沼最底辺の兄さんたちと比べられても困るよね」

――一松さんはどう考えますか？

「……おれ？」

スポットの光を嫌って椅子の位置をずらした一松は、猫背のまま、世を恨むような半眼で答えた。

「ミステリアスなとこじゃない？　ほら、陰があるっていうか。そういうの」

――なるほど。その人のことがどんどん知りたくなるパターンですね？

「いや、それはちょっと困る……」

――複雑なんですね。

――では、あなたの考えは？

チョロ松は、これ見よがしに広げていた英字新聞からゆっくり顔を上げて言った。

「将来性だろうね。意識の高さっていうかさ。今はダメでも、いつか大物になるんじゃないかっていうオーラみたいなものが女性を惹《ひ》きつけるんじゃないかな」

——日々の弛《たゆ》まぬ努力ということ？

「そういうことだろうね」

——チョロ松さんはどんなことを？

「見聞を広げるために、こうして海外の動向には注目しているね」

——ちなみに今日気になったニュースは？

「英語読めないからわかんないね」


——では十四松さんは？

「長打力かな！」

——長打力ですか？

「打率より飛距離だよね！」

——なるほど。それは野球の話では？

「あと内角打ちがうまい！」

――ありがとうございました。

◇

薄暗い森の中、テントの中でランタンに照らされながら車座になる6つ子たち。

彼らは作戦会議中だった。悲願だった合コンの開催が一週間後と知るなり、彼らはすぐさま弾丸合宿を敢行し、脱童貞を果たすため、ない知恵を出しあっていた。

「みんなの話を総合すると――」

各自の話を聞き終わり、おそ松が内容を総括する。

「痛々しくてもへこたれず、おしゃれさがやけに鼻について、口ばっかりで何もしない意識高い系って感じかな。で、あんまり踏みこんできてほしくなくて、長打力がある！」

しーんと静まり返るテントの中。

「……あのさ、これ本当にモテんの？」と、おそ松。

「なんか逆に絶対モテないモンスターみたいなのができあがったね……」

トド松も深刻な顔で答える。

知恵を結集してモテる男像を探るどころか、彼らがなぜいまだに童貞なのかがご丁寧にあぶりだされた感すらあった。

「もー！　お前らちゃんとやってよー！　これじゃ絶対合コン失敗するじゃん！」

おそ松が苛立《いらだ》った声を上げる。

「具体性に欠けるしさ！　時間もないんだから、もっとちゃんと実になること言ってよ！」

その身勝手な発言に、チョロ松が不満顔で返す。

「はぁ⁉　じゃあおそ松兄さんはどう考えてんの⁉　自分だけ意見言わないでさ！」

「俺？　そんなの決まってんじゃん」

おそ松は考えるまでもないという顔をして、「金でしょ？　金」と言った。

「それじゃ一生モテないだろ！　僕たちニートなんだから！」

呆《あき》れたチョロ松は、おそ松の胸倉をつかみ上げる。しかしおそ松、

「だから俺はせっせとパチンコ屋に通ってんだろー！　馬鹿だなチョロ松は！」

「馬鹿はお前だ！　て言うか、この間貸した僕の２０００円返せよ！」

「２０００円？　ああ、あれ？　そんなはした金にこだわってたらモテないよー？」

「お前ぇぇえええええ！」

チョロ松はおそ松に馬乗りになって、２人は激しい取っ組み合いになる。

長男おそ松は、ノリとテンションだけで生きている６つ子随一の馬鹿である。

こんな調子で、一世一代の勝負を前にした男たちの夜は更《ふ》けていき。

――そして合コン当日を迎える。

5

都内の会場近くの公園へ、一足早く到着した６つ子たち。

予定では、ここで幹事の両津と事前に打ち合わせをすることになっていた。

少し遅れて両津がやってくるなり、６人はずらっと横一列に並び、一斉に頭を下げた。

「「「「「「よろしくお願いします！」」」」」」

「お、おお……」

その迫力に両津はやや怯《ひる》みながら、

「お、お前ら６つ子だったのか⁉」

「え、言わなかったっけ？」

対するおそ松はきょとんとして返す。

「言っていないぞ！　兄弟だとは聞いていたがまさか６つ子だとは……ほう……！」

「同じ顔だ……」と呟《つぶや》きつつ、６つ子たちをまじまじと見る両津。

人並み外《はず》れて経験豊富な男も、生で６つ子を見るのは初めてだったようだ。

そして、両津にはそれ以上に気になる点があった。

おそ松とは一週間ぶりの再会だった。たった一週間。なのにまるで別人のように見えた。

「それよりおそ松……お前、だいぶ感じが変わったな？」

「そう？　え、何か変？」

「何か変どころじゃない！」

　両津の疑問ももっともである。

　一体どこで何をしてきたのか、おそ松たちの服はボロボロで、顔や腕にはいくつもの傷跡が走っていた。腕に包帯を巻く者や、眼帯をする者までいて、まるで今しがた戦場の最前線を駆け抜けてきたかのようだった。そして、体が一回りデカい。肩や胸のあたりは盛り上がり、首は丸太のようで、勢いあまって顔も心なしか劇画タッチである。

　おそ松は平然と答える。

「ああ、山籠《やまご》もりしてたからね」

「山籠もり⁉」

「そうそう、この一週間ずっと。はは、しんどかったなー」

「何で山籠もりなんてしてるんだ⁉」

「いや、合コンだから」

「合コンだから言ってるんだ！」

　目を閉じれば、おそ松の瞼《まぶた》の裏には、激しい修業の日々がよみがえる。

『声だせー！　お前らー！』

『『『『お――――――――‼』』』』

『人生一発逆転だー！』

『『『『一発逆転だ――――‼』』』』

おそ松のかけ声にあわせ、６つ子たちは血眼《ちまなこ》になって野山を駆け回った。

ついに童貞脱出という悲願を叶えるチャンスだった。今まで鳴かず飛ばずの人生を送ってきた。同年代が華々しい道を歩む中、日の当たらないドブ川を歩き続けてきた。

しかし、童貞さえ捨てられれば、すべてチャラになる。

そう、一世一代の勝負を前にした人間は、山籠もりをするものなのだ。

血のにじむような日々を思い出して、カラ松が言う。

「最初にやることは肉体の強化だった。合コンに耐えうる体力と精神力を養うため、徹底的に体をいじめ抜く……。特に下半身の強化に重点を置いた」

「いらないだろそれ！」

両津の突っこみに、チョロ松が首をゆるく振りながら続ける。

「合コンといえばおよそ2時間にも及ぶ戦いだよ？　さらに2次会、3次会へとなだれこむことを考えると、生半可《なまはんか》な下半身じゃ終盤でガス欠を起こしてしまう」

「そんなやつは見たことない！」

さらに猫背の一松が、闇を孕《はら》んだ瞳で呟く。

「何しろ深夜の繁華街……。目がくらむネオン、獲物を狙う黒服の眼光、露出過多な女たち……。一度のミスが命取りだ。次の店が決まらず夜の街を彷徨《さまよ》うなんて失態を犯せば、命を落とすことだって……」

「ない！」

滝行《たきぎょう》もした。崖のぼりもした。好みじゃない女性を瞬時にかわす反射神経を養うため、至近距離から投げつけられるピンポン玉をかわす訓練もした。

「ボクら、これほどまで何かに打ちこんだことなんてなかったよね……」

トド松がしみじみと言うと、

「なかった！　全然なかったね！」

十四松が断言した。

そう、今の彼らはどこまでも前向きで、何にでもなれる気がしていた。

「……そろそろだな」

すると、カラ松がおもむろに公園の時計を見て言った。

他の兄弟たちも同じように時計を仰《あお》ぐと、覚悟を認めあうように、互いに頷《うなず》いた。

兄弟たちはみな揃《そろ》って両腕にリストバンドをつけていた。8月上旬の気温は高く、汗を拭《ぬぐ》うためだろうと両津は思っていたが、どうやらそれは見当違いだった。

「さて……と」

まずはカラ松がリストバンドに手をかけ、ぐいっと外すと、それを地面に放り投げる。

すると。

――ドッシィィイン！

「なんだと⁉」

両津が目を剝《む》く。

信じがたい。なんとリストバンドの重さで硬い土の地面が放射状のひび割れとともに陥《かん》没《ぼつ》したのだ。

さらに他の兄弟たちも続き、

――ズドドドドッシィィイン！　ドドドッシィィィィィィイン！

「何ィ⁉」

あっという間に、周囲の地面が穴だらけになってしまった。

「お、お前ら！　それは何なんだ⁉」

するとトド松がフッと鼻を鳴らし、「トレーニングの一環だよ」と答えた。

「だから何のだ⁉」

理解できない両津に、一松が肩越しに振り返って答えた。

「合コンのさ」

「はぁ⁉」

そして、首を鳴らしながら、その場でボクサーのように飛び跳ねると、「軽い……。体が羽のように軽いぞ……」と陶酔気味に呟く一松。

それを横目で見て、チョロ松が小刻みなジャブを繰り返しながら言った。

「これで軽薄なボディタッチも思いのままだね」

さらに十四松、

「蝶のように舞い！　蜂のように触る！」

「いやいやお前ら何を言ってるんだ⁉　正気を取り戻せ！　これは合コンだぞ！」

しかし、完全に独特の世界に入りこんだ男たちは聞く耳を持たない。

ザッ！　と、6人分の足音が綺麗に揃うと、

「俺たちは今日――光をつかむ！　行くぞ！」

「「「「おお‼」」」」

おそ松のかけ声を合図に、兄弟たちは歩きだした。

居酒屋という名の、戦場に向かって。

「こいつら、本当に大丈夫なのか……？」

その背中を呆然《ぼうぜん》と見送りながら、両津は冷や汗を流した。

◇

合コン会場となる居酒屋は、小洒落《こじゃれ》た和風の店だった。下駄箱に靴を預け、番号札を取ると、順番に板間へ上がっていく。男たちの足取りに迷いはなかった。

「ご予約のお客様ですね。こちらのお部屋になります」

恭《うやうや》しく案内された部屋は、畳敷きのシンプルな部屋だった。

十四松がいち早く歩み入り、スッと屈《かが》みこむと、手のひらで畳をなでた。

「……（こくり）」

こちらに向かい、黙って頷く。

芝（畳）の調子もいいようだ。

もちろん、肉体のコンディションだって万全だった。

体作りの期間は、野鳥や川魚などのタンパク質を多めに摂取したが、２日前から炭水化物中心の食事に変えた。本番に向け、エネルギーを蓄えるためだ。今朝《けさ》の食事も、消化のいいバナナに、疲労回復を助けるオレンジジュースをチョイスした。

「へへ……早くやろうぜ……。体が疼《うず》いてしかたない……」

席に座るなり、眼帯をした一松が机に置かれた箸《はし》を取り、ペロォオオとなめた。

まさに血に飢えた狼だ。もはや人格すら変わっている。

「落ち着け一松。お楽しみは後の方がいいだろう」

カラ松が、禍々《まがまが》しい鋼鉄のトゲがついたサングラスを指で直しながらたしなめた。

「兄さんたち、落ち着きなよ。獲物は逃げやしないからさ」

一方、末弟トド松は余裕を見せていた。兄弟イチ女慣れしているというのは伊達《だて》じゃない。ゆったり胡坐《あぐら》をかき、肩の力を抜いたトド松。その頭も真っ赤なモヒカンだった。

――しかし、彼らはこうするほかなかったのだ。

モテるためにどうすればいいかわからなかった。

ひたすら体を鍛え続けるしか能がなく、その結果、ただでさえダメな頭がさらにダメになり、思考まで筋肉に支配されてしまったのだ。おかげで局地的に世紀末である。

「勝負ごとっていうのは、事前の準備で大半は決まっているものさ」

言い方がウザいが、チョロ松の言う通りだった。

そういう意味では彼らは準備万端。負ける隙《すき》など一分《いちぶ》もなかった。

ただひとつ、彼らに油断があったとすれば。

今日これから、どんな相手がくるかを知らなかったことだ。


「お待たせしました～」


その時だ。

耳をくすぐるような甘い女の声がして、部屋の戸がすらりと開いた。

（（（（（……きた……!!）））））

6つ子の間に緊張が走る。ついにきた。女性陣だ。複数の足音が個室へと入ってくる。

6つ子たちは瞼を閉じ、精神を集中させる。

――そして、思い切って今日の相手を確認した瞬間、激しい電撃が全身を駆け抜けた。

「はじめまして。秋本麗子です。よろしくお願いします」

一人目は、どこのモデルかと思った。ブロンドの長い髪。信じられないくらい高い位置に腰があって、足や腰は細いのに、胸の膨《ふく》らみははちきれんばかりだった。楚々《そそ》とした所作。清楚とゴージャスが高いレベルで融合した奇跡的な美女だった。

「早乙女《さおとめ》リカです～。よろしく～」

そして二人目。〝交通課の暴れ馬〟。どれだけにこやかに笑ってみせても、印象的なつり目とショートカットの黒髪は、利発さと気の強さを隠せない。両津とは犬猿の仲で、ハイヒールで繰り出すチンピラキックの破壊力は抜群だが、見た目は文句のない美人だ。

「あの……乙姫菜々《おとひめなな》……です」

か細い声だ。華奢《きやしや》な体でやや猫背になって挨拶《あいさつ》した彼女は、先の2人とはずいぶんタイプが違うようだ。気弱で頼りなげな雰囲気は、男の保護欲をそそる。可憐《かれん》な少女マンガのヒロインを思わせるが、その実、なんと彼女自身が有名少女漫画家であり、愛野神女《あいのみこ》のペンネームで知られる超売れっ子なのである。

「「「「「あわ……あわわわわわ………‼」」」」」

6人はもはや言葉が出ない。

街でも滅多に見かけないレベルの美女が、3人も揃ってやってきたのだ。

後光が差して見える。闇を駆逐する聖なる光だ。

何も聞かなくたってわかる。彼女たちはリア充だった。

しかもその中でも圧倒的ヒエラルキートップの神リア充だ。

「え……？　ウソでしょ……？　CG？」

トド松がそう疑うのも無理はなく、

「……死んだ…………」

一松が死を覚悟したのも当然の結果だった。

彼らは思い出したのだ。自分たちの立ち位置を。

頭脳を筋肉に支配されていたせいで忘れていた。自分たちが世間的には、誰にも見向きもされない暗黒ドブ川アンタッチャブルクソ虫であることを。

「よろしくお願いします」

麗子がやや首を傾《かし》げながら、そう言ってほほ笑《え》むと、その瞬間に何かが決壊した。


「「「「「「うわぁぁぁぁああああああ!!?」」」」」」


さっきまでの強気は一瞬で霧散した。血に飢えた狼が、憐《あわ》れな子羊に変わる。

蜘蛛《くも》の子を散らしたように、その場であたふた逃げ回る6つ子たち。

鍛え上げたはずの肉体は急激にしぼみ、いつもどおりの軟弱ボディに戻る。

そして、これ見よがしにつけていた包帯や眼帯の類《たぐい》をこそこそ外し始めると、

「それ、お怪我《けが》じゃなかったんですか？」

乙姫にきょとんとした顔で問われてしまい、

「いや、これ、はは、ただのギャグなんで……ええ……」

弱い。弱すぎる。6人の中でも特にイキっていたトド松がへこへこと頭を下げる。

（どうする……!?）

（どうするも何も……！）

（オエ……オエエエエ……）

（やばい！　一松が緊張で吐く！）

視線で互いに助けを求めあう6つ子たち。たった3人の入場でこれなのだ。残りの3人までできたら一体どうなってしまうのか？　死人が出ても不思議じゃない。

「遅れてごめんね～」

そこへきた。きてしまった。残りの3人だ。

恐怖が半分。期待が半分。6人はまたぎゅっと瞼を閉じ、おそるおそる開いた。

――また別種の驚きがやってきた。

「擬宝珠《ぎぼし》檸檬《レモン》じゃ。よろしくな。……ところでゴウコンとは何じゃ？」

「「「「「「……園児⁉」」」」」」

4人目はまさかの園児。身長1メートルにも満たないちびっ子だ。そして、

「な、中川＝エリザベス＝圭子《けいこ》です……」

「「「「「何者!!?」」」」」

真っ赤な顔でおずおずと入ってきたのは、１８０センチの長身。縦ロールのウイッグをかぶり、ケバケバの化粧、極めつけに甘ったるいゴシック風のドレスを身にまとっていた。しかし、誰がどう見たって男。目鼻立ちは整っていて、スタイルも抜群だが、ぐぅの音《ね》も出ないほどの男。それは両津の後輩、中川圭一の変わり果てた姿だった。

そしてとどめは——

「うふ～ん♥　待った～♥　勘子《かんこ》よ～～ん♥♥」

時代遅れのボディコンに極太の三つ編み。チンドン屋を思わせる中川以上の厚化粧。もはや見るに忍びない。気の毒なレベルの女装だった。

「今日は盛り上げちゃうわよ～～ん♥」

首の後ろに片手を当て、体をくねらせるポーズは、時代錯誤も甚《はなは》だしい。もはや口に出すのも腹立たしいが、それは女装した両津勘吉だった。

「「「「「うわぁぁぁああああああああああああああああ!!?」」」」」

両津主催、『6つ子の童貞VS.こち亀女子《かめじょし》』。

かつてない戦いの火ぶたはこうして切って落とされた。

6

「両さん⁉　これどういうこと⁉」

おそ松が鬼の形相《ぎょうそう》で両津に食ってかかった。衝撃の出会いの直後、たまらずおそ松は両津を連れ出し、居酒屋の軒先《のきさき》で不満をぶつけていた。

「わしに任せろって言っといて、6人中1人が園児で2人が男じゃん！」

「わがまま言うな！　頭数が揃《そろ》わなかったんだ！」

ちなみに本当は頭数が揃わないまま5人で参加する予定だった。しかし、困った両津を見かねた檸檬が、何度も「来るな」と言われたにもかかわらず強引についてきたのだ。

すると両津は開き直り、悩殺ポーズをとると、

「ほれ！　わしで我慢しろ！　なかなかのもんだろう！」

「どこがだよ！　目が潰《つぶ》れるよ！」

「あんな上玉を3人も連れてきたんだ！　それで十分だろうが！」

「何言ってんの⁉　むしろ美人すぎて引いてんの！　逆に空気読んで⁉」

「そこは素直に喜べよ！」

店の軒先でぎゃんぎゃんと喚《わめ》きあう２人。

すると、残されて不安になったのか、他の兄弟たちも群れをなしてやってくる。

「ちょっとおそ松兄さん！　あんなとこに僕たちだけ置いてかないでくれる⁉」

チョロ松が不安の丈《たけ》をぶちまけると、

「さすがのオレも……呼吸が困難に……」

カラ松が青ざめた顔でそう言った。

まさか、あんなにいい匂いのする生き物がこの世にいるとは思わなかった。

一息吸えば意識がとろけ、まともな思考ができなくなる。そもそもあまりの美貌《びぼう》に、彼らは視線さえ上げられないのだ。視覚も嗅覚も奪われた状態で、一体どうしろと言うのか。

これ以上放置されれば、五感すべてを失うのも時間の問題だった。

すでに意識が混濁している十四松を支えながら、トド松が訴える。

「ボクたち無職で童貞だよ⁉　あんな空間に放りこんで死んだらどうするの⁉」

「いや、死なんだろう！　そんなことじゃ！」

「死ぬよ！　ボクたちをなめないでよね⁉　ゴキブリは綺麗《きれい》な場所じゃ生きられないんだよ⁉」

「どこまで自分を卑下するんだ！　お前らだってやれるさ！　自信を持て！」

もはやトド松も平常心を保てていない。そこそこ女子慣れしていると余裕を見せていた男の見る影もない。それほどまでに、こち亀女子の美しさは暴力的だった。

あまりのビビりようで、このまま帰ってしまいかねない6つ子たち。

しかし両津にも、そうさせるわけにはいかない事情がある。

ずい、とおそ松に迫って言う。

「お前らの不安はわかる。合コンは不慣れなんだろう？　だが、せっかくのチャンスだ。ひとつ頑張ってみないか？」

「うーん……」

両津の真剣な目を見て、考えこむおそ松。他の兄弟たちも同じだ。

「今日を逃《のが》したらいつ出会いがあるかわからんぞ？　これが最後のチャンスかもしれん」

「「「「「うーん……」」」」」

しかし踏ん切りはつかない。長年しみついた負け犬根性はそう簡単に拭《ぬぐ》えない。

「何も無理をしろとは言わん。自然体でいいんだ。ありのままの自分を出せばいい」

「自然体で？」と、おそ松は訝《いぶか》しむ。

「ああそうだ。いいか？　変に女に気を遣《つか》ったり、いいところを見せようと優しくしたり、キャラにないことをするのは論外だ。なぜなら、女はそれを『弱さ』と感じるからだ。男は常に堂々と、自然体でいろ。そこに女は惚《ほ》れるもんだ」

「なるほど……」

確かに、いつも堂々としている両さんは魅力的に見えると、おそ松は思う。が。

「そんな言われてすぐできれば苦労しないよ！　あの美女相手だよ⁉」

「大丈夫だ！　お前たちだけでやれと言ってるわけじゃない。何のためにわしが女装までしてあちら側にいると思ってる？」

「え？　……趣味？」

「趣味じゃない！　スパイみたいなものだ。お前たちのいい評判を流したり、都合よく事が運ぶよう、裏から糸を引くこともできる。わしはお前らの味方だ」

「両さんが……味方……」

「ああそうだ。わしに任せておけ。何があっても必ずフォローしてやる」

じっとこちらを見て頷《うなず》く両津。

大樹を思わせる頼もしさだった。女装はひどいが、これが自分の目的達成のためには手段を選ばず、ラッセル車のごとく突き進んできた男の説得力だった。

しかし、おそ松はふと湧いた疑問を口にする。

「でもさ、何で両さん、俺たちのためにそこまでしてくれるの？」

「……ん⁉　い、いや、お前たちが気に入ったからだ！　細かいことは気にするな！」

「ふーん……」

「ほら！　わかったなら部屋へ戻れ！　合コンを再開するぞ！」

「えー⁉　まだ心の準備ができてないのに！」

そのまま強引に背中を押され、店の中へ戻されるおそ松たち。

するとそこで、ちょうど何かあったのかと様子を見にきた麗子と鉢あってしまう。

おそ松は彼女に正面からぶつかって、鼻のあたりにぽよん、とした感触を覚える。

「あっ、ごめんなさいっ。大丈夫だったかしら？」

「だ、だだだだだ大丈夫ですっっ！」

舌が回らないおそ松。緊張で針金のように硬直する。今顔に当たった柔らかい感触を思い出すと、頭の芯が熱くなって、なおさら何も考えられなくなる。

やっぱりダメだ。美人すぎる。こんな合コン、チョロQとスーパーカーがレースするようなもんだ。もう帰って楽になろうとおそ松が考え始めた時。

状況を一変させたのは、次の麗子の台詞《せりふ》だった。

「あら、あなた、もしかして両ちゃんと、この間パチンコ屋さんで話してた？」

「え？」と、おそ松は目を丸くする。

「そうでしょう？　私、電話で聞いていたの。声と雰囲気で何となくわかったわ」

「え……ええええええっ⁉」

（電話越しの声だけで、俺のことを認識してくれたの⁉）

思いがけない喜びで、嬉しいやら震えるやら、忙しいおそ松。

「何ていうのかしら、自分に素直というか、自然体なところが両ちゃんと似ていて、だから印象に残ったのかもしれないわ」

（自分に素直で自然体……⁉）

「そそ、そうなんです！　いやー！　俺って自然体でさー！　自分でもそういうところ嫌いじゃないって思ったり⁉　ははっ！」

華麗な手のひら返しである。完全におそ松は吹っ切れた。

さらにおそ松は、同じように麗子と距離をとってどぎまぎしている弟たちに向かって、

「ほらお前らも！　自然体自然体！　いつも通りの俺たちでいこうよ！　なー！」

すると、しばらく戸惑っていた弟たちも勇気づけられ、顔に血の気が戻る。

「確かに！」「ボクたちらしくなかったよね！」「自然体最高！」などと口々に言って、麗子と連れ立って意気揚々と部屋へ戻っていく。

さっきまでの迷いは何だったのか。その背中を見送って、両津は一人ごちる。

「なんてゲンキンなやつらだ……。わしが言っても聞かなかった癖に」

しかし同時に、ほっとしたような、我が意を得たりという顔をした。

「だがこれでいい。あいつらには頑張ってもらわんとな……！」

両津には、この合コンを成功させねばならない事情があったのだ。

◇

ちょうど一週間前。おそ松と合コンの約束をした両津は、その足で知人がオーナーをしている店、つまりこの会場へ足を向けていた。

「へぇ、12人の合コン！　助かるよ！　最近はお客さんの入りも悪くてねぇ」

「うーむ、２８０円均一だとか、安くてそこそこ美味《うま》い店が増えてきたからな」

両津の言葉に、オーナーは渋い顔をして頷く。

「そうなんだよ。かなり得意客を取られてしまった。うちも低価格路線にしないと生き残れないかねぇ」

「いや、安易に価格を下げるのはよくない。一度下げた値段は上げられんぞ？　安さを売りにするならそれなりの設備やオペレーションを整えねばならんしな」

「じゃあどうすれば……」

「むしろ値段を上げろ」

「え？」

「今は二極化が進んでる。安さが売りの店か、特別な体験を提供する高級店か。中途半端が一番いかん。ねらい目は後者だな。ケチな客は相手にするな」

「そんなこと言っても、お客さん来てくれるかなぁ……」

「来させるんだよ。この店にしかないものを作る。それが特別な体験だ」

「うーん……じゃあさ、今回の合コンの紹介料も出すからさ。両さん、考えてみてよ」

「お、いいのか？　合コン……そうだ！　合コンだ！」

両津の瞳は輝いた。これはいつもの、金の匂いを嗅《か》ぎつけた時の瞳だった。

「合コン専門店というのはどうだ！」

「合コン専門店？　え、それは合い席居酒屋とか、婚活バーとはどう違うの？」

「あくまで普通の居酒屋だ。出会いや婚活を売りにはしない。よくある女性無料などにもしない。そうすると途端に敷居が高くなるからな。しかし、合コンを楽しくするためのどこにもない設備を整える。合コンのアトラクション化だ！」

「合コンのアトラクション化……？」

「ゲームセンターや遊園地のようにな！　爽《さわ》やかに遊べる合コンだ！　合コンなんてどうせ下心まみれだが、それを露骨にはできない人情がある。だから多くの潜在需要が眠っているはずだ！　そのミスマッチを解消する。スポーツを楽しむように、大手を振って参加できる爽やか合コン！　これは新たな視点だぞ！」

話しながら、だんだんテンションが上がってくる両津。

「新しい合コン体験ができるという評判を口コミで広げる！　合コンをやるようなやつら

は、またすぐに別の合コンをセッティングするからな。必ず口コミで広がる」

「新しい合コン体験……か。うん、面白そうだ！　じゃあ、試しに1店舗、両さんにプロデュースを任せてみてもいいかな？」

「ああ、わしにやらせろ！　その結果次第で、お前の持ってる都内のチェーン20店のプロデュースもすべてわしに任せろ！」

「えぇ……？　まぁ、わかった、結果次第で考えるよ」

両津には勝算があった。新葛飾署の女性人脈だ。

（美人揃いの癖に、普段から出会いがないと嘆いてるやつらだ。今回の合コンで評判が伝われば、広がるのは早いはず。宣伝費もかけず、大儲《おおもう》けできるぞ！）

「よーし！　わしに任せとけ！　すぐに評判にしてやる！」

7

「じゃあまずは男性陣の自己紹介を聞こうかしら〜ん♥」

部屋に戻るなり、早速両津は気味の悪い裏声で切りだした。

それを受け、6つ子たちも頷《うなず》いた。さっきまでの動揺はない。

――自然体でいい。その助言は魔法のように、彼らを自由にさせていた。

「じゃあまずは俺、長男の松野おそ松！」

いつもの軽薄な口ぶりで切りだしたのは、おそ松だ。

ろくでなし揃《ぞろ》いの6人の中でもそのクズさは頭一つ抜けている。責任感のせの字もない、その場のノリとテンションだけで生きてきた男が、ついに真価を発揮する。

「趣味は競馬とパチンコかな？　将来はうっかり金鉱でも掘り当てて、一生楽に暮らしたいかな～？　はは、よろしく～！」

明らかに麗子を意識して、ちらちらその方向を見るが、場の空気は凍りついている。

しかし彼らは気づかない。なぜなら自然体でいくという呪いにかかっているからだ。

次にカラ松が立ち上がり、

「次男の松野カラ松だ。レディたち、今日は束《つか》の間《ま》のカラ松タイムを楽しんでいってくれ！」

往年のビジュアル系アーティストも舌を巻く華麗さで、バッと両腕を開き、天井を仰《あお》いでみせる。そしてチラッと乙姫に視線を送る。

「あ、はい……」と、困惑しながら答える乙姫。

これはもうある種のハラスメントである。

「待て待て待て！」

氷点下を迎える場の温度に、たまらず両津がカットインした。

「いや、まあ！　お、面白いやつらだろう？　個性的だ！　な⁉」

必死になって女性陣に言い聞かせるが、彼女たちは色のない瞳で無言を貫く。

このままではまずいと考え始める両津。

咄嗟《とっさ》の機転で、兄弟の中では一番おとなしそうな一松に目をつけ、指名する。

「よ、よし、じゃあ次は一松だったか？　お前が自己紹介をしろ！」

「……パス１」

「そんなパス３回までＯＫみたいなルールはない！」

その一方で、

「イチマツ？　平気か？　顔が青いぞ？　水を飲むか？」

「べ、別にいいし……」

見れば、一松のそばには檸檬がいて、体調を気遣《きづか》っていた。一松といえば、兄弟の中でも特に女性慣れしておらず、それればかりか友達もおらず、野良猫の世話だけが生きがいという悲しき運命を背負っている。つまりこの場で最も合コンに向いていないのだ。

「ムリをするな。つらい時はつらいと言えばいい。レモンに遠慮するな」

「だ、だからいいって……。みんなの前で……放っといてくれよ……」

まるで世話焼きの母親とダメ息子である。

しかし一松にとって、園児の檸檬は唯一女性として意識しないで済む相手。しかも園児離れした江戸っ子らしい頼もしさを誇るため、正直な話、心のよりどころだった。

また一方。同じように中川が、今度は十四松の隣に移動していた。

「どうした中川？　じゃない、エリザベス？」

「いやぁ、ちょっと、彼が大変でして……」

困り顔の中川は、助けを求めるような視線を両津に向ける。彼というのは十四松だ。見れば、中川はなぜだか大きな氷嚢《ひょうのう》を持っていて、それを十四松の股間に当てていた。

「十四松くん、平気？」

「ダメだね！」

即答する十四松。彼は完全に勃●していた。テントどころの騒ぎじゃない。類《たぐい》まれな美女を前に、彼の股間はドーム球場のように膨《ふく》れ上《あ》がっていた。

「おい！　何なんだお前らは⁉　もっと普通にやれ！」

たまらず両津が唾《つば》を飛ばす。その光景はどう見たって普通の合コンではない。

しかし、すぐにおそ松が反論する。

「これが普通だよ！　だって両さんが自然体でやれって言ったんじゃん！」

「ぐぬぬぬぬ……！」

悔しいが正論だ。確かに彼らにとってはこれが自然体なのだ。

両津はぎりぎりと奥歯を噛《か》み、

「わかったもういい！　自己紹介はここまで！」

「えー！　じゃあボクは⁉　自己紹介なし⁉」

不満をあらわにするトド松。

さらにチョロ松もバンッと机を叩いて立ち上がり、

「そうだよ！　順序立てて自己紹介できるように、アジェンダまで用意してたのに！」

「なおさらやらんで良かった！」

賢明な判断である。

「じゃあこいつはトド松！　そっちがチョロ松！　中川の隣で下半身を腫《は》らしてるのが十四松だ！　見た通り6つ子の兄弟！　これでいいな！」

「「ええ――――⁉」」

トド松とチョロ松の非難の声にも、両津は耳を貸さない。

これくらい大ナタを振らないと、この合コンは成功しないと、肌で感じていた。

両津は空気を変えようと、大きな手振りで、全員に向かって声を張り上げる。

「では早速ゲームをしまーす！　ハイ！　ドンドンパフパフー！　ほらお前ら！　盛り上がれ！　ほら！　ドンドンパフパフー！」

恐ろしく昭和臭いノリに、いまいちついていけない面々。さらに、

「え……もうゲームするの……？」

「まだほとんど話していないんだけど……」

「そうですね……」

早乙女と麗子が戸惑った声を出し、乙姫も頷いた。

「いいんだ！　合コンなんてノリと勢いだ！　つまらんことを気にするな！」

そこで、スッと立ち上がったのは早乙女だ。

「……ちょっと。両津？」

「なんだ？　早乙女」

「ちょっとこっち来なさい！」

「い、痛《い》てててて！　おいこら！　耳を引っ張るな！」

早乙女に耳たぶを引っ張られ、両津は強引に部屋の外へ連れて行かれた。

◇

「何のつもりだ早乙女！　これから盛り上がろうという時に！」

「何のつもりはこっちの台詞よ！」

廊下に出るなり、早乙女は両津の胸倉をつかんだまま凄《すご》んでくる。

そのつり上がった獣のような目に、両津もたじたじだった。

「あの6人は何なの⁉　最初っから挙動不審だし、自己紹介は意味不明だし！」

「だ、だからそれはあいつらの個性だと……」

「何が個性よ！　そもそも全員おんなじ顔じゃない！　６つ子って何⁉　そんなの聞いてないんだけど⁉」

「わ、わしだって知らなかったんだ！」

「知っておきなさいよ！　幹事でしょ⁉」

「あ、ああ……」

押され気味の両津。一度キレた早乙女は手がつけられない。気の強さは署随一で、さすがの両津も手を焼いてきた。

「あーもう！　彼氏と不仲で、いいタイミングだと思った私が馬鹿だったわ！」

がしがしと頭をかいて自己嫌悪に陥《おちい》る早乙女。

「私もちょっと怖いかも……」

一緒についてきた乙姫も不安を洩《も》らした。彼女には本田《ほんだ》という彼氏がいるが、漫画の取材になると言いくるめ、強引に連れてきた。本田が半泣きだったのは言うまでもない。

「うーむ……」

まずいな、と両津は頭を悩ませる。

そこへ、救いの手を差し伸べたのは麗子だった。

「まあまあリカちゃん。乙姫ちゃん。もう少し様子を見てみましょうよ」

2人の肩に手を置いて、たしなめるように声をかける。

「でも……」と、早乙女。

「まだ話もろくにしていないじゃない。意外にいいところもあるかもしれないし。ね？」

麗子にそう言われると、2人も弱い。

「まあ、麗子さんがそう言うなら……」

「そうですね……」

早乙女も乙姫も、渋々合コンの続行を受け入れる。

そして2人が部屋に戻った後、両津は麗子に頭を下げた。

「麗子！　恩に着る！」

麗子はいつものように溜息《ためいき》まじりで答えた。

「いつもいつもしょうがないわね、両ちゃんは」

「ほんとにすまん！　今回はどうしても成功させたいんだ！」

「いいわよ。松野くんだっけ？　あの子たちのためを思ってやっているんでしょ。それならもう少しだけつきあってあげるわよ」

これまで両津の横暴に散々振り回されてきた麗子だ。そのせいで耐性もついていた。

それに、やり方は強引でも、誰かを思いやる優しさは認めている。

両津と長くつきあってきた麗子だからこその深い理解だった。

（麗子さん……！　なんて優しいんだ……！）

その会話を部屋の戸越しに聞いていたおそ松は、一人感動に打ち震えた。

◇

部屋へ戻ると、頬杖《ほおづえ》をついた早乙女が、目を細めて言った。

「……で、ゲームって一体何をするの？　どうせありきたりなゲームでしょ？」

「ありきたりだと？　ふふん、わしをなめるなよ？　ゲームはすでに始まってる」

「すでに始まってる？　それってどういう……って!?」

怪しみつつ、皿の上の串カツを口に入れた早乙女が、突然声を上げる。

「く、串カツの中に何か入ってる!?」

口の中に違和感を覚えて、べっとそれを手のひらに吐きだした。見れば、

「……ってくじ!?　串カツの中にくじが入ってる!?」

「ああそうだ」

両津が満足そうににやりと笑う。

「その料理名は『王様の串カツ』だ。予《あらかじ》め中にくじを入れて揚げた特別製。注文したのはお前だろう。早乙女？」

「た、確かにそうだけど……。でも『王様』ってどういう意味か知りたかっただけで！」

「それが狙いさ。注文した時点ですでに王様ゲームは始まってる」

「そんな無茶な！」

「がはは！　くじを見てみろ、番号が書いてあるだろ！　串カツは人数分ある。さあ全員食べてくれ。その中の一本が王様だ！」

全員がおずおずと串カツに手を伸ばすと、慎重に口へ入れ、くじを取りだす。

緊張高まる中、各自がくじを確認し、やがて王様が明らかになる。

「あっ……僕が王様だ！」

手のひらのくじを見て、声を上げたのはチョロ松だった。

「ずるいぞチョロ松！」などと、どよめく兄弟たちをよそに、

「で、えっと……王様ゲームって何をするんだっけ？」と、首を傾《かし》げるチョロ松。

ここで童貞ぶりが露呈する。合コン経験値がゼロなのだからしかたない。

両津が「そんなことも知らんのか」と、呆《あき》れながら説明する。

「王様は他の人に何でも命令ができる。たとえば『1番が2番の肩を揉《も》む』とか『3番と4番がキスをする』とかな」

「キ、キキキ、キス……!?」

見るからに動揺するチョロ松。童貞には刺激が強すぎた。

「おい、チョロ松」

すると両津が隣へやってきて、さらに耳打ちする。

「思い切ってやれ。チャンスを逃すな。あんなことやこんなことを命令してしまっていい」

「あ、あんなことや、ここ、こんなこと……⁉」

美しすぎる女性陣を見渡して、顔を真っ赤にするチョロ松。

「男を見せろ」

ぶ厚い拳で胸を突かれ、チョロ松はごくりと唾を飲んだ。

「さあ王様はチョロ松よ～ん♥　さあ張り切って命令をどうぞ～♥」

思い出したように女言葉を使う両津。このまま微妙な空気が続けば、せっかくの会が上滑りして終わる。そうならないよう攻めさせて、一気に距離を縮めさせる考えだった。

緊張感がさらに高まる。

全員が見守る中、チョロ松は大きく息を吸い、覚悟を決めると、命令を口にした。

「お、お、王様と……きゅ、9番が……」

「「「「王様と9番が……っ⁉」」」」

他の兄弟たちが身を乗りだし、口を揃える。

「あ……」とつい乙姫が声を洩らし、慌《あわ》てて手で口を押さえた。

――9番は彼女だ。

5人は察し、そのせいでテンションはさらに上がる。

「て……て……て…………っ」

緊張でうまく舌の回らないチョロ松。しかし意を決して口にした。

「て……て……、手をっ……つなぐぅぅうっっ!!」

――しーん。

静まり返る部屋。それを見てチョロ松は慌てて両手を振り、

「あ、やっぱやりすぎ!? そ、そうだよね、初対面だもんね! えと、じゃあ目をあわせる! そう! 目をあわせるにしよう! そ、それもちょっとやりすぎ……?」

握手自体は、地下アイドルの握手会で経験済みだが、プロと素人《しろうと》では話が違う。全米も顔を覆うレベルのウブさに、周囲は居たたまれない気持ちになる。

すると乙姫が無言ですっと立ち上がる。やはり彼女が9番だったらしい。

「じゃあ、はい……」

机越しにチョロ松へ細い手を伸ばし、その手をきゅっと握った。

「ひゃぁぁぁぁぁぁああああっ!?」

乙女のような声を出したのはチョロ松の方である。

乙姫の小さくて柔らかい手できゅっとされると、壊れたおもちゃみたいに飛び上がり、防御力ゼロの童貞はそのまま床に這《は》い、涎《よだれ》を垂らして悶死した。

「お、おんなのこのて……きゅって……きゅってされちゃった……」

その姿を、一松は汚いものを見るように見下ろすと、

「目障《めざわ》りなやつめ……」

「よし一松。始末するぞ」

一松とおそ松は協力して、悶絶するチョロ松を部屋の隅へドカドカと蹴り飛ばした。

そしておそ松は、「じゃあ両さん次いこう」と促《うなが》した。

「お前ら……兄弟相手に血も涙もないな……」

あまりの鬼畜ぶりに、冷や汗を流す両津。

「だってチョロ松だけずるいじゃん！　女の子に手握ってもらってさ！　俺だって……！

俺だって……！」

「ただの嫉妬《しっと》か……」

一方、トド松は「地獄に落ちたらいいよね」と毒づいているし、カラ松は「やつは越えてはいけない一線を越えてしまった……」とかぶりを振っていた。十四松はといえば、かねてから腫れていた局部がついにバレーボール大になり、中川が対応に追われていた。

「十四松くん、大丈夫ですか!?」

「ぜんぜんダメだね！　あはは！」

ダメらしい。

両津は溜息をつきつつ考える――ここは次のゲームへ移った方が賢明か。

チョロ松に限らず、女子との接触に絶望的なまでに疎《うと》い6つ子では、王様ゲームをしたところで盛り上がらない。まさか一回目でいきなり頓挫《とんざ》するとは思わなかったが。

すると、

「あ、あの……私、そろそろ帰ります……」

乙姫がおずおずと手を上げてそう言った。

「どうした乙姫？」

「いえ、何だか申し訳なくなってしまって……。すみません」

横目でちらりとチョロ松を見る。強引に連れてこられたとはいえ、チョロ松の余りある純情を目《ま》の当《あ》たりにして、彼氏持ちである身に罪悪感を抱いてしまったのだろう。

そして乙姫は丁寧に頭を下げ、部屋を後にした。

「ま、まあしかたないか……」

両津にしても、強引に誘った負い目もある。彼女を見送り、気を取り直す。

「じゃ、次いくわよ〜ん♥　山手線《やまのて》ゲ〜〜ム♥」

「……ねぇ、やるゲームがいちいち古いのはどうにかならないの？」

早乙女が鼻白《はなじろ》む。

「やかましい！　王道には王道の良さがある！　それに今回も普通じゃないぞ？」

両津は意味深な笑《え》みを浮かべる。

「その名も『リアル山手線ゲーム』だ！」

「リアル山手線ゲーム……？」

全員の頭に疑問符が浮かぶ。それを満足そうに見やると両津は、親指で廊下を指す。

「部屋を変えるぞ。ついてこい」

そして、移動したのはすぐ隣の部屋。そこはまるで異次元だった。

「何だ……ここは……？」と、カラ松が部屋の中を見渡して言う。

そこは『電車の中』だった。

壁際に長い椅子。両開きの扉があり、天井からは何本もの吊り革が下がる。

信じられないことに、部屋の中が一両の電車になっていたのだ。

「驚いたか？　近所の潰《つぶ》れた風俗店から丸ごともらってきたんだ。それだけじゃない」

両津は部屋の隅の配電盤のような装置の蓋《ふた》を開くと、器用に操作をする。

すると。

——ガタガタガタガタッ！

まるで地震のように、部屋が激しく震動した。

「な、な、何これっ⁉」

驚いたトド松が、そばにいたおそ松にぎゅっとしがみつく。

「わははは！　驚いたか！　使わなくなった古い地震シミュレーターも拝借してきてな。

組みあわせて本物の電車さながらに揺れるようにした！　迫力だろう！」

ただの山手線ゲームにここまでやる。それが両津勘吉という男だった。

「じゃあ早速やるわよ～ん♥　警笛が2回ずつ鳴るから、リズムにあわせて答えてね～♥」

ポッポーと、確かに2回、リズミカルに警笛が鳴る。

ゲームを始めるその前に、両津はまたおそ松たちに耳打ちをした。

「お題はお前たちが積極的に出せ。男がノリノリでないと女はついてこんからな」

それに頷くおそ松たち。

「古今東西！」

そして、先陣を切ったのはおそ松だ。

「「「「「「古今東西！」」」」」」

次いで、両津と兄弟たちが声を揃える。

「歴代のG1優勝馬の名前！　……トウカイテイオー！」

――ポッポー！

「次は麗子だ！」

「えっ、えっ……!?」

――ガタガタガタガタッッ！

「「きゃ――――!?」」

おそ松から振られたお題に答えられず、部屋が激しく揺れる。

ぺたんと床に座りこんだ麗子と早乙女。

麗子はキッと両津を睨《にら》みつけ、「わからないわよそんなの！」と怒鳴りつける。

「何？　なぜわからんのだ⁉　G1優勝馬の名前なんて、わしなら永遠に言えるぞ！」

「普通だよね！」と、おそ松も賛同する。

「永遠になんてできないわよ！　……もう！　もっと別のお題にしてくれる？」

「しかたがないな……。じゃあ十四松！　今度はお前だ！」

「あはは、わかった！」

いまだ中川に股間を介護されながら、十四松は敢然と立ち上がる。

「古今東西！」

「「「「「古今東西！」」」」」

「過去のセンバツ出場校の名前！　……国士舘《こくしかん》！」

——ポッポー！

「いけ麗子！」

「えっ、えっと……」

——ガタガタガタガタッ！

「「きゃ——⁉」」

再び床に尻餅をつく麗子と早乙女。

「わかるわけないじゃない！　もっと私たちにもわかるものにして！」と、麗子。

さすが、こういうところで気が利《き》かないのが童貞の童貞たるゆえんである。

しかしその後も、

「古今東西！　クールなサングラスメーカーの名前！」

――ガタガタガタガタッッ！

「「きゃ――――!?」」

「古今東西！　歴代の赤塚《あかつか》賞受賞作！」

――ガタガタガタガタッッ！

「「きゃ――――!?」」

女性陣には厳しいお題が続き、そのたび部屋は震動するので、麗子も早乙女も憔悴《しょうすい》して、ぐったりと床に座りこんでしまった。

「もういい加減にしてっ！」

髪をあちこちはねさせる麗子。

それでも懲《こ》りないのがいつもの両津だが、

「……確かにそうだな……」

今回は珍しく同意する。６つ子たちも同様だった。なぜかと言えば、

「オ、オエェェエ…………」

えずく十四松。あまりに激しい揺れに酔って、全員グロッキーなせいだった。

「リアル山手線ゲームはここまでにするか……」

ふらふらの両津がそう言うと、全員が力なく頷く。とは言え、だ。

(思ったよりも骨の折れるやつらだ……!)

両津が仕込んだ数々の仕掛けをもってしても、ここまで捗々《はかばか》しい成果は得られていない。

さすが札付《ふだつ》きの童貞。年季が違った。

次はどうするかと両津が考えていると、安全な部屋の外から見学していた檸檬が声を上げた。

「いかん、カンキチ! レモンは帰るぞ! もう7時じゃ!」

「お、もうそんな時間か?」

部屋の時計を見れば、すでに開始から1時間がたっていた。

檸檬は、合コンの頭数が揃わなくて悩んでいた両津を見かねて、自《みずか》ら進んで参加した。

場が場だけに、両津は来るなと何度も言ったが、優しい彼女が頑として聞かなかった。その代わり、遅くても7時で必ず帰るように両津と約束していたのだった。

「そうじゃ。みんな、世話になったな。先にシツレイする」

律儀《りちぎ》に頭を下げて部屋を去ろうとする檸檬。

と、その後をついていくのは一松だった。

「……おれが送ってく。夜は危ないから」

そして、いつもよりいくぶん軽い足取りで檸檬の後を追っていく。

「あいつ……すっかり檸檬に懐《なつ》いてしまったな」

両津が呟《つぶや》く。最初こそ強がっていたものの、一松は頼もしい檸檬にべったりだった。檸檬が一松の面倒を見て、一松も檸檬を気遣うので、両津も心配せずに済んでいた。

とは言うものの、また2人参加者が減ってしまったことになる。

「リカちゃん、大丈夫……？」

その時、麗子の小さな声がおそ松の耳に届いた。

麗子は自分の乱れた髪はそのままに、ふらつく早乙女を支えてあげていた。

「もう帰る！」と髪を振り乱す早乙女を、「まぁまぁ」となだめている。彼女だってひどい目に遭っているのに、自分から帰るとは言いださない。

おそ松はその姿をじっと見ていた。

すると麗子は、元の部屋へ戻る途中、「ちょっとお手洗いに行ってくるわ」と言い残して、一人だけ廊下を逆方向に歩いて行った。

おそ松の視線は、その背中を追い続ける。

「行ってきたら？」

その様子を察して、声をかけたのはトド松だった。

「い、行くってどこへだよ？」と、少し上ずった声で返すおそ松。

「まさかバレてないとでも思ったの？　気になってるんでしょ。麗子さんのこと」

「え……べ、別にそんなんじゃないし……っ」

「はいはい。ボクらどれだけ一緒にいると思ってるの？　わかるよ、それくらい」

「トッティ……」

「はい。これ持ってっていいから」

トド松が差し出したのは、自分のスマートフォン。

お金もなく、デジタル機器にも疎い6つ子は、トド松以外携帯を持っていない。

「番号きいといでよ。まさか家の電話番号交換するわけにはいかないでしょ」

「お前……。でも……」

「いいから行け！　このバカ長男！」

「痛《い》ってっ!?　お前、急になんで蹴って……！」

「早く！　もう邪魔だからどっか行って！　ほら！」

トド松……お前……！」

トド松はドカドカとおそ松の尻を蹴って、トイレの方向へ行かせようとする。

「早く！」

トド松は有無を言わさない。おそ松は瞼《まぶた》を伏せて俯《うつむ》くと、麗子の後を追った。

8

「ん？　おそ松はどこへ行った？」

「ああ、ちょっと気分が悪くなったみたいで、トイレに行ったよ」

　両津の疑問に、すかさずトド松が答えた。

「そうか……。人数も減ってしまったし、一度休憩するか？　他にトイレへ行きたいやつもいるだろう」

「え、でも……！　そ、そうだ、何かほかのゲームやろうよ！　せっかくだし！」

「ほかのゲームか……。うーむ……だが、あまりいい案がないな」

「えっと……でも……」

　おそ松が麗子と２人きりになるために、この場にみんなを留《とど》めたいトド松。しかし妙案が出ない。そこへ助け船を出したのはカラ松だった。

「フッ、両さん。ここはオレの出番かな」

「カラ松兄さん！」と、思わぬ助けに、瞳を輝かせるトド松。

　カラ松は、髪をかき上げ、もったいつけて言う。

「昨日《きのう》の晩に、オレとトド松で考えたゲームがあるんだが……どうする？」

どうすると言われても。

しかし両津が「おお、それはどんなゲームだ？」と興味を示すので、カラ松はサングラスに手をかけ、位置を少し下にずらすと、腹立たしいほどの上目遣《うわめづか》いで言った。

「――カラ松さんゲームだ」

悪い予感しかしないが、ここはやるしかないとトド松は覚悟を決めた。

◇

麗子が髪を整えて洗面所から出ると、そこに、おそ松の姿があった。

「あら、おそ松さん。あなたもお手洗い？」

「あ、ああ、うん。お、俺も今済ませたとこ。は、はは……」

――間。

（やべ……何話せばいいのかわかんないぞ……）

でもここでいつものようにヘタレるわけにはいかない。

せっかく弟が作ってくれたチャンスだった。トド松のスマホを握りしめる。

「あ、あ、あのっ！」

意を決して、おそ松が言おうとすると、ほぼ同時に麗子が口を開いた。

「本当にごめんなさいね？」

「……え？　……何が？」

「うちの両ちゃんがよ」

「両さんが？」

「ええ。両ちゃんの無茶につきあわせてしまってごめんなさい。ひどいでしょ？」

「い、いや！　そんな！　無茶だからこそ両さんだし、別に俺は……」

「両ちゃんってね、いつもああなの。今日はむしろおとなしいくらい。派出所を壊したり、国際問題を起こしたり、警察官なのに何度も捕まったり。私たちはいつも巻きこまれてばっかりでね。いい加減にしてほしいわ」

そう言って笑う麗子は、口ぶりとは裏腹に、どこか楽しそうに見えた。

おそ松の、スマホを握る手から、ふっと力が抜ける。

「お金には汚いし、自分の好きなことしかしないし、本当最低ね。でも、ああ見えていいところもあるのよ。だから今回は大目に見てやって。お願い」

麗子は両手をあわせて、ウインクをして見せる。

「ああ、うん……。はは、大丈夫大丈夫」

おそ松はそれ以上の言葉を失ってしまった。

「……大丈夫」

もう何も言わず、このまま部屋へ帰ろう。それでいいと思ってしまった。

そして踵《きびす》を返しかけた時だった。

少し離れた部屋から、トド松や、カラ松や、股間にハンデを背負う十四松が、必死に場を盛り上げようとする声が聞こえてきて、それが再びおそ松の胸を打った。

（あいつら……もしかして俺のために……？）

もう一度ぐっとスマホを握りしめる。

「あのっ！　話があるんですっっ！」

おそ松は床に額《ひたい》がつきそうなほど、麗子に向かって大きく頭を下げた。

「え？　話って……？」と、戸惑う麗子。

おそ松は麗子の目をじっと見て、カラカラに渇いた喉へ唾《つば》を流しこんで、言った。

「実は――俺っ――――――」

◇

カラ松さんゲームとは――。

それをカラ松と一緒に考えたトド松が、説明をした。

「ルールはこう。リズム感は山手線ゲームに似てるね。パターンは２つ。
①　パンパンと手を叩いて、参加者の名前と数字を言う。『パンパン、カラ松２』『パン

パン、勘吉3』って感じ。名前を言われた人は、言われた数字だけ、『フッ』って言ってカッコつける。できるだけ痛々しく」

「おい、トッティ。痛々しくって何だ。昨日と話が変わってないか？」

カラ松を無視してトド松は続ける。

「で、もう一つのパターーン。

②　パンパンと手を叩くのは同じで、次に『カラ松さん』って言う。そうしたら全員そろって『イッタイね～！』って指さして言うんだ。なるべく蔑《さげす》んだ感じで」

「おいトッティ。蔑むのか？　昨日は『カッコいい～』と褒《ほ》める話じゃなかったか？」

「じゃあ早速やってみようよ！」

一切耳を貸さないトド松。

――しかし、そこからはカラ松の独壇場だった。

『フッと言ってカッコつける』なんて誰もやりたくないため、指名はカラ松に集中し、当のカラ松はノリノリで、この日のために考えた七色のケレン味を惜しみなく披露する。

「フッ……少しばかり本気を出しすぎてしまったか」

吹き荒れる痛々しさの嵐。怒濤《どとう》のカラ松タイムである。

その被害を一身に受けた早乙女は、２～３歳年をとったような顔になり、

「本当に痛烈だわ……！　もう考えられないくらい……！」

嫌悪感を隠さない。もはや完全に犯罪者を見る目である。

早乙女はすくっと立ち上がり、

「こんな男を野放しにはできないわ……！　あんた、こっちに来なさい！」

そして、ガシャン！　と鞄《かばん》から取りだした手錠をカラ松にかける。

「Oh！　なぜだ⁉」

「あんた存在自体が犯罪スレスレなのよ！　黙ってお縄につきなさい！」

「ギルティ――――⁉」

そして、無情にも手錠をされたカラ松が連行されていくところだった。

部屋の戸をすらりと開け、入ってきたのは、麗子とおそ松。

麗子を先に通した後で、兄弟たちの期待のこもった視線を浴びたおそ松は、それに応《こた》えて口の片端をニッと上げ、右の親指を力強く突き立てた。

「おそ松兄さん……！」

トド松をはじめ、弟たちの顔がぱっと輝く。

すると間髪《かんはつ》入れず、その後からもう一人、誰かが部屋へ入ってきた。

「あ、両さん。ちょっといい？」

それは、両津に店のプロデュースを頼んだオーナーだった。

「どうした？」と、両津。

「いや、ちょっと急用ができちゃったんで、先に約束してた紹介料渡しとこうと思って」

すると、両津の顔色が変わる。

「ば、馬鹿！　ここでそんな話をするな！」

「紹介料……？　両ちゃん、何のこと？」

取り乱した両津を見て、怪しく思った麗子が冷ややかに目を細めた。

「い、いや！　何でもない！　何でもないよな！　なぁ！」

「何でもないことはないだろう両さん。今回の合コンの紹介料じゃないか」

この男、昔から無神経なところがあったと、両津の記憶が警鐘を鳴らす。

「紹介料？　ちょっと、そんなのもらっていたの？」

「あ、ああ、まあ、気持ち程度だ！　でもそれだけ！　それだけだ！」

「それだけじゃないだろう、両さん。この店を合コンの専門店としてプロデュースして大《おお》儲《もう》けするって言ってたじゃないか。そのために今回の合コンは絶対に成功させるって」

「お前！　おいっ!!」

相変わらず口の軽いオーナーに、滝のように汗を流す両津。

「女の子たち、合コンどうだった？　署に帰ったら、口コミで評判を広げていってね！」

無神経も極まると、ここまで罪深くなるものか。

「ぐ、ぐぐ……！」と、苦渋に満ちた顔をする両津。

「なるほど、そういうことだったのね……」

麗子が音もなく立ち上がる。その後ろには鬼の形相《ぎょうそう》をした早乙女もいた。

「私たちを利用してお金儲けするつもりだったのね！」

「すまん！　出来心なんだ！　すま────────ん！」

そこからはお家芸の袋叩きである。

麗子が鋭い背負い投げを放つと、両津は尻から壁を突き破り、そこへ早乙女のチンピラキックが追い打ちをかける。これでは屈強な両津と言えど、ひとたまりもない。

「両ちゃんたら！　いつもいつもお金に目がくらんで！　反省を知りなさい！」

パンパンと手を払い、麗子の一喝。

「すまんっっ！」

愚直に土下座する両津。いつもならここで追撃がくるはずだが──それがこない。

ちょっと今日は手がぬるいなと、両津は疑問に思う。

さらに輪をかけ、おかしなことが起こる。

「ごめんなさ────い！」

気がつくと、両津の隣で、なぜかおそ松が同じように土下座をしていたのだ。

「おそ松？　なぜお前が……？」と、両津が眉間《みけん》にしわを寄せる。

「おそ松兄さん……？」

十四松が呟《つぶや》いた。トド松やカラ松も、何が起きたのかと首をひねった。

「……もういいわよ！　合コンはこれで終わり！」

そして麗子の終結宣言。

――こうして、両津主催の合コンは唐突に幕を閉じたのである。

9

綺麗《きれい》な三日月が浮かぶ下、みんな揃《そろ》っての帰り道。

「いやーやっぱりダメだったねー」と、トド松。

「まぁわかってたけどねー」と、いつの間にか復活していたチョロ松。

言うものの、それほどショックを受けるでもなく、だらだら夜道を歩く6つ子たち。

「でも楽しかった！　あはは！」

十四松は万歳をして言った。その下半身は、やっと人の姿を取り戻していた。

「……今日、十四松は何にもしてなかったけどね」

猫背で歩く一松が呟《つぶや》くが、本人はいたって満足そうだから、いい会だったのだろう。

ちなみに一松は、檸檬を送ろうと店を出たものの、すぐに迎えの車がきたせいで、名残惜しそうな顔で部屋へ戻ってきていた。

ほかの兄弟たちも満足げだった。終始ドタバタだったし、彼女を作るという本来の目的も果たせなかったが、結果的にとても楽しい合コンだった。

――ただ、納得がいかないのはトド松だ。

「で、どういうことか教えてくれる？」

一人、一番後ろから、ポケットに手を突っこんでついてくるおそ松に問いかける。

「え、何？」

「何、じゃないよ！　麗子さんに番号きけって言ったでしょ！　それが何で両さんと一緒に土下座することになってんの？　意味わかんないんだけど！」

「えー？　まあいいじゃん、別に」

「よくないよ！　チャンスだったのに！　麗子さんならきっと番号教えてくれたよ⁉　せっかく両さんと似てるって好印象だったのに！」

「……だからだよ」

「え？」

「だから謝ったんだよ」

――おそ松と麗子が、居酒屋の廊下で話したあの時。

頭を深々と下げたおそ松はこう言った。

『先に謝ります！　ごめんなさい！』

どうして謝るの、と戸惑う麗子に、おそ松は理由をこう話した。

『俺と両さんが似てるって言ったでしょ？　本当そうなんだよね。考えてることがわかるっていうか。だから俺さ、両さんを、そ、そ、そ、そ、の、か、し、て、悪だくみをしちゃったんだ』

おそ松は気づいていた。この合コンを利用して、両津が金儲《かねもう》けを企んでいることを。やけに必死だったし、初対面の自分たちに世話を焼きすぎるのも、裏があると思っていた。それは金に汚く、悪知恵が働く者同士だから通ずる思考のシンクロだった。

だからおそ松は謝った。

この企みは、自分が始めたことなんだ、と。

当然嘘《うそ》だ。でも言った。なぜなら、両津が自分の世話を焼いてくれようとした気持ちは本物だったし、せめて今回だけでも、麗子を悲しませたくないと思ったからだ。すぐにばれる幼稚な嘘だとしても、この時のおそ松はそうしたかった。

「……あーあ。らしくないことするもんじゃないなー」

おそ松が、ぼんやり月を見上げて呟いた時だった。

「――おーい！　お前ら！　ちょっと待て！」

出し抜けに、背後から呼ぶ大きな声が聞こえた。

「あれ？　両さん？」

おそ松が振り返ると、サンダルを鳴らしながらこちらへ走ってくる両津が見えた。

「やっと追いついた！　今日は悪かったな、お前ら」

「両さん、どうしたの？　帰ったんじゃなかったの？」

彼らとは店の前で別れたはずだった。両津は息を切らせて答えた。

「いや、麗子に言われてな」

「麗子さんに？」

「ああ。お前らと飲み直してこいってな」

６つ子たちは、どういうことかと、揃って首をひねる。

「今回の紹介料もそのままもらった。当然取り上げられるものだと思ったんだが、麗子のやつ、一体どういう風の吹き回しだろうな？」

両津も首をひねりつつ、

「ただし、代わりにその金でお前たちと飲みに行ってこいだと。だから追ってきた。最後に麗子のやつ、何のことかはわからんが、いい友達を持ったわね、と言ってた」

「え？」と、おそ松。

（まさか……麗子さん……）

「あと、おそ松にも麗子から伝言だ。――あなたはとても優しい人ね、だとさ」

おそ松はしばし言葉を失った後、思わず笑ってしまった。

「……はは、そっか」

どうやら、相手の方が一枚も二枚も上手《うわて》だったようだ。

おそ松は頭を振り、うーんと大きく伸びをすると、景気のいい声で言った。

「よーし！　じゃあこれからみんなでチビ太《た》の屋台に行くかー！」

おそ松の提案に、「いいね！」「やったー！　両さんの奢《おご》りだー！」「これまでのツケの分もね！」「待て！　そこまでは面倒見れん！」などと、口々に声を上げる面々。

軽やかな足取りで、6人がチビ太のおでん屋に向かって足を向けたところだ。

ふと、十四松が気づいて言った。

「あれ？　カラ松兄さんは？」

「「「「「…………………」」」」」

言われて、きょろきょろと辺《あた》りを見回す6人。

……いない。思えば、帰り道の間、ずっといなかった気がする。

両津が思い出したように言う。

「ああ確か、カラ松だったな？　あいつなら、早乙女に手錠をされたまま、署まで連行されていったぞ？」

「「「「「……え？」」」」」

――その頃、暗く冷たい留置所では。

「助けてくれブラザ――――――――――――――――!!」

手足に枷《かせ》をつけられたカラ松の、悲しい叫びがこだましていた。

〈おわり〉

魔術士オーフェン・迷宮編

いったいどうしてこうなった

秋田禎信

『魔《ま》術《じゅつ》士《し》オーフェン』シリーズ

もぐりの金貸しで魔術士であるオーフェンを主役とした物語。近代文明と魔術が融和した世界観が、高度な筆力で描かれた本作は『ハイブリッド・ファンタジー』と称され人気を博した。シリーズは累計1000万部を突破し、ライトノベルの先駆けとなった作品。TOブックスから新装版が刊行されている。

秋田禎信

わたしが物心ついた頃には両さんは既にいて、幼かったわたしからすると両さんは大人で、カッコいいことをしている人でした。大人の世界を見せてくれたというか……「警ら」「始末書」なんて言葉はこち亀で覚えました。そんな背伸びをさせてくれるのぞき窓、こち亀はそんな感じだったのです。

扉・本文イラスト　草《くさ》河《か》遊《ゆう》也《や》

酔って眠ったわけじゃあない。

そもそもあれっぽかしほどで酔うわけもない。

一升か……二升か？　いやもっとか。とにかくまあ、酔いつぶれたはずはない。

酩酊《めいてい》とも異なった奇怪な感覚に、次々と心当たりを挙げていく――寝ているうちに寮が爆発した？　派出所に隕石が落ちた？　一夜で地球が真っ二つに割れた？　単に脳天を強打された？

どれもあり得ないこともない。いや、それくらいのことは毎週のように起こってきたともいえる。

貼りついたように眼球から離れないまぶたをどうにかこじ開けて、彼は、眠りの呪縛《じゅばく》から逃《のが》れようと足掻《あが》いた。眠ければもうひと眠りすればいいだけのこと――と二度寝を決めこむのは、本能が拒絶した。

なにかがまずい、危ない、と身体が訴えている。どうやら状況については、頭より先に身体が理解しているらしい。

五感を取りもどすにつれ、ひとつひとつ異変を把握した。まずは手に触れていた草と石、土の感触……どうやら外に寝ていたようだ。これは別にいい。

匂い。外で寝た時には真っ先に感じることになる下水と排ガスではなく、湿気と腐葉土の香りがする。それも濃い。公園とは違う。寝る前に山奥にでも迷いこんだのだろうか。

面倒になってきたので聴覚と味覚は手早く。聞こえてくるのは鳥の鳴き声と風の音。味覚云々ではないが、ひどく腹がすいている。まるで何日か食いはぐれたように。

（おかしいな。給料日は一昨日《おととい》だろ……そうだ。だから中川《なかがわ》の自家用ジェットを乗っ取って、空の上で二十四時間ぶっ続けで飲んでたんだっけ。まあそれなら世界の何処《どこ》で目を覚ましてもおかしかないか。にしても、機外に放り出されるとは……）

徐々に疑問を解きながら、両津勘吉《りょうつかんきち》巡査長はようやく目を開けた。

「あれ。制服じゃないな」

最後の記憶と違う格好だ。上着を引っ張って眺めながら、両津はしかめっ面《つら》で眉を上下した。

「なんだこりゃ。いつもと違うにしても……なんつうか、ものすごい違和感だな。九〇年代というか、いやまあ、こういう服着た奴を九〇年代に見かけたってわけでもないが……」

バンダナに指ぬきグローブ。革のジャンパーに革パンツ。やたら頑丈《がんじょう》なブーツは鉄骨でも入っているようだった。さらには鎖のネックレス。寝がえりでも打てば胸に突き刺さりそうな棘《とげ》だらけの代物《しろもの》だ。剣と龍モチーフの。

「どっかの族と服をとっかえっこしたか？　うーむ。てことは今、警察官の制服着たバイク野郎が暴れてるかもしれんわけか。まずいな。服はともかく拳銃と装備は取りかえさんと……」

まだ頭痛はしたもののなんとか起き上がって、あぐらをかく。予想通り森の中だった。周りは木ばかり、草ばかり。

頭を抱えて、おぼろげな記憶を手繰《たぐ》り寄せる。

「なにが起こった？　まったく思い出せん。酒を切らせたもんだからジェット燃料でも飲んでやるとハッチをこじ開けようとした気がする……機外に飛び出たのはそのせいか？　いやさすがにそれはどう転んでも無事で済まないように思うが……怪我《けが》はないな」

しかし改めて見回してみると疑問点はなお増えた。

「いや待てよ。落っこちてきたようでもないし、足跡もない。わしはどこからここに来たんだ？」

まるで忽然《こつぜん》とこの場所に出現したという見え方だが、そんなはずはない。こんな森の奥にどうやって運ばれたのか。もちろん車もバイクも無理だ。パラシュートの類《たぐい》も見当たらない。パラシュート自体はどこかの木にひっかけてしまったというのはあり得るが、こんなラフな格好をしているくせに身体にハーネスの擦《す》り跡すらなかった。

どう筋道を推測しても辻褄《つじつま》が合わない。いくら泥酔しても空が飛べるようになるわけでもなし……

「ん？」

静かだった森に、なにかの物音が響いた。

遠くから足音……だけではない。めりめり、ばりばりと木がへし折れる。小枝や草ではなく、大木が倒れる音だ。

「クマか……？」

しかし、いくらなんでもクマが木を押し倒すことはない。

「象か。てことは、インドかどっかか？　にしちゃあ、ジャングルって感じでもないが」

またまた疑問は増えるものの、今度ばかりは考えている場合でもなかった。なにしろ、音は次第に近づいてきている。つい反射的に手が腰に触れるが、そこにニューナンブM60はなかった。

両津は舌打ちした。

「つっても象相手じゃ通じんか。相手は陸上で最強だ。機関銃か爆弾くらいないと」

逃げ道を探そうと見回す。が、どこを向いても似たような森の中だ。

そしてその密集した木々の間に、顔が見えた。

象ではない。象くらいの大きさがあるサイの顔だった。

違う、サイでもない……木の間からのぞいているだけでも違和感が見て取れる。

まず、でかい。リクガメのような甲羅《こうら》を背負って、さらにその甲羅は三角の山のように盛り上がっている。さらには甲羅に無数のトゲトゲが突き出していた。

その甲羅の中からだろうか。ヒィィィ……という、機械のような回転音が聞こえている。エンジン、いや、そうではない。爆音のない純粋なタービン音だ。ジェットか、あるいは発電機といった……

考えがまとまらないうちに、相手もまた両津を見つけたようだった。大きく口を開ける。鳴くのか、と思えた。鳴き声ではないが、タービン音はさらに強さを増して——

突如として大気を劈《つんざ》いた雷鳴は爆轟《ばくごう》のようだった。途方もないエネルギーが生まれ、森全体を紙細工のようにうねらせる。両津が咄嗟《とっさ》に身を伏せたのは、突風から身を守るというよりはなにかつかまなければ身体ごと飛ばされると感じたからだった。

体感できたのは衝撃だけで、とうに通り過ぎていった光は目に残った黒い残像でしか視認できなかった。稲妻だ。放たれた雷光は鞭《むち》のようにうねり、何度も大地を打ち据《す》えながら彼方《かなた》まで伸びていった。爆発が大量の木々を地面から剝《は》ぎ取る。見ためは電気だったが、地面に触れても吸収もされずにいる。

特殊な破壊光線か。理屈はともかく、威力はとんでもなかった。直撃こそしなかったものの、ほんの数メートル横を掠《かす》めただけで吹っ飛ばされる。

「痛《い》ててててて……」

めまいのする頭を抱えて起き上がった。

「とんでもねえな。口から光線って、マジモノの怪獣か！」

ぞっとしながら、両津はうめいた。銃だの爆弾だのというレベルでもなかった。最低限でもミサイルかメーサー兵器が必要だ。

あたりの木が吹っ飛んだおかげで、相手をしっかり確認することができた。

形はさっき見た通り、三角錐《すい》の甲羅を背負った巨大なサイだ。放電したということは、このタービン音は本当に発電機か。

もちろんそんな生物がいるわけがない。インドでもどこでも無理だ。大きさからして尋常ではなかった。ビルほどとは言わないが、建物並みのサイズ。この大きさのものが地上を歩いているという時点で、その頑強さが金属以上だと想像がつく。重量も想像を絶するものだろう。蹄《ひづめ》のある足が踏むたび、柔らかい森の土に深く沈んでいるのが分かる。

「えーっと」

とりあえず両津は、両手を挙げた。

「まあ待て。落ち着け。怒って暴れてるのか、常日頃光線出して暴れる生物なのかも分からんが……取引しよう。懐柔《かいじゅう》だ、怪獣だけに」

向けた手のひらの数メートル先に怪獣の顔がある。

尖《とが》った鼻先を、横にくいっと傾けた。

「よーし、よーし。なんだ、案外聞き分けいいじゃねえか。よく見ると目も知的で――」

なだめすかしつつ、両津はゆっくり後ずさりした。慌《あわ》てず焦らず、穏やかに。クマの対処法だが、とりあえずこの怪物相手にも通用すると願うしかない。

慎重に後退していくと、距離が開いてきた。

「うむ、この調子でいけるか。坊ちゃん実に利発そうだ。ここはひとつ大人《おとな》しくしてだな、わしのことなんか気にせず、よろしくやっていてくれ。人里まで逃げたら米軍連れて帰ってきてやるからな」

背後を見やる。さっきの光線を思えば木の中に逃げこんだところで安全とも言い難《がた》いが、それでも身を隠せれば気休めにはなる。

また敵のほうを向くと、怪獣はもう両津から興味をなくしたようだった。余所《よそ》を見ている。あまり目が良くないのかもしれない。

「フフ。さすがにニブい。ビビる必要もなかったな」

すると。

まるで寝転がろうとしているように、怪獣は身体を傾け始めた。

といっても甲羅があるので簡単ではない。ひっくり返ればもとにもどれなそうだが。意表をついた動作に、両津は思わず足をとめた。

怪獣は片側の脚で地面を蹴ると、ついに横倒しになった。これ以上いくと仰《あお》向《む》けになる

――というところでバランスを取って静止する。そして。

「いっ……！」

絶句する。怪獣はそのまま転がり始めた。横回転ではなく、両津のいる前方に突っこんでくる縦回転だ。巨体の回転は急速に勢いを増し、パンジャンドラムを思わせる。ただし絶妙に平衡《へいこう》を保って横転もしない。

「うおおおおおおお！」

もう慎重になどしている場合ではない。背を向けて逃げ出した両津だが、あっと言う間に怪獣に追いつかれた。

轢《ひ》かれる――と腹をくくるが。

結果は少し違った。ある意味ではもっと過酷だ。回転する甲羅に生えたトゲ、その隙間《すきま》にはまりこんで、引っかけられた。

「あばばばば！」

助かったといっても乾燥機に放りこまれたようなものだ。引っかけられたトゲに逆にしがみついて耐える。遊園地のコーヒーカップの要領で回転に意識を合わせた。だんだんと慣れて、状況が分かってくる。

そのうち木にでもぶつかれば、回転はいつまでも続かないはずだったが。なんと怪獣は直進しているのではなく、先ほど出来た空き地を器用に旋回している。つまり円を描いて回り続けていた。これでは永遠にこのままだ。

舌を噛《か》むので独《ひと》り言《ごと》もいえない。いや、そうだ。独りごちれない。慣れたといっても激しい回転は三半規管をおかしくして幻聴まで聞こえてきた。笑い声のような……

「——ぁーっはっはっはっはっはっは——」

いや、幻ではなく確かに笑い声だ。

近い。というよりすぐそばから聞こえてきている。怪訝《けげん》に眉をしかめつつ、両津は顔を上げた。

すると隣のトゲに、いつの間にか自分と同じようにもうひとりが引っかけられていた。

奇妙な格好をしている。まあ今の両津自身もかなりおかしい姿なのだが、そこに現れた輩《やから》はさらに変だった。全体的にずんぐりした体型や身体のサイズは子供のようだが、この状況で腕組みして大笑している態度は大人びている。いやガキっぽいともいえるが。マタギのような分厚い毛皮のマントをつけて、腰には刀をぶら下げていた——否《いな》、刀というより剣だ。西洋的な。

それが両津を見て、高笑いしているのだった。

「はーっはっはぁ！　ついに決着の時が来たな、借金取り！」

姿かたちは総じて日本人のように思えなかったが日本語を喋っている。

「ここで会ったが百年目だ！　ていうかマジで十年ぶりくらいではある！　このマスマテ

ユリアの闘犬ボルカノ・ボルカン様が、ちなみにこの名前をつけた時はドン・ボルカンが頭にありましたと明かしつつ、アウェイとか気にしな殺ォォす！」

びし、と鼻先まで突きつけられた指を睨《にら》み返しながら、両津が言葉に困っていると。

そのボルカンとやらは自信満々に続けた。どうやら両津を誰かと勘違いしている口ぶりだが。

「貴様に返す金などない！　よって借金取り、お前を永遠に回転し殺すため我が友チャーリーにこの新技を授けた！　なんていうかやればできるもんだ！　俺様が先に死にかねんことについてはおいおい考えていこう。出てこい名案。早く。なるべく早くだ」

　ぶつぶつと、後半は自分に言い聞かせているようだが。

　とにかく回転の酔いよりも強い違和感に耐えきれず、両津はそいつの長広舌《ちょうこうぜつ》を遮《さえぎ》った。

「待て」

「なんだ」

　案外あっさり応じたボルカン？　に、質問する。

「借金取り……？　わしがか」

「そうだ」

「なんでだ」

「なんで？」

「どんなことが起こっても、わしが借金を取り立てる側にはならん」

きっぱりと告げた。

その確信が伝わったのだろうか。ボルカンは初めて疑問を抱いたようだった。

「言われてみれば、若干、なにかが違うような……」

やはり誰かと人違いをされていたらしい。

両津は訊《たず》ねた。

「似てるのか」

「というより見分けがつかん」

今度はボルカンのほうがきっぱりうなずく。

とにかく両津はうめいた。

「まあ借金を踏み倒すためこんな怪獣まで使うあたりは大いに共感するが……というかわしにも貸して欲しいくらいだが、いったいなにがどうなってるのか説明しろ。さっぱり分からん」

「ふむ……」

ボルカンはしばし考え、剣の先で何回か甲羅を叩いた。

すると怪獣が本当に聞き分けたのか、脚を伸ばして回転をとめた。かなり乱暴な動きだったが地面を抉《えぐ》りつつ勢いを落とし、ベーゴマに似た動きでぐるりと最後の旋回を見せる。

この重さのものが転げまわっただけに土地は荒れていたが。無理やり出来た空き地に怪獣はなにごともなかったように鎮座《ちんざ》した。その甲羅の上に、両津、そしてボルカンも居座っている。

どうにか慣れた回転がとまるとまた酔いがひどくなるのだが、お互いそれに耐えながら。ボルカンは甲羅のてっぺんによじ登り、そこでポーズを取った。両手を広げ、あたり全体を指し示すように。

「よかろう。説明してやろう」

「うむ」

「まずは地面に降りるのだ」

「分かった」

両津が飛び降りると、ボルカンは甲羅の上からそのまま続けた。

「そこに四《よ》つん這《ば》いになって」

「なったぞ」

「地面に額《ひたい》をつけて馬鹿笑い」

「げひゃひゃひょほひゃははは！」

「転げまわって仰向《あおむ》けになり、犬のマネ」

「……おい」

「あといくらか、土とか食ってみようか」

「だからおい」

さすがに両津は起き上がり、再び甲羅をよじ登った。

「今のが説明か？」

「いや、本当に奴ではないのか確かめてみた。どうやらそのようだ。奴なら恐らく、馬鹿笑いの手前で気づいて攻撃してくる」

「もっと前に攻撃してくると思うよ、兄さん」

「それなりにやったわしが馬鹿みた――ん？」

言いかけて両津はとめた。会話にもうひとり、新たな声が加わったからだ。

よくよく見回すと、ボルカンによく似たのがもうひとりいた。甲羅の隙間にすっぽりはまりこんでじっとしていたようだ。体格やサイズはやはり子供のようで、分厚い眼鏡をかけて、本を抱えこんでいる。記号的に言えば、少しはものを知っていそうな風貌《ふうぼう》とは言えた。

両津がつかんで引っこ抜くと、ぶらんとぶら下がったままそのもうひとりはつぶやいた。

「多分さ、この人は記憶をなくしてるんだと思うよ、兄さん」

「記憶だと？　どこで分かるんだ、ドーチン」

「ドテチン？」

つぶやく両津だが、その兄弟（？）は構わず話を続ける。

「だって本当になんだか分からないみたいだし。兄さんにものを訊《き》こうなんて明らかに無駄なことをするくらいだもの。重症だよ」

「なるほど」

「納得すんのかよ」

またも両津がうめくと、今度はボルカンはうなずいてみせた。

「なにしろお前と来たら、俺様の話すことが根本的にワンワンニャーニャーくらいにしか聞こえなくなってきたとか言い出してたからな。そう言った目つきがわりと本気で怖くて何度か夢に見た」

「どういう関係性なんだ……いや、だからな。わしは記憶はあるんだよ。日本の警視庁、両津勘吉巡査長。間違いない」

「警官なんですか？」

ドーチンのほうが言い出したので、両津はそっちに食いついた。

「おっ。通じたか」

「でもケーシチョーってなんです？」

「いやだから、日本の首都警察だよ。ジャパンだ。つうか、話してるのは日本語だよな。なんで分からないんだ」

「なんのことかさっぱり……首都？　王都ってことですか。ならきっと、お仲間の話を混同しちゃってるんじゃないですか」

「お仲間？」

「ぼくらはあんまりよく知らないですけど、街のほうで王都から来た警官とよく一緒にいたみたいだったんですが」

「ふうむ」

とりあえずドーチンを下ろして考えこむ。

記憶喪失というのは論外な話だ。間違いなく自分のことは分かっているし、混乱もしていない。この兄弟は何者かと両津を人違いしているようだったが、他人の空似《そらに》というものだろう。

「とはいえ警官なら話が通じそうだな。ここが地球なのかどうかってのが一番の問題だが……」

怪獣を見下ろすとこんなものが地球上にいるわけないと思うが、言葉が通じてしまったのでなんだか分からなくなってしまった。

「で、街ってのはどっちにあるんだ」

「結構遠いですけど……」

困ったようなドーチンに、その向こうからボルカンが声をあげた。

「それなら街まで送ってやろう」

「おっ。本当か?」

「なんで?」

訊ねるドーチンに、ボルカンは告げた。

「別人なのか記憶がなんたらなのか分からないが、今のこいつのほうが遥かに都合が良い。だからこいつを連れて帰ることにしよう」

「まあ、ここで野生化でもされたら家畜を襲ったり世界の平和も乱しそうだしね……」

「だからわしと間違えられてる奴は何者なんだ」

少し不安にもなってくるが。

ともあれボルカンがまた甲羅を叩くと、怪獣は向きを変えて歩き出した。


「重いせいか安定してるし、慣れると案外乗り心地も悪くない。フェラーリよりマシかもな。ま、速度じゃ負けるが」

もう大回転こそしなかったが、怪獣の背中に乗せられて丸一日。

両津たちが話をしたり、高いびきをかいている間もまったく休まず進み続ける怪獣の足は案外速く、深い樹海から降りていくとちらほら農村が見えるようになった。

さらに街道を進んでいって、行く手には大きな街の影も現れる。人の姿もあった——それで分かったが、それらの人々と、ボルカンとドーチンの兄弟はどことなく雰囲気が違う。体格が違うのはともかくとして、どうも違う種族というものらしい。地人《ちじん》とか言っていた。人間たちはみんな怪獣を見ると途端に大騒ぎして逃げてしまうので、誰とも話はできなかったが。

甲羅の棘の間に身体を挟むとそれなりに安定して居心地いい。腹が減ったと両津が訴えると、ボルカンらが食料を分けてくれた。干し肉、干し果物といった味気もないものだが、状況の物珍しさのほうが勝《まさ》って気にならない。

硬い肉を豪快に齧《かじ》り切って、両津は甲羅のてっぺんからあたりを見回した。

「どうも話を聞いていると、ファンタジー世界みたいなところに迷いこんでしまったようだなあ」

自分で言いながらも釈然とはしないのだが、両津はうめいた。

「ファンタジー？」

ドーチンが繰り返す。自分の説明から両津がこぼしたこの言葉が、逆に彼には腑《ふ》に落ちないようだった。

「ううむ。なんていうのかな。モンスターだの魔法だの、そんな感じなんだろ？」

「モンスターと言われましても……」

当の異種族が考えこむ。

世界には他に天人《てんじん》というのもいて、要するに天女のようなもので、野蛮だった人類に叡《えい》智《ち》を授けて姿を消したとかなんとか。まあいかにもそんなファンタジーらしい説明をいくつか聞かされて、両津の漏らした感想がさっきのものだったというわけだ。

「まあお前らにしてみると普通の生き物なんだろうが、こんな怪獣は、わしのもといた場所にはいないんだ」

「まあこの怪獣はぼくらにも怪獣ですけど。魔術もですか？」

「うーん。まあ魔法は何度か使ったか。ていうか生き物を巨大化させたことも結構あるな。なんもなくてもコモドドラゴンだって怪獣っちゃ怪獣だし。線引きが難しいが……でもなんか違うんだよ。リアリティのラインっつうのか」

この場所がなんなのか、決定的な結論が出ない。

「どうすりゃはっきりするんだろな。TVゲームなら専門分野だが、中に入っちまったんじゃリセットボタンも押せんしなあ」

話しているうちにも怪獣の歩《ほ》は進み、ひときわ大きな街の入り口が見えてきた。高い石垣がぐるりを囲んでいる都市の姿は、確かにファンタジーらしいといえばらしい。

……のだが。

両津は甲羅の上で、眉根を寄せた。まあ詰まる眉間《みけん》も全部眉ではあるけれど。

「入れないんじゃないか？」

門は閉じていなかったが、そこにはバリケードのように木箱や木材が積まれていた。かなり慌《あわ》てて積み上げられたようで、雑な出来だが。

そのバリケードの後ろにはかなりの人数が詰め寄せているようだ。地人たちとは違う。両津と同じ、人間のように見えた。何百人と。見物人も混じっているようで、わざわざ木箱によじ登ってのぞいている者もいる。

バリケードの前にひとりの女が立っていた。腰に手を当て、両津たちを待ち構えていたようだ。少しガキっぽい顔つきだがスーツ姿で、民間人を後ろに下げて立ちふさがっている態度には、両津も職業的にピンと来るものがある。

「ちょっとちょっと！　とまりなさい！　なんなの！」

両手を挙げて振りまわしながら、女は声を張り上げた。

「こんなもんで街に入られたらパニックよ！　なに考えてんの！」

「あ、あれがそうです」

ドーチンが言ってくる。

どうやら彼の話していた警官とやらがその女か。

そして。

「ここで降りよう」

静かにつぶやくと、ボルカンは鞘《さや》に入れたままの剣で甲羅を叩いた。怪獣が停止し、次の指示を待つように小首を傾《かし》げる。

兄弟に続いて両津も飛び降りてから、ボルカンは怪獣の鼻先を撫《な》でた。

「ご苦労だった。ではまた次に借金を踏み倒したくなった時に協力してくれ」

怪獣がひと鳴きして首を縦に振る。

「ホントわしにも貸してくれんか、それ」

そのまま怪獣は回れ右して、街から遠ざかっていった。

集まった街の人間らは安堵《あんど》して歓声をあげる――逆に言えば、街にはあんな大怪獣はいないし安全だと考えていいということなのだろう。ひとまず両津も安心していると、さっきの女が近づいてきた。

「あなたたち、いつから仲良くなってたの？」

随分気安く問いかけてくる。

その質問の意味が分からずに両津は一瞬戸惑ったが、女は両津と兄弟とを見比べているようだった。

ああ、と察して答える。

「いや、わりと出会った時から……かな」

「へえ？」

不思議そうな女に、ボルカンが口を挟む。

「どうなってるのかよく分からんが今のこいつは非常にいい奴だ。基本的にさほど殺さなくていい」

「記憶がないみたいなんですよ」

と、これはドーチン。

「記憶が？」

女は驚きの声をあげた。

「ここ最近宿にいないなーと思ったらあんなもんに乗って帰ってきて。それで記憶喪失？どうなってんのよ。やってもらわないとならないことがたくさんあるのに」

「やってもらうこと？　ってなんだ？」

「わたしの仕事に決まってるでしょ」

「なんでお前の仕事をわしがやるんだ？」

「そりゃあだって、それがあなたじゃない。わたしの仕事をやってくれて、わたしが楽して、ほらみんな幸せ」

「ここの警官の仕事はそれでいいのか。実にうらやましい。が」

両津は再び抗弁した。

「だからだな、記憶喪失でもないんだって。わしはわしなんだ。警視庁の両津勘吉」

「なに言ってんの？」

「だから警視庁に勤めている——」

と。

それを聞いた途端、女はつぶやいた。

「つとめ……？」

そして突然分かったようにため息をつく。

ゆっくりとかぶりを振りつつ、顔をのぞきこんできた。

「あのね。いくら人生がみじめだからって、夢みたいなこと言って誤魔化《ごまか》すのは駄目よ。立ち向かいましょう」

「なにきっかけで言い出したんだ、それ。とにかく誤魔化してるわけじゃない」

しかしいくら言っても、三人はますます怪訝そうに顔をしかめるだけで先に進まない。

両津はいったん話をとめた。少しやり方を変えたほうがよさそうだと思い直す。

コホン、と咳払《せきばら》いして、両津は笑い出した。

「ハハハ。やはりどうも、記憶が怪しいみたいだ。飲みすぎたかな」

「あなたお酒とか飲んだっけ？」

「飲んだんだ、とにかく。わしが普段なにをしていたか、もう少し教えてくれんか。そうしたら思い出せる。いや、まずはあんたが誰なのかだな」

問われて、女は若干ショックを受けたようだった。

「本当にわたしのこと分からないの？　コンスタンスよ。コンスタンス・マギー」

「急に普通の名前だな。まあ外国人の名前で、話してるのは日本語だが」

「なに外国って」

「いや、忘れてくれ」

藪蛇《やぶへび》だったので早々に切り上げる。必要な質問にもどった。

「それで、役目はなんなんだ？　聞いたところ、同業らしいが」

「同っ──」

女は絶句して、即座に膝《ひざ》からくずおれた。

「お、おい？　大丈夫か」

「ひどい……今までグズだ無能だと罵《ののし》られても耐えてきたけど……あなたと同類にされるなんて……残酷すぎる……もう殺して」

「どういうことだそれ」

「わたしは派遣警察官よ！　れっきとした王立治安騎士団員！」

「え。派遣……？　いや騎士団って？」

「あーもう！　いちいち今日はめんどくさいわね！」

「そう言われても、なんだかさっぱり分からん」

女、つまりコンスタンスは、気を取り直すように深呼吸して言い直した。

「ここの市警察とは別に、街の管轄《かんかつ》を超えて中央から派遣される捜査官よ」

「FBIみたいなもんか」

「えふ？」

もう通じないことには慣れた。構わずに両津は続けた。

「それでわしは、どういう奴なんだ？」

「どうって言われてもねえ」

コンスタンスは立ち上がりながら、ボルカンたちと顔を見合わせた。

そしてぶつぶつと話し始める。

「基本的にはー……どうでもない人よ」

「どうでもか」

「まあ社会の役に立つことはなにもしてないわよね。暇そうだから遠慮なく手伝い頼めるのはいいことだけど」

「いいことか？　というか警察の仕事を民間人にさせるなよ」

「いーじゃない。それでうまくいってるんだから」

「仕事はしてないのか」

すると、今度はボルカンが発言する。

「俺様が借りた金を取り立てに来るというよく分からない仕事をしていた」

「兄さんそこの意味を分かってなかったの……？」

「そういや借金取りがどうとか言ってたけど、くわしく聞かなかったな。銀行……って格好でもなさそうだが」

ええ、と当たり前のようにコンスタンスが否定する。

「モグリだったみたいよ」

「ヤミ金かよ。いや、気楽に言ったけど、警官がそこに仕事頼むって」

「ああ、それはどうでもいいのよ。取り立て成功したことないんだから。なんにもしてないのと同じ」

あっさり全否定するコンスタンスに、両津はうめいた。

「結局どうやって生活してたんだ、そいつ。いや、わし」

「宿屋に居候《いそうろう》して、厨房《ちゅうぼう》に潜りこんではバレない程度に油とか調味料舐めて生きてたみたいだけど」

「化け猫か」

「そんないいもんじゃないわよー。猫ならなにか役に立つもの。あなたネズミも捕れないじゃない。捕まえられればタンパク質摂《と》れるのにっていつも泣いてるでしょ。タオルに醤油かけて嚙《か》みながら」

けらけら笑ってコンスタンスが言うのだが。目はそれほど笑っていない。冗談でもなんでもなく事実を述べているらしい。

「どんなにおなかすいてもタオルが食えないのは不思議だなーって真剣に言ってたの見て、わたし笑っちゃって笑っちゃって」

「いやそこで笑うのもどうなんだ」

「最初はわりといちいち引いてたんだけど、毎日なんだもの」

「うちの女性陣並みに冷たい」

うめいてから、しみじみと考える。

「どうも相当駄目な奴だな。いやお前さんもだけど。極限状態ならわしもちょくちょくあったが、ファンタジー世界に来てまでそんな役回りでなくてもいいだろうに」

「なんの話？　あ、でもあなたにもいいところはあるのよ。わたしこれまで一回も任務をこなせたことないしたまに上司に拷問《ごうもん》されるけど、あなたを見てると自分はまだマシだって思えるの。だってお給料はもらえるんだもの」

「森で迷子のままのほうがよかったような な……」

聞けば聞くほどそう思えてくる。

いっそ怪獣を追いかけようかとも思ったが、コンスタンスの声が遮った。

「とにかく！　分かったなら来てよ！　昨日《きのう》からずっと探してたんだから」

コンスタンスに腕を引っ張られかけて、両津は踏みとどまった。

　この服の持ち主のどうのこうのやら、この世界のどうたらいうことよりもはっきり重要な質問がひとつあった。

「ちょっと待て。手伝いって言ってたか？」

「うん」

　子供っぽくうなずくコンスタンスを、じっと見据える。

「いくらになる？」

「いくらって？」

　訊き返されて、ぐっと手を突き出した。銭の形で。

「手伝い賃だよ。まさかタダじゃねえだろ」

「えっ……なに、おなかすいてんの？」

「ん？」

　理解できずに首を傾ける。

「どういう意味なんだ、それは」

「だから、お礼にごはんおごって欲しいってことでしょ？」

　今度は両津のほうが、ぐらりと頭を揺らした。

「……まさかファンタジーだからって、物々交換なのか？　か……金のない世界？　怪獣なんかどうでもいいが、そんな恐ろしいものがあろうとは」

猛烈な絶望感に打ちひしがれるが、思い出す。むくりと起き上がって、

「いや、金貸しがどうのって言ってたよな。給料とかも」

「お金はあるわよ。あなたじゃないんだから。まあどうしてもっていうなら、お駄賃くらい渡すけど」

「ホントか？」

「はい」

と言って彼女が渡してくれたのは、見たこともない紙幣《しへい》だった。

「なんだこれ」

「お金でしょ。見忘れちゃったの？」

「いや、金貨とか……じゃないのか？」

「そんなの街で使うわけないでしょ。辺境の武装盗賊くらいよ、そんなの」

また、ぐらぐらとよろめきながら両津は膝をついた。

「そうか、ファンタジー世界の金だから稼いでも意味ないってオチか。金貨なら稼いでやろうって夢もあるのに……くそ、なんでいちいちどうでもいいところだけしみったれてるんだ。ゴールドでいいだろゴールドで……まあドラクエも真面目に考えると宿代が2ゴールドでやくそう8ゴールドってわけ分からん物価だったが……」

「とにかく。お金まで受け取ったんだからちゃんとやってよ」

顔をのぞきこんできたコンスタンスが、スッと真顔になった。

ゆっくりと言ってくる。

「ついに決着をつける時が来たのよ。あの伝説の凶悪犯と」

「だからそういうのを民間人にさせるな。金がどうとかいう以前に」

両津がうめくものの、コンスタンスははっきり意図的にシカトした。明後日《あさって》の方角に拳を突き上げ、宣言する。

「あの切り裂きポチョムキンを逮捕するのよ！」


「あのって言われてもなあ」

日が暮れるまで街で過ごし、食事も済ませた。コンスタンスは一応、謝礼とは別に約束通り奢《おご》ってもくれた。

メニューはやはり地球のものと大差ないようだ。飯と肉、というよりはパスタだのパンだのと気取って感じられる。街並みも若干異国的というか、道など全体的に石で出来た都市という雰囲気だ。街灯もあり、ファンタジーといってもいわゆる中世的ではない。まあかなり日和《ひよ》っていると言える。街も清潔だし、貧しそうでもない。警察が市民を守っているくらいだから人権意識などもあるのだろう。

ただ……

「なんなんだよそのいかにもテキトーなネーミングは」

食事を奢らせる間、それなりに話は聞いていたのだが。コンスタンスの説明は基本的に曖昧《あいまい》で、いくら確認しても要領を得なかった。

「だから切り裂きポチョムキンよ。ここトトカンタで、七年に一回現れて人の首を刈っていくっていう伝説の殺人鬼」

「都市伝説みたいな話だな」

「あなたこの前も同じこと言ってたわよね。でも実際見たじゃない。犯人が犠牲になっちゃったからさ、わたしも報告書に書くしかなくて……そしたら、いや見ましたじゃなくて捕まえろよって。ほぼ突っこみ的に指令があって」

「そりゃそうだろ」

「でも百メートル二秒くらいで走ってたじゃない」

「本気で都市伝説じゃねえか。ファンタジーならスライムとか退治しろよ……って、あれ？」

ふと気づいて、両津は話を止めさせた。

「七年に一回現れるって言ってなかったか。この前見たんじゃや、どうすんだ」

「いやそれがね。わたしも自分でなに言ってるか分からないんだけど……見たのはついこの前なんだけど、どうもそれがちょうど二十一年前だったみたいなのよね」

「本気で意味分からんぞ」

「なんかない？　全然日にちとか進んでないし歳も取らないのに、それとは別に何年も経ってるような感じ」

「……それはなんでか理解できるような気がするな」

夜道に目をすぼめる。

ペイサン・ストリート。とコンスタンスは言っていた。そこから路地に入っていく。

暗い夜道がさらに暗く、狭く。色濃い影を落として月明りも遠ざける。錯覚だろうが、地下に降りていく洞窟《どうくつ》を思わせた。

「いかにも不気味だ。そんなシリアルキラーみたいなのが相手なら、SAT《サット》とは言わんが応援くらい呼んでもいい気がするが」

「でも、この前より人手はあるし」

コンスタンスがそう言うのは、一緒についてきている地人の兄弟を指してのことだ。

ドーチンのほうが、ぼんやりとつぶやく。

「なんでぼくらまで手伝わされてるのかな」

「構わんだろう。生まれ変わったこいつはかなりいい奴のようだし」

ボルカンのほうはもう少しやる気ではある。剣を手に前を進んでいた。両津は軽く敬礼した。

「地域住民のご協力に感謝する。つうか、あの怪獣も呼んで欲しかったが」

「通り魔を倒せても街がなくなっちゃうでしょ」

と、コンスタンス。

話しながら暗がりに踏みこんでいく。なんとなく声量も抑《おさ》えて両津は訊ねた。

「それで、そいつの特徴は？」

「特徴っていうか、名前を言って出てくるからすぐ分かるんだけ――」

「ポチョムキン」

「えっ」

不意になにかの声がコンスタンスを遮って、両津は咄嗟《とっさ》に振り向いたが、そこには誰もいなかった。

声を発した何者かも、そしてコンスタンスもだ。

ぞっとするとともに脳裏に言葉が蘇《よみがえ》った。人の首を刈る……

ふざけたファンタジー世界だと思っていたせいで油断があったのかもしれない。いまだ自分が丸腰のままだと思い出して、舌打ちする。

「ん？　なにかあったか」

両津と同じようにボルカンが振り向いた、のだろう。気配で察した。両津は返事しようとして、その声を呑《の》みこんだ。嫌な予感がしたのだ。同じシチュエーションで、今度消されるのは自分ではないかと。

その瞬間。

「ぽちょ」

また声が聞こえる。そして肌が粟立《あわだ》つことに、声は本当に身近だった。耳の裏というほどに。

吐息すら感じた気がして、両津は慌《あわ》てて腕を振りまわした。

「うおおお！」

がすっ、と。

拳がなにかに命中する。壁ではなかった。もっと柔らかい。人間の身体だ。

ちょうど両津の背後から忍び寄っていたなにか。それが打たれて跳ね返されるのを、両津は視界の隅に捉《とら》えた。命中したのは、恐らく腕だったのだろう。左腕を押さえて、人影が後退していく。

すぐさま追いすがりたいところだったが、その人影がなにかを落っことして、それが行く手を遮った。コンスタンスだ。気を失っている。どうやら抱きかかえられていたのを、両津が偶然叩き落としたらしい。ラッキーパンチだった。

「ハハハハハハ！」

不気味な高笑いが響く。暗い上、敵の動きはあまりに素早く目が追いつかない。しかし両津の嗅覚が標的を追っていた。人の両手を広げたくらいの、狭い路地。はっと見上げると両側の建物の壁を交互に蹴って、人影が駆け上がっている！

バケモノじみた素早さ。百メートル三秒とやらはまんざら嘘《うそ》でもなさそうだ。しかし壁を蹴るその時にはさすがに一瞬とまる。その間に視認した。紳士風の格好をした、山高帽の男だ。

「あれが……ポチョムキンか！」

「ハハハハハ！」

「おい！ ふたり、こいつを頼んだ」

地人兄弟にコンスタンスを任せて、両津は手に唾《つば》を吐いた。

「このわしが、犯人を逃がすかよ！」

奇抜な輩の奇抜な行動、そんなものは慣れっこだ。

両津もすぐさま壁にしがみつき、爪を立ててよじ登った。怪人と同じ速度とはいかないが、それでも人間離れした体力で屋根まで這い上がる。

「クックック……」

その男はまるで両津を待ち構えるように、屋根の上に立っていた。

「貴様、逮捕――」

両津の声も、敵は待たない。

影がブレるように男が姿を消す。目にも留《と》まらない速度で両津の背後に移動すると、標的の背中にステッキの先を押し当てた。

途端になにかが爆発して、両津は吹っ飛ばされた。爆薬でも仕込んであったのか、それとも得体の知れない超能力かなにかか。分からないが、とにかく身体ごと木っ端《こぱ》みじんにされそうな衝撃で、屋根の上を転がった。

「ぐぐ……」

腹這いに倒れたまま、両津は顔だけ上げた。なにしろ相手がすばしっこい。拳銃でなら狙えたかもしれないが、ないものはない。

なんとか起き上がり、今度はこちらから飛びかかる。しかし怪人はさっと身をかわすとまたステッキで両津に触れた。

今度は光が瞬《またた》いた。途端に両津の身体が跳ねる。痛みと衝撃、そして目のくらむような閃光で、両津はさっきよりも派手に転がった。

「電気ショックか！　なんでもありかよ、あの杖《つえ》！」

相手に触《さわ》れもしないのに、敵は軽く触れるだけでこちらを吹き飛ばす。

「どうにも不公平だな。いや待てよ」

痺《しび》れていた身体を叩いて直し、もう一度向き直る。

一度目は敵が先に動いた。二度目は両津から。そして三度目は――

同時だった。

真っすぐに飛び出す両津と、横っ飛びにかわす怪人。

両津は身体をひねり、敵を追う。怪人もただ逃げるだけではない。死角まで回りこむと反転して接近してきた。そしてステッキが両津の身体に触れて。

爆発が起こった。が、両津はその場から動かなかった。

衝撃はさっきと同じだ。身体がバラバラになりそうな威力も。しかし両津はしっかりとその場に踏みとどまっていた。がっちりとステッキをつかんで。

「もう慣れた」

「バ、馬鹿な……」

笑い声でもなく傲慢《ごうまん》な名乗りでもなく、初めて人間らしく狼狽《うろた》えた声を、怪人は発した。

ファンタジー世界の怪人は、初めて見たのだ。怪人などより遥かにふざけた人間を。

「まったく」

震える怪人の胸倉をつかまえて。

「公僕《こうぼく》の忍耐力なめんじゃねえぞ！」

両津は怪人を抱え上げ、屋根から飛び降りた。

この高度からの背負い投げで、自分の身体ごと敵を地面に叩きつける。

街の謎のひとつであった殺人鬼は、こうして異世界の警官に逮捕された。

そうして翌日には世界が平和に……なったわけでもないので。

コンスタンスに頼まれて、両津は妙な幽霊退治に加わった。

さらに翌日にはどこぞの洞窟にいた死んだ魚を担いで戦う競技で優勝し、またあるいは単に何故《なぜ》かあちこち壊されているこの街の修復を手伝ったりもした。ただの運動会に参加したりもした。ともあれコンスタンスの持ってくる仕事はいかにも雑用であったりわけの分からない出来事だったりしたが、それだけに住民との関わりも多い。

そうこうしているうちに……

「おう、リョーさん」

「あっリョーさんだ」

「寄っていきなよリョーさん。いい酒入ったよ」

「……うーむ」

道すがら、会う人会う人に声をかけられながら、両津は頭をかいた。

「なんだろうな。名前も変わって、妙に懐《なつ》かれちまった感じがするが」

「本当だな。この前まで完全に疫病神《やくびょうがみ》か災害みたいな扱いだったが」

「兄さんに言われるのもアレだけどね」

ずっとついてまわっている地人兄弟なのだが、これも以前の借金取りではあり得なかった関係性ではあるようだ。

「いや、わしはさすがにいい加減、帰りたいんだがな」

「リョーさーん」

と、道の向こうからコンスタンスが駆け寄ってくる。またなにか頼みごとを持ってきたのだろう。

が。

その途中で、不意に彼女の上に影が差した。

なんの前触れもない。突然降ってきた人影に、コンスタンスは踏みつぶされた。

「げぎゅ」

「――ああああああ！」

それはずっと叫んでいたのだろう。が、聞こえたのはやはりいきなりだった。テレビのスイッチでも入ったように。

激突したコンスタンスを吹き飛ばし、地面をバウンドして転がった。若い男だ。どこから飛び降りてきたにしては、周りの屋根からはやや離れすぎている。それも奇妙だったが、両津はもうひとつさらに驚いた。見覚えがあったのだ。

といっても、その男にではない。彼が着ているものにだ。

「あり？　それ、わしの……」

分からないが、なんとなく、自分のものではないかと察した。警察官の制服である。それも警視庁の。

男は何メートルか転がってから、どうにかとまった。（コンスタンスもだが）一応生きているようで、震えながら起き上がった。全体的にボロボロに薄汚れているが、それは今転がったせいだけではなさそうだった。

当たり前だが上機嫌《じょうきげん》なはずはない。曇った眼差《まなざ》しで、口をへの字に曲げ痛みに耐えている。

「ようやく……もどれた……」

「お前は！」

ボルカンが声をあげる。

「ええと……」

そのまま固まって考えこんでから、ゆっくりと頭をひねった。

「なに忘れてんだよ！」

男は伸び上がって怒鳴り声をあげる。が、ボルカンは素っ気ない。

「いや、一瞬なにかを思い出しかけたんだが、リョーさんはこっちにいるし……」

「やっぱりこっちでも認知がもつれてるのか」

イライラと歯噛みして、その男は手を伸ばした。手のひらでボルカンの顔面に触れる。

すると。

「あつっ！」

静電気が弾《はじ》けるような音がして、ボルカンが飛びのいた。

痛みなのかなんなのか、しばらく目を白黒させていたが……

「ん？　貴様、借金取り！」

「え、どういうこと？　兄さん」

隣で疑問の声をあげるドーチンにも同じく男が触れると、やはり同じことが起こった。

「うわ！　なんか——なんか分かった！」

「まあなんか、そういうことだ。原因とか俺も知らねえけど、とにかく、あんた」

と、男は両津に言ってきた。

「あんたに触れれば全部もとにもどって、解決するんだ。特に危険もない……多分」

「いっ？」

急に手を向けてくるので、つい反射的に飛びのいてしまったが。

「いや待った。それだけでもどれるのか？」

悪い話ではないと理解した。

「ここの生活にも慣れたとこだが、さすがに和食が恋しい。ならすぐに——」

と、その瞬間に。

「うおおおっ⁉」

さっきのコンスタンスと同じく、男はいきなり吹き飛んだ。

ただし彼の場合、横からだ。突進してきたのは自転車だった。街の奴らだ。つい先ほど両津に声をかけてきた配達員だ。

手加減もなしにその男にぶちかまし、引きずりながら走っていく。普通なら殺人事件だが、男は引きずられながらも受け身を取ったかと思うと自転車の配達員の身体を駆け上がり、跳躍して難を逃れた。

だがそれだけでは済まない。飛び上がった男に向かって通りのあちこちから、通行人たちが手に持った物を投げつける――鞄から靴から歩き食いしていたスナックまで、様々な物が男に投げつけられたが、彼はそれも空中でかわしてみせた。ちょっと並の運動神経ではない。

しかし街の人たちにとって、それは織りこみ済みだったようだ。ここまでは時間稼ぎか。さらに大勢が通りに飛び出して、看板や机、屋台を集めて男の前に積み上げた。この前の怪獣と同じようなバリケードがたちまち完成する。

「お前が誰だかは分からないが……」

「なんか、お前ではいけない気がする！　これはなんだ。本能か！」

街の人たちは身体か記憶かに刻みこまれたなんらかの思いに衝《つ》き動《うご》かされ、一致団結した行動を取ったらしい。バリケードの向こうに降り立った男に、ボルカンがつぶやく。

「……お前すっかりいらない奴になってるぞ」

「あークソ、そういうとこだよ、ここはよ！」

地団太踏む男を見ながら、両津は周りにつぶやいた。

「いや、わしも帰らないわけにいかないんだが」

「そんなあ」

涙ぐむ街の人だが。

男は指さしてわめいた。

「あのな、俺も向こうでしばらくややこしい目にあったが、その人もかなり大概《たいがい》だぞ！」

「うるさい！　そんなわけがあるか！」

目を血走らせて言い返す街の人の後ろで、両津は頭をかいた。

「うーん。まあここだと儲《もう》け話もなかったからなあ……しかし引き留めてもらってもわしは帰るぞ。いつまでもこんな円に両替もできんようなところにいられんし」

「嫌だ！」

「嫌！　お願い！」

しがみついてくる人々を引きずりながら前に進む。

「ぐぐ……重い……」

何人も何人も。それこそ何十人と積み重なってくる。

そしてふと思う。人数が多すぎるような気がする。さっきまで、さすがにこんな大賑《おおにぎ》わいではなかったはずだ。

（変……？　だな。そもそも、こんなとこに来たこと自体、とにかく変だ。なんなんだこれは。辻褄が――）

ゃん。

すっかり人に埋もれて目の前も見えないほどだったのだが。不意にそれを割って手が伸びてきた。制服の袖だ。両津も手を伸ばして、その手に触れた。うちゃん。

そして。両ちゃん。

「両ちゃん！」

はっとして、跳ね起きる。

随分と長い夢を見ていた気がした。

だが実際にはそこまで長くはなかったろう――固い机に突っ伏してうたたねしていただけだ。

状況を見回す。そこはどう言えば適切か……四角い場所だった。広いとは言えないスペースにデスクがふたつ。向かい合わせではなく外に向かって設置されている。道に面した壁には大きな入り口。

家というより、詰所という雰囲気だ。

両津を起こしたのは金髪の、長身の女だった。こちらが飛び起きたのに、逆にびっくりしたのか目を丸くしている。麗子《れいこ》だ。

「えーと……」

口ごもっていると、彼女はフフッと笑顔を見せた。

「驚かせちゃった？　でももうじき交替時間よ。居眠りなんかしてたら大目玉。まだ日報も書いてないでしょ」

「え……あ……」

「なに間抜けな顔してんの……って」

ここで初めて、麗子は不思議そうに顔をしかめる。

「なんか様子が変？　両ちゃん……よね」

「どうだろう」

自分でもよく分からなくなって身体を見下ろす。

間違いない。いつもの制服に、いつもの派出所。交番と呼ぶべきか一瞬考えたこともあったけれど、ここはやはり永遠に派出所だ。

夢の中のことを、ぼんやりとは覚えていた。霞《かすみ》がかかった記憶だが。

「麗子、わし、ずっとここにいたか？」

「なに言ってんの?」

彼女は呆《あき》れながら、あっさり答えてくれた。

「そうに決まってるでしょ。両ちゃんがいなくなることなんてないわよ」

「そう……か」

言われてみればそうだ。いなくなるわけがない。

この派出所は、そういう場所なのだった。


〈FIN.〉

こちら命志院大学 男子チアリーディングチーム出張部

朝井リョウ

『チア男子!!』

集英社から刊行された小説作品。葛藤する大学生たちが、男子だけのチームでチアリーディングに挑む姿を題材にしている。青春する大学生たちの物語は、幅広い読者から大きな支持を受けた。２０１６年7月からアニメが放送。近藤憲一、まつもとあやかの手によりコミカライズもされている。

朝井リョウ

少年時代、毎週出会っていた両さんは、日常で起こる全てをどうにかしてくれるヒーローのような存在でした。小説家として出会い直してみると、紙上で起こる全てをどうにかしてくれたので、今やヒーロー以上の存在です。両さん最強。

扉・本文イラスト　近藤《こんどう》憲一《けんいち》

「やっぱり、ここがちょうどいいんじゃない？」

トンが、熊のように太い指をにゅっと突き出す。まるくて広い爪の先には、狭すぎず、子どもたちで混雑もしていない、つまりチアの練習をするにはちょうどいい公園があった。練習場所を見つけるためこの辺《あた》りをぐるぐると回ってみたけれど、結局、初めに見つけたここが一番よさそうだ。

「ほらな～、俺の言うとおり初めからここにしとけばよかったんや」と、イチロー。

「初めにここがええんちゃうかって言ったのは俺やで？」間髪《かんはつ》入れずに弦《げん》が応戦する。

「俺や」

「俺や！」

「どっちでもいいんだが」

やんややんやうるさい二人に、溝口《みぞぐち》が目つぶしをかます。「やめろやっ」「このっ」調子のいい関西人コンビは溝口に目つぶしをやり返そうと試みるが、きらりと光る溝口のメガネがその攻撃を許さない。

「はいはい、暴れない暴れない！」

「騒ぐと近所迷惑になるって」

パンパンと手を叩く一馬《かずま》の隣で、晴希《はるき》は苦笑《にがわら》いをする。その後ろで「ほんと、小学生みたいだよな……」と常識人ぶる翔《しょう》は今日も小学生以下のファッションセンスだ。

晴希たちBREAKERS《ブレイカーズ》——命志院《めいしいん》大学男子チアリーディングチームにイベント出演のオファーがあったのは、約一か月前のことだ。亀有《かめあり》に新しくできる大きなショッピングモールからの依頼で、モールのオープニングセール期間に開催される予定のスペシャルステージでパフォーマンスをしてもらえないか、というものだった。そのショッピングモールは、いま人気の巨大グルメランキングサイトで上位を独占するお店がずらりと入ることでも有名で、テレビ番組でもよく紹介されている。なんでも、そのモールの運営に関わっている偉い人が、偶然どこかの大会でBREAKERSの演技を見てくれていたらしい。あのときのような素晴らしいパフォーマンスでぜひオープニング期間を盛り上げてほしい——そんなことを言われたら、嬉しくなってつい引き受けてしまう。

「ついに俺らにもこういうオファーが来るようになったかー！」

「パフォーマーとしてのオファーやからな！　パフォーマーとしての！」

「そう言うと何代目かのJでSoulなBrothers感が出るなあ！」

すっかり浮かれているイチローと弦を反面教師にしながらも、晴希は、自分の心もなんだかんだ少しは浮き立っているような気がした。最近、こんなふうにイベントに呼ばれることも増えてきたのだ。チームの知名度が上がるのは、単純に、嬉しい。

　そして、今回のイベント出演は、モールのオープニング期間の最終日を飾るパフォーマンスコンテストにも繋《つな》がっている。ダンスやコーラスなど、期間中にイベントに出場したさまざまな団体が最終日に集結し、観客と審査員の投票によって一位を争うのだ。出場するチームはみんな、知名度を上げられるうえに優勝賞金までもらえるということで、色めき立っている。

「今日注目集めて、最終日のコンテストで一位んなって有名になって……いよいよモテ始めるんちゃうかあ、これ」

「男子だけのチアリーディングチーム、プライベートは男女混合ですかあ～？」

「ふざけてないでストレッチストレッチ」

　全身の筋肉よりも鼻の下を伸ばしている関西人コンビを横目に、晴希は腕時計に視線を落とす。今は十三時。ステージは十五時からなので、十四時半にはモールの控室に戻るように言われている。

「みんな、ストレッチ終わったら動きの確認――」

「【期待はあらゆる苦悩のもと】……シェイクスピアの有名な言葉だ」

　いよいよ練習を始めようとした翔を、溝口の低い声がぶった切る。

「モテ始めるかもしれない、なんて期待ばかりしていると、その期待に沿わない現実に泣くことになるぞ」

「わかったからメガネどれにするか早く決めろや」

イチローが、あらゆる種類のメガネを試している溝口から手鏡を没収する。「お前が一番モテたがっとるやんけ」「お前なんかどのメガネかけたところでただの溝口やからな」怒濤《どとう》の攻撃に溝口は無言で項垂《うなだ》れる。

今日は、ステージがそこまで広くないということもあって、十六人のメンバーのうち七人が出場することになった。通常の大会にはもちろんチーム全員で出場するが、今日のような外部のイベントのオファー等には、そのたびにチームの中で結成される「出張部」が応《こた》えることも多い。

いつも明るくて太陽みたいなキャプテンの一馬。沈着冷静な練習長の翔。関西人で運動神経バツグンのイチロー、弦。百キロを超える巨漢のトンと、偉人の名言が好きなメガネ男子の溝口。そこに晴希を加えた七人が、今回の出張部だ。大学一年生のころからＢＲＥＡＫＥＲＳを支える、いわゆる一期生でもある。

「今日って、どれくらいお客さん来るのかな」

太ももの筋を伸ばしながら、晴希が呟《つぶや》く。

「どうかなー、でけえモールだし、グルメサイトで上位独占の店が勢ぞろい～とかＣＭでバンバン宣伝してるし……お客さん、もしかしたら学祭のとき以上なんじゃね？」

一馬が意地悪な笑《え》みを浮かべながら、晴希の緊張を増幅させるようなことを言う。小学生のころ、一緒に出場した柔道の大会でも、一馬はこんなふうに晴希のことをからかってきた。この関係性は昔から変わっていない。

だけど、と、晴希は思う。ダンスパフォーマンス中心のチアダンスとは違い、アクロバティックな動きの多いチアリーディングでは少しのミスが大きなケガに繋がることがある。本番前には、振り付けを間違えてしまったらどうしよう、というようなものとは別の、独特の緊張感が漂うのだ。

各自ストレッチを終えると、翔を中心に、今日の動きの確認が始まる。

「上手《かみて》入りで、ポジションついたら俺が手挙げるから。そしたら音楽が始まってスタート。それはいつも通りだな」

「ドヤ顔で手挙げるやつやで」

「イケメン挙げな」

イチローと弦がボソボソうるさい。

「……」翔が無表情で咳払《せきばら》いをする。「さっきの場当たりでわかったと思うけど、今日のステージは横幅がけっこう狭い。タンブリングは助走があまりつけられないから注意しよう。あと、ステージは吹き抜けになってるから、二階、三階のお客さんへのアピールも忘れずに」

「了解」

翔からの指摘に頷《うなず》きつつ、晴希には、どうしても気になることがあった。

公園の隅にあるベンチ。そこに、ひとりの小さな女の子が座っている。

あの子、多分、俺たちが——

「ハル、聞いてる?」

翔に声をかけられてやっと、みんなの視線が自分に集まっていることに気づく。「どうかしたのかよ」一馬が心配そうな表情で、晴希の顔を覗《のぞ》き込《こ》む。

「あ、ごめん、たいしたことじゃないんだけど……」

とはいえ、晴希の視線はどうしてもある一点に戻ってしまう。それにつられるように、やがて、ベンチに座っている小さな女の子にみんなの視線が集中した。

「幼女がいるな」

「幼女て!」

メガネを光らせた溝口の頭を、弦がパコンと叩く。

「言い方キモいねんただでさえキモいのに!」「幼い女子なのだから幼女だろう。俺は間違ったことを言っていないと思うんだが」「せやけども! イライラするううう!」ゴチャゴチャと言い争いを始めた二人のことは無視して、晴希は続ける。

「あの子、確か、俺たちが初めにこの公園に来たときも、一人であそこに座ってたんだよね……」

晴希たちは、適当な練習場所を探すため、この辺りを十分以上ウロウロと歩き回っていた。結局、初めに見つけたこの公園に戻ってきたわけだが、晴希の記憶が正しければ、その間ずっとあの女の子は一人でベンチに座っていた可能性が高い。

その小さな頭を下げて、先生に怒られたときみたいに項垂れて。

「ハルは、周りをよく見てるね」

「幼女をな」

不本意な言葉を繋げられたトンが、言葉の主である溝口にタックルをかます。「があっ！」散々悩んだ末に選んだメガネが、かしゃんと音をたてて地面に落ちた。

「でも、確かにちょっと気になるな。周りに誰もいないし」

「もしかしたら……迷子とか、そういうのなのかも。それか、具合悪くなっちゃって動けないとか」

話しながら、晴希と一馬は顔を見合わす。現に、さっきからずっと、あの子は下を向いているのだ。

「声かけてみる？」

「お前はやめとけ！」

ずいと一歩前に出る翔を、慌《あわ》てて全員で止める。今日の翔の格好は、上は厚手のセーターなのに下は丈《たけ》がものすごく短いホットパンツだ。こんな意味のわからない格好で女の子に声をかけたら、今の時代、変質者だと疑われてしまうかもしれない。

「僕、行ってみるよ。子どもには好かれる自信あるんだ～」

トンが、たっぷりとした胸をどんと叩く。確かに、ゆるキャラみたいな体型のトンなら、あの子も怖がらないかもしれない。「よっしゃ任せた」「頼むで」仲間の声援をその広い背中で受けると、トンはてくてくと女の子へと近づいていく。その後ろ姿はまるで、もこもこの着ぐるみでも被《かぶ》っているかのようだ。

「きみ、どうしたの？　大丈夫？」

柔らかい声で、トンが女の子に声をかける。俯《うつむ》いていた小さな顔が上がり、二つに結われた髪の毛がぴょこんと揺れた。

「具合が悪いのかな？　迷子になっちゃったのかな？　だったらお兄さんたちが――」

「おお、驚いた、おぬし、わしがこれまで会った人間の中でも群を抜いて太っておるな」

子どもをあやすように左右に揺れていたトンの背中が、ぴたりと止まった。晴希たちも、ヒッと息をのむ。

「……なんか今、けっこうなこと言われてなかった？」

「開口一番トップオブデブの称号を与えられていたな」

溝口がやっと見つけたメガネをかけ直しながら言う。

「それだけ太っているということは、これまでたくさんおいしいものを食べてきたのだろう。わしはちょっといま自分の舌に自信が持てなくなっていてな、グルメなおぬしの意見を——」

少女はそこで言葉を切ると、ギロリと光る視線を晴希たちに向けた。

「あそこにいるのはおぬしの仲間か。さっきからジロジロ見つめてきて、なんなんじゃ。失礼なやつらじゃのう」

「シブ‼」

「話し方シッブぅ！」

少女は、イチローと弦の渾身《こんしん》のツッコミにも全く動じない。首から下はまるで着せ替え人形のようにかわいらしいのに、表情だけがめちゃくちゃ不機嫌《ふきげん》だ。

「具合が悪いわけでも迷子になったわけでもない。子ども扱いするな」

少女にすごまれたトンがふらりと倒れそうになったので、晴希たちは慌《あわ》ててその体を支えに行く。愛らしい外見の少女に「これまで会った人間の中でも群を抜いて太っておる」と言われた衝撃はなかなか大きかったらしく、トンは、対子ども用の笑顔のまま固まっている。

「なんかすごい子だな……」

どう見ても、その見た目は幼稚園児くらいだ。だけど、目を閉じて声だけ聴いていると、その声にはまるでテレビで流れている時代劇のセリフのような貫禄がある。「なんじゃ」目が合ってしまい、いよいよ晴希もすごまれる。

そのとき、晴希には、少女の手に何かが握られているのが見えた。タッチパネル式のタブレット端末だ。いまの幼稚園児はそんなものまで操作できるのだろうか――そう思ったとき、「あれ」精神的ショックから復活したらしいトンが、その端末の画面を覗き込んだ。

「きみも、このサイト使ってるんだね！」

少女が握る画面には、色とりどりの楽しげなデザインのサイトが表示されている。その真ん中には『みんなで作るグルメランキング、グルラン！』という文字がある。

「つーか、ここあれやん、亀有のモールのイベントにどんどん協賛しとるとこやん」

イチローが、どこからかコンテストのチラシを取り出した。審査員の欄には、『グルラン』の社長の名前と顔写真が掲載されている。CMにも出演しているこの社長は、オールバックと髭《ひげ》がよく似合っており、いかにも「社長！」と呼びたくなるような顔つきをしている。

「僕もよく使うよ、このサイト。情報量が多くてグルメ界でも有名だよね」

自分のことをグルメ界を形成する一員だと認識していることが明らかになったトンが、ふふんと鼻の穴を膨《ふく》らませる。『グルラン』は、店舗ごとにそれぞれページがあり、そこに一般客が感想や点数を書き込めるサイトだ。今では、行く前に目当ての店の評判を『グルラン』で検索することが世間のスタンダードとなっている。

「きみもってことは、おぬしも登録しておるのか？」

少女が、上目遣《うわめづか》いでトンを見つめる。「ん？　登録？」戸惑うトンに、少女は、ハアとため息を浴びせた。

「なんや、評判の悪いレビューばっかやなあ」

ぐいと画面を覗き込んだ弦が、ニヤニヤしながら言う。「ほんまや、星ひとつばっかり。マズイとかヒドイとかすごい言われようやなあ」続いて画面を覗き込んだイチローの頭を、少女がパコンと叩いた。

「これは、わしの家族がやっとる店のページじゃ！」

少女が、タブレットをぎゅっと抱きしめる。その瞳には、悔しさと涙が滲《にじ》んでいる。

「うちの店が出しとる料理は、マズくもないし、ヒドくもない。だけど最近、こんなレビューばっかり書かれるんじゃ……」

「わ、ごめんごめん！」

「泣かないで！　ほら、べろべろばー！」

イチローと弦が慌てて少女をあやす。だけど、「子ども扱いするな！」その方法では逆効果だったらしい。

「わしは悲しい。みんなでがんばって作った料理がこんなふうに言われるなんて……わしの舌がおかしくなったんかのう……」

俯く少女に、いよいよ誰も声をかけられなくなってしまう。そうか、この子の家はお店をしているのか。それで、最近続いている低評価に落ち込んでいたのか――事情がわかったところで、少女が元気になるような一言を見つけられない自分に、晴希はイライラする。

「なあなあ、みんな」

一馬が突然、この場に似つかわしくないほど明るい声で言った。

「演技のリハ、この子に見てもらおうぜ」

「えーっ、この激シブ子ちゃんの前で⁈」

「すでにこんな空気なのに⁉」

わあわあと大きな声で騒ぎ出すメンバーを、一馬がひとさし指を立てて静かにさせる。

「今日みたいなイベントって、俺たちを観に来てるわけじゃない人の足を止めなきゃいけないだろ。その予行練習って考えたら、この子の前で一回演技をやってみるのはいいことだと思うんだけど。それに何より」

一馬が、声のボリュームをぐっと下げる。

「チアは、落ち込んでる人を笑顔にするって効用もあるから」

晴希たちがひそひそ話していることが気に入らないのか、「何を話しとる、わしに聞こえんようにして」少女の表情はもっと不機嫌《ふきげん》になる。

一馬に向かって一度頷くと、翔が、その整った顔で少女に向かってにこっと笑いかけた。

「ねえ、ちょっと頼みがあるんだけど」

「わしの名前は、ねえ、じゃない」

「ごめんごめん、お名前は？」

腰をかがめた翔が、少女と目を合わせる。

「檸檬《レモン》じゃ」

「酸《す》っぱ‼」

「名前酸っぱぁ！」

思わずツッコんでしまったイチローと弦が、また、少女――もとい、檸檬にキリッと睨《にら》まれる。

「檸檬ちゃん、かわいい名前だね」翔がまた、笑顔を作る。心なしか、檸檬の表情も少し和《やわ》らいだような気がする。「今から僕たち、チアリーディングっていうのをやるんだけど、見ててくれないかな？」

「なんだ、それは」

「観ている人を笑顔にするスポーツのことだよ。これを見て、きみにも笑顔になってもらえたらいいなって」

翔の言葉を、一馬が繋げる。檸檬は「よくわからんが、レモンはここに座ってればいいんじゃな」と呟くと、ふんと鼻息を吐いて腕を組んだ。すでに、どの大会の審査員より厳しい目つきになっている。

「よし、じゃあカウントでやってみよう」

「この子を笑顔にできたら、俺たちも捨てたもんやないな！」

「この子じゃなくて檸檬じゃ」

七人はそれぞれ、自分のポジションにつく。今日行う演技はまず、トス隊に飛ばされたトップが空中で後方回転をする、バックフリップという大技から始まる。演技の冒頭で、その場所を通りかかった人たち全員の注目を集める作戦だ。

トップを飛ばすトス隊は、トン、溝口、イチロー、弦。一馬と翔は、トス隊に飛ばされる晴希と同じタイミングで、その両側でバク宙をする。

「ワン、ツー、スリー、フォー」

カウントが始まる。その瞬間、全身の筋肉、細胞のひとつひとつが、チアリーディングをする人間特有のそれに生まれ変わるような気がするから、不思議だ。

「ファイブ、シックス、セブン、エイ！」

放たれた矢のように、思い切り飛び上がる。「おお」檸檬が漏らしたらしき小さな声が、あっという間に遠ざかる。

大丈夫、高さも勢いも十分だ。視界がぐるんときれいに回転するころには、体中にへばり付いていた緊張がきれいにふるい落とされている。

回転したあとは空中で足を伸ばし、トス隊のキャッチに身を任せる。オッケー、うまくいった。この感覚、今日は調子がいいかもしれない。手ごたえの余韻《よいん》に浸《ひた》ったまま次の動きに移ろうとした、その瞬間だった。

「檸檬、ここにいたのかあああー！」

晴希たちの後ろから、まるで拡声器でも使ったかのような大きな声がした。

「あ、カンキチ」

檸檬が、公園の入口を見る。

「纏《まとい》、夏《ゲ》春都《パルト》、こっちだこっち！　檸檬がいたぞ！」

公園の入口に現れた男のシルエットが、ぐんぐんとこちらまで近づいてくる。「な、なになに」その勢いに、晴希たちは思わず体の動きを止めてしまう。

「探したんだぞ、せっかくみんなでモールを回ってたのにいつの間に外に出てたんだお前は！」

その男はあっという間にベンチの前に立ちはだかると、そのたくましい見た目からは想像できないほどやさしい手つきで、檸檬の小さな頭を撫《な》でた。晴希はそのとき、檸檬が、手に持っていたタブレットをさっと裏返したのがわかった。

男は小柄だが、ポロシャツ越しにもその体つきがとてもがっしりしていることがわかる。

二人に全く似ているところはないが、まさか檸檬の父親なのだろうか。色々ちぐはぐだが、何より、

「眉毛、濃《こ》！」

もうガマンならないといった様子で、イチローと弦が大声を張り上げた。ずっとツッコみたくてたまらなかったらしい。

「ガッツリ繋がっとるなあ」

「眉毛に顔がくっついとるみたいやなあ」

「何だ何だ、男にじろじろ見られるのは気味が悪いな」

イチローと弦が眉毛男に追い払われている間に、マトイ、ゲパルト、と呼ばれていた女性二人が公園の入口からこちらまでやってきた。一人は背が高くて若い女性、もう一人は何歳くらいだろうか、かなり高齢に見えるが、腰は曲がっておらず、元気そうなおばあちゃんだ。

「檸檬、ここにいたのか。よかったよ見つかって」

若い女性がほっと胸を撫でおろしている。こちらは外見は檸檬と似ているが、母親というには若すぎる。

「心配かけてすまんな」

檸檬はそう言うと、裏返していたタブレットを、大人たちには見えないように完全に隠

してしまった。「ちょっと一人になりたい気分だったんだ」そう言いながら、晴希たちをものすごい形相《ぎょうそう》で睨んでいる。さっき言っていたお店、というのは、この人たちが経営しているのだろう。おぬしら余計なことを言うなよ――檸檬の眼力には、そんなメッセージが込められている気がした。

時代劇みたいな話し方の幼稚園児に、繋がった眉がやたらと濃い、威勢のいい男。そして年齢がまるで離れた女性二人――いくら考えてみても、この四人の関係性が、全くわからない。

「それで、お前ら」

サンダル男が、くるりと晴希たちのほうに振り返る。

「さっきのはなんだ、人間がぴょーんと飛んでただろう、何をしてたんだ？」

「あー、あれは……」

前のめりに質問してくる男に、晴希は少し胸を張る。すごいと思っていることが伝わってくるのは、やはり嬉しい。

「チアリーディングっていって、なんていうんですかね、一種の」

「と、いうよりも」

晴希の早口の説明が、男にぶった切られる。

「お前ら、誰だ？」

イチローが放った渾身《こんしん》のツッコミ、「こっちのセリフやあああ！」が、よく晴れた大空に広々と響き渡った。


急きょ始まった自己紹介タイムのトリを務めたのは、眉の繋《つな》がったサンダル男だった。

「わしは両津勘吉《りょうつかんきち》、両《りょう》さんと呼んでくれ！」

職業は、亀有公園前派出所の巡査長、らしい。正直、彼が警察官だとはとても思えなかったので、それだけでも驚きだったが、両津はあっけらかんと「今はこのばあさんがやってる超神田寿司《ちょうかんだずし》でも働いてるけどな！」と胸を張った。晴希は一瞬、警察ってバイトとかできるんだっけ……と不安になったが、「ここの寿司はうまいぞー！」ガハハと豪快に笑う両津を見ていると、そんな小さな疑問はどうでもよくなってしまった。

「え？　『超神田寿司』ってあの『超神田寿司』？」

「ってことは……」

トンと溝口が、おそるおそる、といった様子で続ける。

「もしかして、夏春都さんも纏さんも檸檬ちゃんも」

「皆さん、擬宝珠《ぎぼし》家の人たちですか？」

両津以外の三人が、こくりと頷《うなず》く。「ぎゃあ！」「ぎゃあ！」トンも溝口も、全く同じように背中をのけぞらせている。

「有名なの？」

「有名なんてもんじゃ！」

晴希の質問に、トンが鼻息を荒くする。

「超神田寿司といえば、この辺《あた》りの食通ならみんな知ってる有名なお店だよ！　まさかそこを経営している擬宝珠家の人たちに会えるなんて……！」

話している間に気持ちが高ぶってきたのか、トンは、夏春都、という耳慣れない名前のおばあさんに相対し両手を合わせて拝み始めた。溝口もそれに倣《なら》うが、「やめんか！」二人とも、当の夏春都に小突かれる。本人曰《いわ》くもう百歳を超えているらしいが、そのきびきびした動きも含め、まるでそんなふうには見えない。

「ばあちゃん、初対面の人にそんなことしないでよ、みんな勘吉みたいに体が強いわけじゃないんだから」

そう笑う若い女性は、纏と名乗った。檸檬や両津に気をとられていたが、よく見るとものすごく美人だ。イチローと弦が急に髪型を整え始めたのが腹立たしい。それにしても、ゲパルトに、マトイに、レモン。そして、名字がギボシ。ここの一家には普通の名前の人はいないのだろうか。

纏と檸檬は歳の離れた姉妹で、揃《そろ》って夏春都の孫。そんな夏春都が仕切っている有名店

『超神田寿司』でバイトもしつつ警察官としても働いているのが、両津勘吉――きちんと素性を説明されたところで、結局よくわからない四人組であることは揺るがない。

「あれ、ってことは」晴希は、頭に浮かんだ疑問を、思わず口にする。「その食通の中でも有名なお店の最近のレビューが――」

「ゴホンッ！」

わざとらしすぎる咳払《せきばら》いをした檸檬が、ギロリと晴希を睨《にら》む。そうだ、『グルラン』での低評価の話は、店を経営する大人たちの前では禁句なのだった。晴希は檸檬に小さく謝る。

「で、さっきお前らがやってたのは何なんだ？　シルク・ド・ソレイユか？」

「チアリーディングです！」

翔がピシッと言い直す。

「ちありーでぃんぐ？」

正しく単語を思い浮かべられていないだろう発音で、両津が繰り返す。

「ごめんごめん、勘吉は常識知らずだからさ～」

わけしり顔の纏が補足をする。

「チアってのはあれだよ、野球の応援とか、海外のアメフトの試合の間とかで、女の子がミニスカートで踊るやつ。あれっ、でもそれだったらこの子たちがやるのはちょっとおかしいか……」

チアリーディングとチアダンスは違います！　――そんなふうに、いまに翔が否定するだろうと晴希は思った。現に、翔もそのつもりで、ぱっくりと口を開いてはいた。

「纏、お前が言っているのはチアダンスだよ」

だが、誰よりも早く話し出したのは、自称百歳を超えているという夏春都だった。

「チアリーディングとチアダンスは全然別物だ。チアリーディングは、ダンスだけじゃなくて、人が人を持ち上げたり、さっきみたいに人を飛ばしたり、そういうアクロバティックな動きが多い。近年はこのチアリーディングの技術を競い合うスポーツ競技としての大会が盛んになってきている。演技時間は二分半、そのうち一分三十秒以内なら音楽を使ってもいいことになっているみたいだな。とにかく、纏や勘吉が想像しとるモンとは、全くの別物だ」

「く、詳しい……！」

「もしかして……経験者の方ですか⁉」

一馬と翔が目を輝かせるけれど、「うんにゃ」当の夏春都はあっさりと首を横に振る。

「うちのばあちゃん、何でも知ってんだ。博識だろ？」

確かにそのよどみない回答に驚いているのは晴希たちBREAKERSの面々だけで、両津も檸檬も「そうなのか～」と素直に納得している。この人たちにとっての日常茶飯事《さはんじ》は一般的にはそうではない、という方程式を、晴希は自分の脳に無理やりインプットした。

「つは～、じゃあ、さっきのヤツもれっきとした技なんだな。すげえなあお前ら！」

「確かにすごかった。入口から見ても迫力あったもんね」

そんなふうに真正面から褒《ほ》められると、悪い気分にはならない。「まあ～すごいかすごくないかで言ったら、すごい方ですかねえ」「すごくないと言えば……うそになりますかねえ」イチローと弦がどうにか纏にモテようとしてカッコつけているが、肝心の纏は二人に全く興味を示していない。

「チアリーディングがどんなものなのかはわかったけど、でもなんでそれをうちの檸檬に向かってやってたの？」

纏が、ベンチに座っている檸檬の頭を撫《な》でながら言う。

「あ、それは檸檬ちゃんが――」晴希が口を開くと、檸檬がまたギロリと睨んでくる。檸檬ちゃんが落ち込んでいたから元気づけたかったんです、なんて説明したら、店への不評のことまで説明しなくてはいけなくなる。

「……チアリーディングは、世界で唯一、観ている人を笑顔にすることができるスポーツなので」

誰かが代わりに説明してくれていると思ったら、それは自分の声だった。こんな小さな女の子が、インターネット上の匿名の声に傷つけられているなんて、やっぱりおかしい。

早く、この子に笑顔を取り戻してほしい。

「あと、正直なことを言うとですね」ちゃっかり者の一馬が、晴希の言葉を受け取ってくれる。「俺たち、あの新しくできたモールのイベントに出るんです。正直、そのリハーサルも兼ねてって感じで……確かに小さな子の前でいきなりやっても驚かせるだけですよね、すみません」

「モールのイベント？」

両津の目が、爛々《らんらん》と光る。

「それってあれか？　すぐそこの、新しくオープンしたモールでやるやつか？　チラシいっぱい配ってるやつか？」

両津が一歩、一馬に近寄る。

「そ、そうです」

一馬が一歩、後ずさりする。

「最終日に投票で一位になったところには、賞金が出るってやつか？　なんとかってサイトが関わってるやつか？」

両津が二歩、一馬に近寄る。

「そうです、けど……」

一馬が三歩、後ずさりする。

「よし、わしにもそのチアリーダーってやつを教えてくれ！　わしもお前らと一緒にそのイベントに出るぞ！」

突然、両津が小学生のようにびしっと手を挙げた。「チアリーディング、だ」夏春都がピシャリと訂正する。

「それって、もしかして賞金目当てですか……？」

翔がいぶかしげな顔をすると、両津はぶんぶんと音が出るくらいに首を横に振った。

「そんなバカなことあるか！　わしもやってみたくなっただけだ！」晴希たちがじっとりとした疑いの目を向けても、両津はひるまない。「とにかくわしも一緒に出るぞ！　それに、観ている人を笑顔にできるスポーツなんて、すごく都合がいい！　わしが部長に説教されたとして、チアリーダーをやれば部長も怒りづらくなるってことだもんな！」

「そんな都合よくいくかな……」

結局、両津の勢いに圧《お》し負《ま》けた翔も後ずさりをすることになる。戸惑う晴希たちをよそに「な、わしにも教えてくれ！」両津はどんどん勝手に盛り上がっていくが、キャプテンである一馬も練習長である翔も、なかなか簡単には頷かない。そりゃそうだ、世間的には体力がありあまっているとされる男子大学生でさえなかなかキツイ競技、どう見ても二十代ではないこの男が練習したところで習得できるとは思えない。

そのとき、

「……カンキチ、さっきの、やるのか？」

ベンチに座った檸檬が、上目遣《うわめづか》いでそう呟《つぶや》いた。

「檸檬、見てみたいのか？　勘吉がチアやってるところ」

纏の問いかけに、檸檬がコクリと頷く。

「うん、見てみたい。あのモールにもう一回行って、確かめたいこともあるし……」

「ほれ、檸檬もこう言ってるんだ！　わしが出れば最終日での優勝、間違いなしだぞ！　なんなら今日のイベントも出るぞ！」

ぐいぐい両津が近づいてくるたび、「それはさすがに……」「練習時間もないですし……」一馬も翔もずりずり後ずさる。そんなやりとりに一石を投じるように、イチローと弦がずいと両津の前に立ちはだかった。

「そんなカンタンに教えてくれって言われましてもねえ～。なあ、弦？」

イチローは、そこにはない前髪をさらりとかき上げる仕草をする。弦は、吸ってもいない煙草《タバコ》をくゆらせる仕草をしながら言う。

「お兄さん、バク転とかロンダートとか、できませんやろ？　こればっかりはすぐ教えられるもんでもないんですよねえ～。なあ、イチロー？」

教えてくれ教えてくれと両津に頼まれた結果、関西人コンビはあっという間に先輩ぶった態度になっている。自分たちの方が上の立場だと認識した途端、わかりやすいくらいに横柄《おうへい》な態度をとるなんて檸檬よりも子どもっぽい。

「バク転？　バク転ができればコンテストに出してくれるのか？」

しかし、そんな挑発にすぐ乗るあたり、両津は二人よりももっと子どもっぽいかもしれない。すでに、サンダルを履《は》いた状態で、バク転のために体を構えている。

「いきなりバク転なんて危ないです！」

できるわけないいんだから、と翔が止めようとしたのと、両津が「おりゃあああ!!」と大声を上げたのは、ほぼ同時だった。

檸檬以外の全員の顔が、上を向く。

「それ、バク転じゃなくてバク宙……」

「しかも、三回転……」

空高く舞う両津を見上げながら、翔と一馬が小さく呟いた。


「いい感じになってきたな！　これなら優勝間違いなしだろ!!」

ガハハと笑う両津は、椅子が壊れてしまうんじゃないかという勢いで背もたれに体を預けている。「そ、そうっすね……」一方、晴希たちは、乱れる息を整え、軽く相槌《あいづち》を打つことで精いっぱいだ。

結局、この前のイベントは両津抜きでパフォーマンスをしたのだが、その演技を客席で観ていた両津はそれだけでほとんどの動きをマスターしてしまった。全員が愕然《がくぜん》としたが、それは最終日のコンテストに向けて最強の助っ人が現れたと確信した瞬間でもあった。

「何だ何だ、みんなぐったりして。まだまだいけるだろ！」

「はあ……」

今日の両津は警察官の格好をしているので、ヒマワリ食堂の中でもずいぶんと目立つ。擬宝珠家が営む寿司屋で働いたり擬宝珠家とモールに遊びに行ったり大学生とチアの練習をしたり、一体いつ警察官としての職務を全《まっと》うしているのか全くわからない。だが、両津と一緒にいると、そんなような些末《さまつ》なことはどんどん気にならなくなっていくから不思議だ。

「いよいよ本番は明日だな、飯食ったら最後の仕上げだ！」

「は、はい……」

一馬が、店長が出してくれた水を一気飲みする。他のメンバーも、続々と水をおかわりしている。両津のペースに合わせて練習をしていると、晴希たちの体力なんてあっという間に底をついてしまう。

「店長、わし、巨大カツカレーな！」

ダウンしている晴希たちを横目に、両津は、壁に貼られている『二十分で完食できたら

梅が好きた。

タダ！　巨大カツカレー！』のポスターを指《さ》した。こっちは今あんなものを食べたら吐いてしまいそうだというのに、この男はどこまでも無敵らしい。

「巨大カツカレー一丁……」

心なしか、晴希たちだけでなく、店長まで元気がないように見える。「俺、チャーハン……」「僕、オムライス……」力なく続く注文を、店長が「チャーハン……オムライス……」さらに力なく繰り返していく。

明日に迫ったコンテストに向けて、両津のありあまる運動能力を活《い》かすべく、BREAKERS出張部は演技構成を大きく変更した。両津は、個人の運動神経はすごいが、他人と協力して成功させる技がとことん苦手だ。タイミングを無視して飛び上がったり、トス隊のいる場所に着地しなかったりする。ダンスでも、力の調整ができないのか、他のメンバーと同じ振り付けを踊っているように見えない。そんな両津を上手《じょうず》に活かす演技構成を考える時点で、練習長の翔はもう疲れ切っていた。

「こんな人間見たことないよ……トップもベースもスポットもポジション関係なくやっちゃうし、ジャンプ力も筋力も何もかもがおかしい……」

BREAKERSにはいろんなメンバーがいるが、これまでのセオリーがここまで通用しない相手はいなかった。技を教えるも何も、両津は一度見ただけでほとんどの技を習得してしまう。なのに、細かな修正にはどうしても対応できない。「ちまちました動きが苦手なんだからしょうがないだろ！」両津に胸を張ってそう言われると、どうしようもなくなる。

「何だみんな元気ないな、本番は明日だぞ！」

両津が晴希の背中をバシンと叩く。痛いが、その反動で、丸くなっていた背中が少し伸びたような気がする。確かに、うじうじ考えていても仕方がないかもしれない。両津には振り回されてばかりだが、こうして沈みかけた空気を盛り上げるのもまた両津の特性だ。

両津は一度、夏春都、纏、檸檬を練習に連れてきたことがあった。「これまでの練習の成果を見てもらおう！」連れてきた本人はガハハと笑っていたけれど、そのときも檸檬の表情は暗いままだった。そして、晴希たちが演技を見せている間もずっと、大人の目に隠れてタブレットをコソコソといじっていた。

「へい、お待ち……」

「おー、きたきた！　うまそうだな！」

両津の前に、くすだまを半分に割ったみたいな大きな皿が届く。鍋で作ったカレーのすべてが注ぎ込まれているようなボリュームだ。

「では、二十分、タイマーセットします……はい、よーい、スタート……」

店長はタイマーのボタンを押すと、幽霊のようにとぼとぼとキッチンへ戻っていく。いつもなら天井のライトをピカッと反射するつるつる頭も、今日は心なしか輝きを失っている気がする。

「俺らが疲れとるのはしゃーないにしても……」

「店長はなんであんなしょんぼりしとるんや？」

イチローと弦が揃《そろ》って首を傾《かし》げている。確かに、あんなに元気のない店長は見たことがない。「髪の毛、最後の一本がついに抜けたとか？」「眉毛とかまで抜け始めたんちゃう？」

ひそひそと噂をしていると、巨大カツカレー以外の品をトレーに載せた店長がキッチンから出てきた。

「店長、なんか暗くない？　どうしたの？」

「ん……？」

両津がガツガツとカレーを平らげる咀嚼《そしやく》音がうるさいが、その隙間《すきま》からかろうじて店長の声が聞こえてくる。

「みんな、これ、知ってる……？」

店長が、携帯の画面を力なくこちらに見せてきた。

「あれ、これって」

晴希たちの顔が、ぎゅっと、差し出された画面の周辺に集まる。

「檸檬ちゃんが言ってたサイトだ」

『みんなで作るグルメランキング、グルラン！』――画面の真ん中でぴかぴか光る文字の隣には、社長の笑顔の写真が掲載されている。

「檸檬ちゃん？」首を傾げる店長に、

「ああ、こっちの話」一馬が誤魔化《ごまか》し笑いをする。

「檸檬が何か言ってたのか？」首を傾げる両津に、

「ああ、こっちの話」晴希が誤魔化し笑いをする。

「溝口君のところも、このサイト、登録してる……？」

幽霊のように青ざめた表情の店長が、溝口に視線を移す。

溝口の実家は老舗《しにせ》の料亭だ。かつて、ヒマワリ食堂に初めて入ったとき、「安い店では飯を食うなと言われている」とほざき、店長と険悪な仲になったこともある。

「うちはこういうところに登録するような店とは一線引く主義だったんですが、最近ついに両親も折れたみたいですね。登録しています」

いちいち一言多い溝口にいつもは突っかかる店長も、「そうか……」今日は不思議と大人しい。

「そのサイトがどうかしたんですか？」

「うん、それが、少し前くらいから書き込みの様子がおかしくてさ……」

「えっ」

晴希たちは思わず顔を見合わせる。

「おかしいって、ど、どんなふうに？」

晴希はその書き込みの内容を確認しようとするけれど、店長の携帯は、いつの間にか両津の手の中にあった。

「ふーん、最終日のコンテストは、ここの社長が審査するのか！」

いつもの五倍くらいに膨《ふく》らんでいる頬《ほお》をもぐもぐと動かしながら、両津はさくさくと画面を操っている。『グルラン』のサイト内に、亀有のモールで行われるイベントの詳細を記すコーナーが新設されたようだ。グルメサイトで上位独占の店が勢ぞろい〜、という、CMで聴き慣れたメロディがサイトから流れている。

「せやで、観客と審査員の合同投票らしいな」

「コンテストの賞金出してくれとる太っ腹なIT企業サマ、ありがたや〜」

「太っ腹なIT企業サマ、ねえ……はっは〜ん、なるほどなるほど」

カツカレーをつまみ食いしようとするイチローと弦を巧《たく》みにかわしながら、両津が小さくそう呟《つぶや》く。その表情はこれまで見たこともないくらいに真剣だ。

あれ、ちょっと、警察っぽい——晴希が両津に対して初めてそう思ったとき、

「こりゃー当日が楽しみだな！」

両津はいつも通りがははと笑い始めた。「優勝優勝！」と突き上げるその手に載っている皿は、もうすでにからっぽだった。

あと十分でコンテストが始まるのに、溝口と両津がいない——本番直前のBREAKERSは、舞台袖に集まっている出場チームの中で、最も慌《あわ》ただしい状況にあった。

「あ、来た！　溝口、こっちこっち！」

遅れて現れた溝口に、晴希は手招きをする。決して走ろうとはせず、競歩のようなシルエットでこちらに近づいてくる姿が気持ち悪い。

「はあ、はあ、申し訳ない」

溝口のメガネが白く曇っている。一応、急いではいたみたいだ。「もー、ぎりぎりだよぎりぎり！」

コンテスト開始十分前の舞台袖は、あらゆる団体がぎゅうぎゅうづめになっている。高ぶる気持ちを抑《おさ》えて早く冷静になりたいのに、まだ両津が来ていない。

「あとは両さんだけか……どこで何してんだろ」

翔がもどかしそうに周囲を見渡す。そういえば、誰も両津の連絡先を知らない。せっかく演技構成も考え直したというのに、このまま両津が来なかったらこれまでの練習が無駄になる。

「【人は神ではない。誤りをするというところに人間味がある】……山本五十六《やまもといそろく》の言葉だ、俺だって両さんだって、たまには遅刻くらいする」

大真面目にそう答える溝口に、「いや、別に誰も溝口のこと神だなんて思ってないから……」翔が呆《あき》れた声でツッコんでいる。

「ちょっと朝から家がバタバタしていてな……すまなかった」

ユニフォームに着替えながら、溝口がぼそりと呟《つぶや》く。家、というのは、溝口の実家が経営している料亭のことだろう。

「なんかあったの？」

小刻《こきざ》みにジャンプをすることで筋肉をほぐしながら、晴希は訊《き》く。こうすると、全身にこびりついている過度な緊張感が、少しずつ振り落とされるような気がする。

「ちょっと、予約のキャンセルが相次いだみたいで……ネットの書き込みを見てキャンセルしたいって人が、朝から何人も」

今までそんなことなかったんだが、と呟く溝口の表情が、昨日《きのう》の店長のそれとかぶる。さらに、溝口と店長の落ち込んだ表情が、檸檬のそれとも重なった。

「……ネットの書き込みって、まさか、『グルラン』？」

晴希が溝口にそう声をかけたとき、

「いやー、すまんすまん！」

両津がバタバタと舞台袖に駆け込んできた。昨日《きのう》貸した予備のユニフォームがそのがっしりとした体格になかなか似合っている。とはいえ本番七分前、時間はギリギリだ。

「両さん、遅い！」

「どこ行ってたんですか⁉」

あたたかく迎えようとするメンバーを避け、両津はそのままぐんぐんとステージまで進んでいく。

「そうか、あそこが審査員席かあ！　なるほどなるほど！　オッケー、大丈夫そうだ！」

「え、両さん、まだステージ出ちゃだめ！」

トンの必死の制止もむなしく、両津はあっという間に本番前のステージに降り立ってしまった。トンの怪力にさえ全く動じない両津の肉体は、一体どうなっているのだろうか。

「みんな、手伝ってぇ！」トンからの救助要請もあり、結局、メンバー総出でなんとか両津を舞台袖にまで引きずり戻すことに成功した。そんな様子を見て笑っている観客たちの中に、夏春都、纏、そして、今日も髪の毛を二つに結んだ檸檬の姿がある。

やっぱり——両津を引っ張りながら、晴希は思う。檸檬の表情は、今日も暗い。店長や溝口も含め、自分の信じているものが否定されてしまった三人の表情は、やっぱり、見ていて悲しくなる。

笑顔になってもらいたい。晴希は、伏し目がちな小さな女の子を見ながら、強く拳を握りしめる。

この感情には、覚えがあった。男子だけでチアリーディングを始めたとき、初ステージの学園祭、そして初めて出た公式戦。すべての場所で、まず向けられたのは、冷たい視線だった。男子だけのチアなんて変、気持ち悪い、と、自分が信じてやってきたものを否定する人の目だった。あのときの悔しさは、いま思い出してもじりじりと心臓が焦げるほどだ。

書き込まれてしまった内容は、サイトからも記憶からも消すことはできないだろう。だけど、一時でも忘れることはできるはずだ。たとえば、BREAKERSのパフォーマンスによって。

「両さん！」

両津を引きずり戻した舞台袖で、翔が声を張り上げる。

「勝手なことしないでくださいよっ！　遅刻したり勝手にステージに出たり……反則になったらどうするんですかっ」

「まあまあカリカリすんな！　よっしゃー本番本番、審査員をあっと驚かすぞー！」

ぷりぷり怒る翔を、両津が適当に往《い》なす。まるでまじめな学校の先生と悪ガキみたいだ。晴希はそっと、舞台袖から審査員席を確認する。長机に、モールの社長、このイベントの責任者、そして相変わらずオールバックと髭《ひげ》がよく似合う『グルラン』の社長が座っている。社長は、この待ち時間さえも無駄にしたくないのか、手元のノートパソコンをカチヤカチャと操作している。

「皆さんお待たせいたしました！　それではこれから、スーパーモール亀有オープニング記念、スペシャルパフォーマンスコンテストを行います！」

舞台から、司会者の明るい声が聞こえてくる。集まった観客の拍手が、大きなひとつの音となって舞台袖にまで迫ってくる。

「よし、いよいよ本番だ！　集合！」

一馬が声をかけると、「おう！」と威勢のいい返事が揃《そろ》った。みんな、やる気は十分だ。いつもの七人に両津を加えた八人で、円陣を組む。

「優勝ももちろん大事だけど、まずは檸檬ちゃんを、そして集まってくださった人たちを笑顔にすることを考えよう！　落ち着いて、練習通りに。両さんっていう超強力な味方も加わったわけだし、思いっきり行くぞ！」

オー！　と、円陣が揺れる。本番前の、この、全身を巡る血液が炭酸水になったような高揚感。何度体験しても、すぐにもう一度欲してしまうほど刺激的だ。

「舞台袖から頼もしい声が聞こえてきましたね！　それではいよいよトップバッターの紹介です！　オープニングイベントのステージでも大人気でした、命志院大学男子チアリーディングチーム、ＢＲＥＡＫＥＲＳの皆さんです！」

「うおりゃー!!!」

全員で一緒に飛び出していこうと決めていたのに、ロケットスタートを切った両津に追いつけるメンバーは一人もいなかった。「皆さんこんにちはー！」両津の挨拶《あいさつ》に、こんにちはー、と観客から声が返ってくる。舞台上からは、夏春都が険《けわ》しい表情で腕を組み、纏がけらけら笑っている姿がよく見える。両津の勢いのおかげか、ツカミはいつもより良いかもしれない。

だからこそ、表情の暗い檸檬が、目立つ。

大丈夫。絶対、笑顔にする。晴希は、ふう、と息を吐く。

「ポジション！」

翔の掛け声を合図に、全員がスタートポジションに着く。晴希もいつも通り、バックフリップの準備に取りかかる。驚異の身体能力の両津は、トス隊なしで晴希と同じ高さまでバックフリップをすることになっている。

「はい！」

翔が手を挙げる。二階、三階まで続く吹き抜けの空間を、大音量の音楽が駆け上っていく。何度も聴き慣れた、演技用の音楽。晴希は、体の内側の筋肉をきゅっと絞るような気持ちで、全身に力を込める。

「ワン、ツー、スリー、フォー……ん？」

みんなのカウントに、ハテナマークがつく。晴希を支えるトス隊のバランスが、でたらめに波打ったのがわかった。

「何やこいつら⁉」

イチローの喚《わめ》き声から逃げるように、晴希はトス隊から降りる。舞台上では、全く知らない男たちが自由に動き回っている。

海パン一丁なのにネクタイをぶら下げているマッチョな男、セーラー服を着ているこれまたマッチョな男、バレリーナの格好をしているまたまたマッチョな男など、どこからどう見ても胸を張って変態と呼べる男たちが、ユニフォーム姿の両津をわっしょいわっしょいと持ち上げ始めた。

「両さん！　この人たち何なんですか⁈」

大音量の音楽の中、一馬が叫ぶ。観客は、これもパフォーマンスのうちのひとつだと思っているのか、意外や意外、ものすごく盛り上がっている。

「特殊刑事課オールスターズだ！　こいつら、こう見えて本庁のエリート刑事集団なんだぞ、すごいだろ！」

「エリート集団はこんな格好で人前に出ないと思うんですけど⁉」

一馬の渾身《こんしん》のツッコミが木霊《こだま》するが、それもまた音楽にかき消されてしまう。観客たちは突如現れた刑事たちの姿が面白いのか、手を叩いて笑っている。

「驚かせてすまない‼　これも捜査のうちなんだ。これをプレゼントするから大人しく協力してくれないか‼」

「うおおおお海パンから出したバナナ差し出されたああああああ！」

中でも目立つ海パン姿の刑事が、自《みず》らの海パンの中から取り出したバナナを弦の口に押し込もうとしている。「どうした。なぜ食べないのだ。バナナはパワーが出るぞ‼」「やめろおおおおおおお」

「特殊刑事とか捜査とか、両さん、一体どういうこと――」

「まあ見てろって！　わしが何もかも解決してやるから！」

同じ舞台の上にいるのに、晴希たちはあっという間に両津とその仲間たちの観客に成り果ててしまった。何なんだこれは――晴希は目の前で繰り広げられている出来事に困惑しつつ、たったいま両津が言った言葉を思い出す。

まあ見てろって！　わしが何もかも解決してやるから！

『解決』？

「さあ皆さん！　よってらっしゃい見てらっしゃい！　BREAKERS、両さんスペシャルバージョンの始まり始まり〜！」

両津は陽気にそう宣言すると、お得意の三回転バク宙で宙を舞った。観客を包む空気がどかんと弾《はじ》ける。

それと同時に、海パンを着た刑事が一番下、セーラー服を着た刑事が真ん中、バレリーナ姿の刑事が一番上になるように、急に現れた三人が肩車タワーを作った。そして、そのタワーの一番上に、バク宙を終えた両津が着地する。会場全体が、拍手で波打つ海に生まれ変わる。

「何なんだよ、この人たち……」

口の中にバナナを押し込まれて倒れている弦を介抱《かいほう》しながら、晴希は観客席の最前列にいる檸檬を見る。やっぱり、その表情はどこか、暗いままだ。

両さんダメだよ、そんなふうに無理やり盛り上げたところで檸檬ちゃんは笑顔にならない——晴希がそう伝えようとしたとき、バレリーナ姿の刑事が、ぶん、と、まるでブーメランでも飛ばすように両津の体を投げた。

「えっ⁉」

「危ないっ！」

思わず目を瞑《つむ》ったが、両津はそんなことお構いなしといった感じで、「おりゃあああ！」雄叫《おたけ》びを上げながら審査員席を目がけて飛んでいく。そのまま審査員たちが座るテーブルを撫《な》でるように飛行しながら、両津はテーブルの上の何かを奪い取っていった。

晴希は目を凝《こ》らす。いま、両津の手元にあるのは——『グルラン』の社長がカチャカチャといじっていた、ノートパソコンだ。

「ハイテクロボット刑事《デカ》、クララ！」

飛行中の両津が誰かの名前を呼ぶ。もはや晴希たちには何を言っているのかよくわからない。

「これを頼む！」

そう叫んだ両津が、たった今『グルラン』の社長から奪い取ったノートパソコンを審査員席からできるだけ離れるようにぶん投げた。その後、両津はそれこそブーメランのように、マッチョタワーの頂点に着陸する。

「な……な……」

突然のことに呆然《ぼうぜん》としている『グルラン』の社長を気にすることもなく、両津は次の指示を出す。

「クララ、『グルラン』のサイト管理システムに入り込んでくれ！」

「リョウカイ！」

ぶん投げられたパソコンを受け取ったのは、カウボーイハットをかぶったスタイル抜群の美女だ。晴希と同じく弦を介抱していたイチローが、完全に弦を手放しゴクリと生唾《なまつば》を飲み込む音が聞こえる。

「クララ、『グルラン』の上位を占める店の書き込み、そして最近上位から引きずりおろされた店の書き込みが本物のユーザーによるものなのか、解析してくれ！」

「ラジャー！」

クララ、と呼ばれた美女が目にも留《と》まらぬ速さでパソコンを操る。この人も本庁のエリート軍団の一員だというのだろうか。それにしてはかなり露出度の高い格好をしている。

「解析完了！」

ターン、と弾け飛ばさんばかりの勢いでエンターキーを押すと、クララが高らかに言った。

「両サンノ見込ミ通リ、『超神田寿司』ニ関スル書キ込ミノホトンドガ、虚偽ノユーザーニヨルモノデス！」

「え？」

「何だって？」

ざわざわと不穏な反応を見せ始めた会場の中で、檸檬と溝口だけが、全く同じリアクションをしている。ぽかんと口を開け、『グルラン』社長でもなく、クララと呼ばれた美女でもなく、両津のことを見つめている。

「がはは！　やっぱりな！」

審査員席にいる『グルラン』の社長は、「何なんだお前たちは!!」と喚き散らしているものの、特殊刑事たちに体を押さえつけられているので身動きがとれない。

「檸檬、安心しろ！」

突然、両津が観客席に向かって叫んだ。

「『超神田寿司』にひどい書き込みが続いたのは、決して店の評判が悪いからじゃない！　決して、檸檬の舌がおかしくなったからじゃない！　『グルラン』のやつらが、このモールの中に入っている店の順位を上げるために、不正をしていただけだ！」

やっと、これがパフォーマンスではないと気付いたのだろう、観客たちがざわざわと動揺し始める。だが、そんな些末《さまつ》なことを、この両津という男が気にするわけがない。

「だから、本来の『超神田寿司』の味とは全く関係ないデタラメな評価はもう気にすんな！　暗い顔すんな！　ゴー、ファイ、ウィーン！」

舞台上でチアのポーズを決める両津を見て、檸檬がやっと、笑った。

「両さん、どうしてわかったんですか？　『グルラン』の書き込みが偽物だらけだって……」

口の中でとろける寿司を味わいながら、晴希はカウンター越しに両津に迫った。みんな、あまりの寿司のうまさに我を忘れかけているが、いい加減そろそろ起きたことの真実を説明してもらいたいところだ。

晴希たちBREAKERS、両津、夏春都に纏に檸檬、そして特殊刑事課の面々——この賑《にぎ》やかなメンバーで、今日の『超神田寿司』は貸切状態となっている。檸檬に笑顔が戻ったお祝いということで、両津がみんなに寿司を振る舞ってくれているのだ。

「ここの寿司、最高だろ？　さっすが檸檬がいる店だよなっ。で、何だ？　何か言ったか？」

カウンターの内側では、両津がものすごいスピードで寿司をこしらえてくれている。チアのユニフォームも似合っていたけれど、板前の格好はまさに板についている。

「だから、何で『グルラン』の不正に気付いたのかって話ですよ！　てっきり両さんは賞金目当てだと思ってたのに……」

晴希はそう食い下がりつつも、次のネタに手を伸ばす。握り、軍艦、巻き、何もかもが、これまで食べてきた寿司は寿司ではなかったのかもしれないと思うほど、うまい。

「私なんて、檸檬とずーっと一緒にいるのにぜーんぜん気付かなかったよ。あの子、私たちにはあのサイト絶対見せないようにしてたみたい。だから一人で公園で隠れて……低評価の書き込み見たら、私たちが傷つくと思ったんだろうね」

ああ見えてやさしいところあるから、と、纏がカウンターに肘《ひじ》をついた。大きな胸がカウンターに載っていて、晴希は思わずどきっとしてしまう。

檸檬と溝口は、カウンターの隅の席に隣同士で座り、手元にあるタブレットの画面をニヤニヤニヤニヤ眺め続けている。もう何時間も飽きもせず、お互いの店の本当の評価を何度も何度も確認しているのだ。

そんな檸檬の様子を見ていると、ふっと、全身から力が抜ける。笑顔が戻って、本当によかった。

晴希たちと出会ったあの日、両津たちとモールに遊びに行っていた檸檬は、そのモールの中にある店が『グルラン』というサイトで人気ランキングの上位を占めていることを知った。これまではどのサイトでも『超神田寿司』が人気第一位だったのにおかしい――そう思い、檸檬は『グルラン』内の『超神田寿司』のページにアクセスしたのだ。

檸檬は、ひどい言葉たちを、夏春都にも纏にも、もちろん両津にも見せたくなかった。だから、はぐれたふりをして、公園に移動したのだ。あの日ベンチに座っていた檸檬は、一人で『グルラン』を見ていた。自分の家族が経営している店に、ひどい言葉が浴びせられている様子を、一人でじっと見つめていた。

「でもホント、両さんは何で檸檬ちゃんが『グルラン』の書き込みで悩んでるってことがわかったんですか？　檸檬ちゃん、両さんたちの前では徹底してあのサイトの画面隠してたのに」

隣に座っている一馬が、イクラの軍艦巻きにぱくつきながら訊《き》く。

「わしの視力はもともと2・0、カネが関わると8・0、それよりもっと大切なことが関わると10・0になるからな！　あれぐらいなら、檸檬が画面を隠す前にバッチリ見える！」

ガハハ、と笑う両津は、続々と寿司を提供してくれる。この人は刑事としてもチアリーダーとしても板前としても、とりあえず何かがずば抜けている。

「でも、それだけでよくサイト側が仕込んだ不正な書き込みだってわかりましたね」晴希は、声のボリュームをグッと下げる。「あの、その、もしかしたら、ホントにおいしくないと思った客が書いたのかもしれないじゃないですか……?」

両津と同じくカウンターの内側にいる夏春都が、ギロリとこちらを睨《にら》んでくる。こんなに小声で話したのに、聞こえたのだろうか。晴希は静かに目を逸《そ》らす。

「お前らが行きつけの店の店長も、同じようにこのサイト見て暗《くれ》ぇ顔してただろ? 案《あん》の定《じょう》、あんなうまいカツカレー出すのに『グルラン』では不自然な低評価が多かった。そこにグルメサイトで上位独占の店が勢ぞろい〜ってなCMが流れたら、不正を疑うのがトーゼンだろ!」

どうしても本庁のエリート刑事集団に見えないマッチョ男たちは、イチローや弦と大トロを取り合って大乱闘を繰り広げている。「おまっ、海パンに突っ込んだ手で寿司食うなや!」「うるさい!! またバナナを食わせてやろうか」だが、いくら争ったところで、トンには誰も勝てていない。スタイル抜群のクララは翔を気に入ったらしく、やたらと体を翔にすり寄らせては逃げられている。

「あの社長はいろいろとキナ臭い商売で稼いでることで有名でな。今回のサイトももともと特殊刑事《デカ》たちが目を付けていたらしい。イベントの日、早く来てうろうろしてたら、こっそり調査に来てた特殊刑事たちとバッタリ会ったんだよ。それで、ステージで色々協力してもらったってわけさ。あのあといろ～んな店との癒着《ゆちゃく》がジャンジャン出てきたみたいだぞ～、ざまあみろだ！」

結局、すべては両津の言うとおりだった。モールと『グルラン』のトップ同士がグルとなり、モール内に入っている店舗の評価を高く設定していたのだ。人気ランキングトップ10の店が揃《そろ》い踏《ぶ》み、という宣伝をどうしても実現したかったらしい。そのために、それまでランキング上位に君臨していた店の評価を虚偽の書き込みで不当に下げていたのである。つまり、超神田寿司や溝口の実家の料亭は、本当はネット上でもとても人気の高い店だったのだ。

「不正とはいえ、味とは関係なくマズイとかヒドイとか書き散らす輩《やから》がいたことに檸檬は傷ついたみたいだが……こうしてうまいうまいって食ってくれるお前らの顔を見せられて、今日はよかったよ！」

あのあと、特殊刑事たちにより『グルラン』の社長とモールの責任者が連行されたため、会場は騒然となった。だが、両津が人並み外《はず》れたパフォーマンスでもう一度観客を盛り上げたので、コンテストはどうにか最後まで実施された。BREAKERSは優勝を逃したものの、晴希は、賞金なんかよりずっと価値のあるものを得たような気がしていた。

「いや、ほんっとうにおいしいです。ここに低評価つけるなんて、『グルラン』は詰めが甘かったよな、な、ハル」

「あ、うん」

「だろ！　ここの寿司は最高なんだ！」

一馬と晴希の前でガハハと大口を開けて笑う両津が、その隣で笑っている纏が、カウンターの内側で板前たちを取り仕切っている夏春都が、溝口の隣で嬉しそうにタブレットを覗《のぞ》いている檸檬が、好き勝手暴れている特殊刑事課の面々が、みんなでひとつのチームに見える。この人たちはこれからもこうやってお互いの笑顔を守っていくのかと思うと、羨《うらや》ましいような、BREAKERSも負けていられないような、そんな気持ちになる。

「すげーよ、今サイト見ると、『超神田寿司』星五つだよ。全員満点つけてるし、総合一位。そんな店初めて見たぜ」

一馬が携帯の画面をずいと差し出してくる。

「溝口んとこ、不正な書き込み差し引いたら四・九点だったんだって。総合で二位らしくて、すげえ悔しがってる」

いつの間にかライバル同士として睨み合い始めた檸檬と溝口を横目に、両津が言う。

「クララが不正な書き込みは全部消してくれたからな！　もう全部の店舗が正常な評価に戻ってるはずだぞ」

「あ、てことは。ヒマワリ食堂も？」

晴希はふと、店長の暗い顔を思い出した。あんなに落ち込んでいたのだ、店長にも、『グルラン』の不正について早く教えてあげたい。

指についた飯粒を舐《な》め取ると、「どれどれ」一馬が、ヒマワリ食堂、と『グルラン』上の検索フォームに入力する。ボタンを押すと、すぐに画面が切り替わった。

「……あれ？」

画面を覗く一馬が、ごしごしと目をこすっている。「どしたの？」晴希も一緒に、その画面を覗き込む。そこには、今日書き込まれている最新の三件のコメントが表示されていた。

【従業員？　の男性が、とにかく暗かった】

【おいしいと評判なので楽しみにしていたのですが、店長をはじめ、店内の雰囲気がどんよりとしていて、そこが残念でした……】

【巨大カツカレーに挑もうとしたのですが、壁に貼ってある最高記録が十分を切っていて、やる気をなくしてしまいました。最高記録保持者の両津という人は、フードファイターか何かなのでしょうか？】

「……」

「……」

「おしっ、特製ちらし寿司の完成だ！」

両津が勢いよく差し出してきた大きな寿司桶いっぱいのちらし寿司が、低評価が続いているヒマワリ食堂のページを覆い隠した。

〈終〉

BREAKERS

両津＆パンツァー

岡田邦彦

『ガールズ&パンツァー』

2012年、TVアニメーションとして放送。乙女のたしなみとしての武道『戦車道』が存在する世界、茨城《いばらき》県大洗《おおあらい》の女子校を舞台に、戦車に青春を賭ける少女たちの姿を描く。最終回を迎えた後も、劇場版が公開されロングヒットするなど、話題に事欠かない人気作。

岡田邦彦

子供の頃から思ってましたけど、今回つくづく痛感しました。両さんはやっぱりスーパーマンです。なんでもやっちゃうすごい男。近年さらに磨きがかかっているようで、これからも目が離せませんね。

扉イラスト　原画：杉本功《すぎもといさお》
仕上：原田幸子《はらださちこ》
特効：古市裕一《ふるいちゆういち》
CG：柳野啓一郎《やなぎのけいいちろう》
（グラフィニカ）
背景：岩瀬栄治《いわせえいじ》
（スタジオ・ちゅーりっぷ）

本文イラスト　槌居《つちい》

茨城県《いばらきけん》の大洗《おおあらい》は、北関東有数の海水浴場を擁《よう》する町としてその名が知られている。それに加えて最近は、ある「遊び」の流行がこの町に新たな人々を呼び寄せていた。

「大洗マリンタワー……先輩が強引に誘うからこんなところまで来ちゃいましたけど、一体ここに何があるんですか？」

本田速人《ほんだはやと》は困惑していた。白バイ隊員の制服を着用している彼の傍《かたわ》らに立つＣＢ７５０Ｆｏｕｒは、東京から休憩無しで走り通してきたばかりなので、エンジンとマフラーの付近にはまだゆらゆらと陽炎《かげろう》が見える。

「ラジコン戦車道だ」

警察官の制服を身にまとう両津勘吉《りょうつかんきち》は、背負っていたリュックを降ろし、中から大きな箱を取り出す。バイクの後席に座りっぱなしで東京の葛飾《かつしか》からこの大洗まで来た疲れは、微塵《みじん》も感じられない。

「要するにラジコンで戦車戦をやるんだよ」

箱を開けると、そこには戦車の模型とコントローラーが収まっていた。

「それくらいなら東京でもできそうですけど、なんでわざわざ茨城まで……？」

「いまはここが聖地なんだよ、ラジコン戦車道の」

両津はニヤリと笑《え》みを見せつつ、マリンタワーのふもとにある芝生《しばふ》広場に目をやる。そこには人だかりができていた。

「全国から強い奴らが集まってきている。戦い甲斐《がい》があるってもんだ」

そう言いつつ両津は、戦車とリモコンを小脇に抱え、人だかりに向かって歩き出す。

「待って下さいよ〜、先輩」

いまだ事情が呑《の》みこめず、おずおずと両津のあとをついていく本田である。

ふたりが向かう人だかりは、20メートル四方の空間を取り囲むように形成されていた。

「うわ……なんかすごいですね」

本田が思わず感嘆の声を漏らす。そこには精巧に作られた町の模型があり、街路を複数のラジコン戦車が動き回っていた。

「商店街に海水浴場に、神社、マリンタワー……この町を再現してるんですね」

「さすが聖地だ。戦闘フィールドの作りこみにも気合いが入っているな」

フィールド内のラジコン戦車は元気に走り回り、時折止まってはドン！ という音とともに砲口を光らせる。しばらく見ていると、別のとある戦車が爆発音を響かせながら車体をチカチカと明滅させ、停止した。

「8号車、行動不能！」

と同時に、審判が大きな声で宣言する。見物している観客からは、歓声が上がる。

「見たか本田、いまあのシャーマンが撃破された」

「しゃーまん……あの丸っこいやつですか？」

「そうだ。ラジコン戦車道は実弾の代わりに赤外線を撃ち合う。しかしそれだけでは雰囲気が出ないから、砲撃時には内蔵スピーカーから発砲音が鳴る。戦車には赤外線センサーが付いていて、赤外線を受けると爆発音を鳴らしながら停止するという仕組みだ」

「へぇ〜、よくできてますね」

両津の説明はまさに立て板に水で、門外漢《もんがいかん》の本田もここに至り、目の前で行われているラジコン戦車道を理解した。

しばらくバトルロイヤル形式の戦車戦が続いたあと、フィールドにブザー音が鳴り響いた。

「試合終了！」

審判がそう言うと、試合の参加者はそれぞれ自分の戦車を手に取り、フィールドを離れていく。

「さてと、次の試合のエントリーが始まるな」

いまや遅しと待ち構えていた両津は、既《すで》に受付に向かって歩き出していた。

「今日はバトルロイヤルで、優勝者だけが連戦できるっていうルールだ。見てろよ本田、夜まで勝ち続けてやるからな！　ハッハッハ！」

「あのー、僕はその間何をしていればいいんでしょうか……」

両津はやる気満々で、本田は途方に暮れていた。

×　×　×

大洗女子学園あんこうチームの五人は、アウトレットモールにいた。

「いいの買えたよね～今日」

「うん！　ワンピース、可愛《かわい》いのが見つかってよかった～。沙織《さおり》さんのおかげだよ」

武部《たけべ》沙織と西住《にしずみ》みほは、ショップの袋を携《たずさ》え満足げに歩いている。

「沙織は、ショップには詳しいからな。ふぁ～あ……」

目を擦《こす》りながらあくび混じりで言う冷泉麻子《れいぜいまこ》も、小さな袋を右手に持っている。みほがワンピースを購入した店で、靴下を買ったらしい。

「私《わたくし》も、新しい花器《かき》を買えました」

華道をたしなむ五十鈴華《いすずはな》は、洋服ではなく一輪挿《いちりんざ》し用のガラス花器を買っていた。

大洗女子学園は、学園艦と呼ばれる巨大な船の上にある。生徒は普段、その船で生活している。しかし船である以上補給や整備は不可欠で、そのため定期的に母港に入ることになっている。

帰港中生徒たちは皆、上陸し思い思いの時間を過ごす。学園艦にも商店はあるのだが、品揃《しなぞろ》えにおいては陸上の店舗と比べるとどうしても見劣りするため、おのずと上陸時は買い物や食べ歩きなどが主な楽しみとなっていた。

「やっぱり、陸《おか》に上がった時はショッピングですよね」

ニコニコと笑顔で言う秋山優花里《あきやまゆかり》。

「だねー……って、ゆかりん何も買ってないじゃん」

「優花里さん、買いたい物ないの？」

「戦車ショップでもどこでも付き合うぞ。一旦学園艦に戻るか？」

「とりあえずお昼ごはんでも食べながら、何を買うか考えます？」

まだ何も買っていない優花里を、口々に気遣《きづか》う四人。しかし、優花里の望みは買い物ではなかった。

「あのー、実は、ちょっと寄りたいところがありまして……」

もじもじと遠慮がちに切り出した優花里は、大きなリュックを背負っていた。

×　×　×

芝生《しばふ》広場のラジコン戦車道フィールドでは、激しい戦いが繰り広げられていた。

「ゆかりん、これやりたいんだ」

「はい！」

優花里は背負っていたリュックから大きな箱を取り出し、開ける。中身はラジコン戦車とコントローラーである。

「見たことのない戦車ですね」

「ナヒュール中戦車です！　16輌しか生産されなかった激レア戦車なんですよ！」

「よくそんなものの模型があったな……」

華が問い、優花里が熱っぽく答え、麻子は変なところに感心した。

「にしてもここ、けっこう男の人も参加してるんだね。戦車道なのに」

「ラジコン戦車道ですから、男性も半分くらいいるんですよ」

沙織の疑問に優花里が答えた時、戦闘フィールドにブザーが鳴り響いた。

「優花里さん、前の試合終わったみたいだよ」

「はい！　エントリーしてきます！」

みほが声を掛けるやいなや、優花里は受付へと駆け出す。

「なんかこっちまでうれしくなっちゃうね。あんなに楽しそうな優花里さんを見てると」

「ゆかりん、ほんとに戦車大好きだからなー」

「私《わたくし》たちもラジコン、買っちゃいます？」

「さすがにそれは無いが、見ている分には面白い」

戦車と縁が深い彼女たちにしても、さすがに上陸休暇中は戦車から離れた時間を過ごすことが多い。しかし優花里が望んでいるのなら、他の四人はそれに付き合いたいという気持ちが上回る。

生粋《きっすい》の戦車好きである優花里は、洋服を買うことよりもラジコン戦車道のほうが気になっていたことだろう。しかしそれは最後に、問われてようやく言い出すのが優花里だった。

彼女たちは互いに、そういう心持ちで仲間として過ごしてきていた。


「エントリー終わりました！」

優花里は頰《ほお》を紅潮させながら戻ってきた。

ナヒュール中戦車のラジコンを、手早く指定された開始位置にセットする。

「優花里さん、がんばって！」

「西住どのの応援があれば、百人力です！」

みほの声援によほど力づけられたらしく、優花里はグッとリモコンを握りしめて戦闘フィールドに集中力を傾けた。

その直後、試合開始のブザーが鳴る。

「さあ始まりました、本日9回目の10輌参加バトルロイヤル！　現在3戦連続で優勝している選手がいます。この試合形式での3連勝は驚くべき成績！　1号車の男性、両津選手です！」

実況アナウンサーの声が聞こえてくる。

「ゆかりん、全員撃破しちゃえ！」

「はいっ！」

優花里はリモコンを操作し、まずは建物を背にする位置取りで様子見。

「あらかじめ退路を考えておいたほうがいいな」

「後ろを狙われる心配はないので、正面に複数の敵が現れた場合は、三時方向に移動してそこの商店を盾にします」

麻子の助言に、冷静に応じる優花里。

「さあ、序盤は静かな立ち上がりのようですが……今回の試合にはなんと！　あの大洗女子学園戦車道チームの選手が参加しています！　6号車の秋山優花里さんです！」

アナウンスを聞いた観客からどよめきが上がった。フィールドを取り囲む人だかりが、一斉に優花里たちを注視する。

あんこうチームは地元大洗では、ちょっとした有名人だった。しかもここは、ラジコン戦車道のフィールドである。他の地方から訪れた者たちがあんこうチームを知っていても、おかしくはない。

「ひぃ……紹介されてしまいました……」

優花里は緊張と恥ずかしさで、耳まで赤くなってしまった。

「大丈夫ですよ優花里さん。戦車道の試合だってテレビで中継されてましたし、同じようなものです」

華の落ち着きはまったく乱れない。

「そうそう、モテチャンスだよゆかりん。いけてる男子がこの試合観てるかもしれないよ？」

沙織の言《げん》は優花里のモチベーションからは完全にズレていたが、それでも優花里にとって励みになるだろう。

「優花里さん、この競技は戦場を俯瞰《ふかん》で見られるから、落ち着いて動けばいい位置に着けるよ。他の戦車の動きをよく見て、それぞれの狙いを予測すれば……」

「了解です、西住どの！」

みほの戦術指南は極めて的確だった。

優花里は建物を背にした位置から動き、十字路を曲がる。その先では1台の戦車が、さらに前方の戦車に向けて砲撃を行っていた。

「こういうことですよね！」

優花里は落ち着いて停車し、素早く狙いを付け、撃つ。攻撃に意識を向けていた前方の戦車は、直前までナヒュールの接近に気づけず、回避する間もなく被弾。爆発音を鳴らし、車体を明滅させた。

「3号車、行動不能！」

審判の鋭い声が飛ぶ。

その声が終わる前に優花里の6号車、ナヒュール中戦車は、既《すで》に十字路を後退して信地旋回《せんかい》で切り返し、別の路地を移動していた。

「6号車が3号車を撃破！　さすがはあんこうチームです！　しかし、連勝中の1号車も負けてはいない！」

アナウンスに促《うなが》されるように1号車のほうを見るみほたち。するとそこに、ティーガーIがいた。ティーガーIは巧《たく》みな機動で、瞬《またた》く間に2輛の戦車を撃破する。

「8号車、2号車、行動不能！」

「わははは！　どうだ！　わしのタ、、、、イガー戦車に勝てるものなどいない！」

「せ、先輩……そんな大声出してるの、先輩だけですよ」

みほたちの視線の先には、高笑いするごつい中年男性と気弱そうな痩《や》せた若者が並んで立っていた。

「あの人たち、お巡りさん⁉」

「どう見てもそうですね……制服着てますし」

「いいのか勤務中に遊んで」

沙織と華は困惑し、麻子は至極《しごく》もっともなツッコミを入れた。

「勤務中がなんだと言うんだ！　そんなもん気にして公務員なんざやってられるか！」

なんと、沙織たちのつぶやきは10メートル以上向こう側にいる中年男性に聞こえていたようだ。

「1号車の両津選手、続いて5号車に襲いかかります！」

アナウンスが言うやいなや、両津の戦車は5号車の背後に着いて砲撃。そのまま停止した5号車を押しのけるように前進し、さらに向こう側で横っ腹を晒《さら》している9号車をも撃破した。

「うう……すごい勢いです、あの眉毛がつながってるおじさん……」

思わず怯《ひる》む優花里。

「優花里さん落ち着いて。眉毛がつながってても、戦車戦の強さには関係ないから」

「おい！　聞こえたぞ！」

「ご、ごめんなさい！」

優花里を励ますためのみほの言葉も、漏らさず聞いている両津。みほも咄嗟《とっさ》にぺこりと頭を下げる。

「あのー、先輩は地獄耳なので、なんでも聞こえちゃいますよ。でも悪口は言われ慣れてる人なんで、好きなこと言ってくれて大丈夫です！」

本田がフォローなのか何なのかわからないことをみほたちに向けて叫ぶ。

「バカ野郎！　だがまあいい、何を言われようが勝つのはわしだ！」

一瞬リモコンから右手を離し、隣の本田にゲンコツをくれながら言う両津。しかし恐るべきは両津戦車の機動力で、この間にも器用にリモコンを操作し4号車と10号車を撃破している。

「ふっふっふ、あと2輌か。時間の問題だな！」

両津は活《い》き活《い》きとした顔つきで、戦車を操る。

「がんばれあんこうチーム！」

「負けるなーっ、大洗女子ーっ！」

観客の中から応援の声が上がる。

「先輩……僕たち完全にアウェーですよ」

「いちいちうろたえるな！　わしにとっては人生どこでもアウェーみたいなもんだ！」

平然と言い放つ両津の闘志は、まったく衰える気配がない。

「さあ、あっという間に残り３輌！　観客は６号車、あんこうチームの秋山選手を応援する声が多いようですが……おおっと！　その秋山選手、みごと７号車を撃破しました！」

両津の１号車に追い回されていた７号車は、優花里の６号車の射線に飛び出す形となり、あっさり撃破された。

こうしてついに、戦闘フィールドには優花里の戦車と両津の戦車だけが残った。

「一騎討ちだな……燃えるぜ！」

両津は一旦、ティーガーⅠをフィールドの端まで後退させた。最終決戦に向けて仕切り直しということだろう。

「でも先輩、あの子、いままでの相手より上手《じょうず》みたいですよ？」

「シロウトのおまえにもわかるか。なにせあの子たちは、今年の戦車道全国高校生大会優勝チームのメンバーだからな」

「戦車道？　何ですそれ？」

「おまえはものを知らんのだなー……戦車道といえば華道、茶道に並ぶ乙女《おとめ》のたしなみだ。女の子が本物の戦車に乗って、実弾を撃ち合って試合をするのが戦車道だ。いまはまだメジャースポーツとマイナースポーツの狭間《はざま》にある存在だが、今後は世界大会も計画されている」

「ほ、本物の戦車で実弾を使うって、危なくないんですかそれ⁉︎」

「車体の内側は特殊なカーボンで覆われていて、安全には十分配慮されている」

「そうなんですか。でもとにかくあの子たちは、戦車戦のエキスパートってこと、ですよね。いままでも冷静に動いていたみたいだし、相当手強《てごわ》いんじゃや……」

「その通りだ。そもそもここがいまラジコン戦車道の聖地になっているのも、あの子たちが優勝したからなんだ。だからこそ倒し甲斐《がい》がある」

両津と本田が会話している間、優花里もナヒュール中戦車をフィールドの端まで下げて、あんこうチームの一同と作戦会議を開いていた。

「なんとなくだけどさ、あのおじさんには負けたくないよね」

「ええ、私もなんとなくそう思います」

「だな」

沙織・華・麻子の気持ちは一致しているようだった。しかし、

「でも、男性とは思えないほどの凄腕《すごうで》です。撃破数もあのおじさんが6輌、わたしは2輌ですし……」

当の本人である優花里は、両津のあまりの勢いに気圧《けお》されている。

「相手は、危険を承知で撃破を優先する戦術を採っていたから。優花里さんは、ちゃんと自分が生き残ることを考えながら動いていた。その違いだよ」

みほは精神論に走ることなく、冷静に彼我《ひが》の違いを分析した。

「だから、攻撃を凌《しの》ぎきれば向こうに生じる隙《すき》は大きいと思う。とにかく動き回って、撃たせて、相手の意識が攻撃一辺倒になってる時がチャンスだよ」

「……さすがです西住どの！　わたし、なんとかなるような気がしてきました！」

勇気百倍とはまさにこのことだろう。

優花里の表情から弱気は消え、ナヒュール中戦車は力強く前進を始めた。

「先輩、来ましたよ！」

「わかっている。フィールドの外周を回ってわしの側面を狙うつもりだろうが、そうはいかんぞ！」

両津のティーガーⅠは、勢いよく走り出した。

大きな路地を通り、フィールドの端から中央へと進む。

「このフィールドは外縁よりも中央のほうがやや高い。つまり……狙われるリスクもあるが、狙いをつけやすいということだ！」

フィールドのど真ん中に着いたティーガーⅠは、即座に砲塔を優花里のナヒュールに向ける。

「優花里さん、停車！」

「はいっ！」

そのまま進んでいればまず間違いなく仕留められていたであろうコースを進んでいた優花里は、みほの声に咄嗟に反応し戦車を止めた。ティーガーⅠから見てちょうど建物の陰《かげ》になる位置だ。

「くそっ、惜しかった」

「いいカンしてますね、あの西住さんっていう子」

悔しがる両津をよそに、本田はただただ感心している。

「まだまだこれからだ、次の作戦に移る！」

両津はティーガーⅠを、ナヒュールに向けて突進させる。

「突っこんできたよ！」

「どどどどうしましょう⁉」

「正面にならないようにして、そのまますれ違って！」

凄《すさ》まじい速度で向かってくるティーガーⅠにうろたえる優花里だが、みほはあくまで的確に指示を出す。

「さすが大洗女子あんこうチーム、しぶといな……」

肉薄してのゼロ距離射撃を狙った両津だが、優花里も加速したため相対速度が増し、タイミングを逸《いっ》してしまった。

「しかし、しぶとさならわしの専売特許だ！」

すれ違ったはずのティーガーⅠが、路地を大回りしてふたたびナヒュールの背後を窺《うかが》う。

「何でしょうあれ……優花里さんの戦車と、スピードが全然違うんですけど……」

「倍近く出てるんじゃないか？」

「わははは！　こっちはモーターを４個積んでるからな！　トルクも馬力も４倍だ！」

華と麻子の疑問に答えるかのように、両津が言った。

「そんなのアリなの⁉」

唖然《あぜん》とする沙織。

「先輩、卑怯《ひきよう》ですよ……」

「何を言ってるんだ？　ラジコン戦車道の規定に『モーターを４個使ってはいけません』などとは書かれていない！」

「はぁ……」

呆《あき》れる本田だが、両津はさらにテンションを上げて優花里の戦車に襲いかかる。

「でも、モーター４個も使ってあんなスピードで走ってたら、そろそろ電池切れるんじゃないかな？」

「そうですね、ここは耐えて逃げ続ければ……」

沙織の言葉に希望を見いだした優花里だったが、

「甘い！　わしのタイガー戦車にはスマホ用のリチウムイオンバッテリーを８枚搭載して

いる！　全力で二時間走り続けられるスタミナだ！」

「うわぁ……」

沙織が呆れ果て、希望は脆《もろ》くも崩れ去った。

「ちょっと貸してくれ」

「え？」

麻子が手を伸ばし、優花里からリモコンを受け取る。

「操作方法は隣で見ていたから覚えた。トルクや馬力だけじゃ勝てないことを、あの不良警官に教えてやる」

「冷泉どの！」

感激する優花里。麻子は淡々とリモコンを操作し、ナヒュールを海水浴場の砂浜に乗り入れる。あとを追う両津のティーガーⅠも砂浜に入るのだが、その時。

「うおっ！　しまった！」

ティーガーⅠの履帯《りたい》が盛大に空回りし、砂塵《さじん》を巻き上げる。

「モーターもバッテリーも詰めこみすぎだ。砂地に入れば重すぎて進めないだろう」

麻子はゆっくり確実に砲塔を回し、射撃体勢に入った。

「終わりだ」

「終わってたまるか！」

麻子が発射ボタンを押した瞬間、両津のティーガーⅠはぴょん、とジャンプした。

「え⁉」

その場にいた全員が、驚きの声を上げた。

「こんなこともあろうかと、ジャンプ機能を付けておいて正解だったな！」

なんとティーガーⅠの底面にはバネが仕込まれており、両津のリモコンに付いているスペシャルスイッチを押すことによってそれが作動するのであった。

「うう……卑怯のオンパレードね……」

あまりの出来事に、呆れる沙織。

「ですが、ラジコン戦車道のルールブックには『戦車をジャンプさせてはいけない』とは書いてませんし……」

優花里はうなだれつつ、麻子からリモコンを受け取った。

ティーガーⅠはスタックしないようゆっくりと慎重に砂浜を脱出し、舗装路に戻る。

「よし、ここだ！」

戻るやいなや、砲塔をナヒュールに向け砲撃。

「わわっ！」

あわててナヒュールを動かす優花里。

戦車がジャンプするという異常事態を見て呆然《ぼうぜん》としていたあんこうチーム一同だったが、

両津はそういう隙を見逃さず攻撃を加える。砲塔の回転に気づいた優花里は、かろうじてそれを回避した。

「どこまでも貪欲《どんよく》に勝ちに来るんですね、あのおじさん……」

「すごい執念です……」

ある意味感心してしまう華と優花里。

「でも、やっぱり負けたくないよね」

「私もそう思うが、どうすればいいか……」

負けん気を失っていない沙織だが、麻子の言うとおり打つ手が見えない状況である。

優花里はひとまず両津の戦車から距離を取り、なるべく直進しないよう、速度を変えながら走行している。

「……みんなで、あの路地の向こう側に移動しよう」

俯《うつむ》いて何かを考えていたみほが、顔を上げて一同に声を掛けた。

みほが指差した先は、フィールドに再現されている商店街の路地。道が大きく曲がっていて、角《かど》に「肴屋《さかなや》本店」という建物がある。

「戦車ではなく、わたしたちが移動するんですか？」

「うん、戦車はあとで。先にわたしたちがあそこに行くの」

「はい、了解です！」

一瞬困惑する優花里だが、すぐにみほの言葉に従い場所を移動する。沙織・華・麻子もそれに続く。

「先輩、あの子たち場所を変えてますけど」

「フン、操縦者がどこにいようが関係ない。フィールドは全部見渡せるんだからな」

両津はニヤリと笑い、快速を活かしてナヒュールの後背《こうはい》に位置すべくティーガーⅠを走らせる。

「優花里さん、路地の角までは全速で、角を曲がって少し進んだら停車して砲塔を真後ろに向けて」

「はい！」

「華さんは、ここにしゃがんで。優花里さんは、停車したらすぐリモコンを華さんに渡して」

みほはここまでの指示を一気に、小さな声で伝えた。

「ひそひそ作戦、って感じですね……西住どの」

「うん。たぶんこれで勝てると思う」

微笑《ほほえ》んで言う優花里に、みほは微笑みを返した。優花里は頷《うなず》き、華に砲撃の操作を教える。

一方両津は、嬉々《きき》としてティーガーⅠを操っていた。

「逃げきれると思うなよ〜！」

その言葉通り、ティーガーⅠは常軌《じょうき》を逸した速度でナヒュールの真後ろに迫りつつある。

「優花里さん、いま！」

「はいっ！」

角を曲がったナヒュールは停車し、砲塔を真後ろに向けた。

「お願いします！」

優花里は華にリモコンを渡し、固唾《かたず》を呑《の》んで路地を見つめる。

「ん？　諦《あきら》めたのか？　そんなところに停まって……」

「先輩！　前！」

「……おわっと！」

路地の角を曲がろうとしていた両津のティーガーⅠは、曲がりきれずに横滑りして肴屋本店の模型に突っこんだ。モーターとバッテリーを満載している車輌《しゃりょう》は重量があるので、模型は破壊され、崩れた構造物がティーガーⅠに覆い被《かぶ》さっている。

「くそっ、スピードが出すぎていたか」

「先輩、狙われてますよ！」

「あわてるな。ガレキに埋まってる間はセンサーが隠れてるから、向こうの砲撃は当たらん！」

両津は冷静に、ジャンプスイッチに指をかけた。

「こっちがバックでガレキから抜け出す隙を狙ってるんだろうが、そうはいかんぞ!」

両津がスイッチを押すと、ティーガーIはガレキの中から勢いよく真上に飛び出した。

「華さん!」

「お任せ下さい!」

その瞬間。

しゃがんで視線を下げていた華が素早く砲の向きを微調整し、発射ボタンを押した。

「なにーっ⁉」

両津のティーガーIは車体を明滅させ、大きな爆発音を鳴らす。

「1号車、走行不能! 試合終了!」

審判の宣言とともにブザーが響き、バトルロイヤルは終了した。

「バカな……わしのタイガー戦車が負けるとは……」

両津は愕然《がくぜん》とした様子で、口をあんぐりと開けている。その両津の目の前に、優花里たちあんこうチームが歩み寄ってきた。

「ありがとうございました!」

元気よく言い、お辞儀する優花里。他の四人も同じタイミングでお辞儀する。

「ずいぶん礼儀正しいんですね」

「礼に始まり礼に終わるのが、戦車道ですから」

感心する本田に、優花里が笑顔で答えた。

「先輩もお礼したほうがいいですよ、ほら」

本田は両津の背中に手を添えて促すのだが、両津はお辞儀せず、唸《うな》っている。

「うーむ、わからん……なぜあの状況でやられたんだ……」

「両津さんのティーガーIはすごく速かったので、あの角を曲がりきれないんじゃないかなって。あそこは、実際の戦車でも曲がりきれずに突っこむことがあるんです。あと、ガレキから脱出する時にこちらから狙われやすい後進は絶対にしないと思ってました」

「なぬ⁉ わしの動きを予測してたのか？ ていうかなぜわしの名前を知ってるんだ？」

「最初に実況の人が名前を紹介してたので、覚えました」

みほはにっこり笑い、両津の目を見て答えた。

「そうか。しかしそれにしても、あそこでわしがジャンプすることを読んでいたとは。いや、ジャンプさせられたと言うべきか……」

「はい。あとは、射撃が得意な華さんに任せました」

「一度ジャンプしたら着地するまでは真《ま》っ直《す》ぐ落ちるだけですから、射線を固定してタイミングを合わせれば命中しますし」

「ぐぅぅ……まんまとしてやられたってわけか」

みほと華の説明を聞いて、両津は自分が負けた理由を悟った。

しかし。

「わしは認めんぞ！　だいたいなんだ、入れ替わり立ち替わり操作しやがって。こっちはわしひとりでやってるというのに、ずるいぞ！」

負けた理由がわかったところで、納得するかどうかは両津にとって別の話らしい。

「見苦しいですよ先輩！　それに、先輩のほうが圧倒的にずるかったでしょ！」

「そうだそうだ！」

本田の指摘は至極もっともで、沙織も同意の声を上げる。

「うるさい！　わしが手塩にかけて作り上げたタイガー戦車が、こんなシャーマンのバッタものにやられるなど、あってたまるか！」

「ば、バッタもの!?」

憤懣《ふんまん》やるかたない両津の叫びに、優花里が反応した。

「ナヒュール中戦車はシャーマンのバッタものじゃありません！　たしかにちょっと似てますけど、設計はアルゼンチンが独自にやったんです！」

「んなこたわかっとる！　こっちだってダテにガキの頃から戦車模型を作りまくってたわけじゃないからな」

「おお！　そうなんですか？」

いまのいままで強い抗議の目で両津を見ていた優花里の、表情が変わる。

「ああ。プラモどころかソリッドモデルの時代から作ってたぞ。欲しい戦車がキット化されてない時は、フルスクラッチで自作もしたもんだ」

「おおお……じゃ、じゃあ、このナヒュールのことは……」

「ナヒュール中戦車はプラモのキットにすらなってないんだから、ましてラジコンなどあるはずがない。つまりこれはおまえがシャーマンのキットをベースに、改造《カスタマイズ》したものだ。このディティール、作りこむのに苦労しただろう」

「ちゃんとわかってくれてたんですね！」

「うむ。よほどの愛情がないとできん仕事だということもわかる」

両津はニヤリと笑った。

「おじさん、いい人だったんですね！」

優花里は感激し、瞳を潤《うる》ませる。ふたりの間になごやかな空気が流れた。

「だが勝負は別だ！」

「え⁉」

なごやかな空気は一瞬で消え去ってしまった。

「リベンジマッチを申しこむ！　今度は本物の戦車で勝負だ！」

おおお…!!
ニッ

肩を怒らせ、言い放つ両津。

「先輩、戦車なんか持ってないじゃないですか」

「そんなもんはなんとかなる！　とにかくこのまま引き下がるわけにはいかん！」

本田のツッコミをものともせず、さらに両津がまくしたてたその時。

「やーやー、なんか面白そうな話だね」

左手に干《ほ》し芋《いも》の袋を持ち、つかつかと近づいてくる少女の姿。

小柄なその少女は、袋から一枚干し芋を取り出して口に運ぶ。

「会長さん⁉」

「いたんですか⁉」

生徒会長・角谷杏《かどたにあんず》は、みほたちの前で立ち止まった。

「いやね、さっきから観てたんだよ。ラジコン戦車道」

「なんだこの子は？」

「うちの学校の生徒会長さんです」

ただの高校生にしては妙に存在感のある杏を訝《いぶか》しむ両津に、優花里がごく簡単に説明した。

「会長さん、今日は柚子《ゆず》先輩と桃《もも》先輩は一緒じゃないんですか？」

「小山《こやま》と河嶋《かわしま》は学校で書類仕事だよ。私も昼まで手伝ってたんだけど『あとは任せて会長は休んで下さい』って言われちゃってさ」

沙織の問いに答える杏。大洗女子学園生徒会には杏の他に小山柚子、河嶋桃のふたりがいて、この三人で学園の自治を統括している。いつもは杏と行動をともにすることが多い柚子と桃だが、今日は学校で書類を片づけているということらしい。

杏は改めて両津に目を向け、ニヤリと笑いながら言う。

「本物の戦車でリベンジマッチかぁ……両津さん、ほんとに戦車用意できる？」

「ああ。意地でもなんとかするぞ」

「じゃ、明日やろっか」

「えええええ⁉」

あんこうチームの驚きをよそに、杏は続ける。

「私たちの出港は明日の夜だし、お昼一時開始でどうかな？　場所は……さすがに大洗全域ってのは無理だけど、海水浴場の砂浜くらいなら封鎖できるよ。一対一だし、それで十分だよね」

「わしは構わんぞ！」

喜び勇んで、即答する両津。

「イヤとは言えないこの感じ……うう」

沙織は頭を抱えた。

「強引だからな、うちの会長は」

「ですね」

麻子と華は、既《すで》に観念しているらしい。

「わたしは望むところですよ！　あんこうチームのみんなとⅣ号戦車に乗れば、今日よりもっといい戦いができるに決まってますし！」

ことの発端である優花里は、むしろこの展開を喜んでいるようだ。

「……わかりました。受けて立ちます」

車長であるみほが最後を締めて、話は決まった。

「よし、じゃあ明日の昼一時にまた来るからな！　行くぞ本田！」

「は、はいぃぃぃー」

両津は本田の二の腕をつかみ、引きずるようにして去って行った。

「いやー、聞きしに勝《まさ》るって感じだね」

遠ざかる両津と本田の背中を観つつ、杏が呟《つぶや》く。

「会長さん、あのおじさんのこと知ってるんですか？」

「警視庁の両津巡査長って言えば、知る人ぞ知る存在だよ？　書いた始末書三万枚オーバー、数々の事業を手がけては潰《つぶ》し、漫画も描くし寿司《すし》も握るってね」

生徒会長として学園艦の自治を行ってきた杏の情報収集能力は、並の女子高生とは比較にならない。その杏だからこそ、両津を知り得ていたということなのだろうか。

「はぁ……なるほどね」

沙織は杏の両津評を聞き、ため息とともに深く納得するしかなかった。

×　×　×

本田のバイクは後席に両津を乗せ、日が暮れつつある常磐道《じようばんどう》を疾走《しつそう》していた。

「どうすんだよ両津のダンナ！　明日の昼までに戦車なんて用意できるのか？」

バイクに乗っている時の本田は、両津に対しても物怖《ものお》じせずハッキリと疑問をぶつける。さっきまでとはまるで、別人のようだ。

「大丈夫だ、わしに考えがある！」

両津はそう叫び、ポケットから携帯電話を取り出した。

「中川《なかがわ》か？　わしだ！　用意してほしいブツがあるんだが」

「ああ……中川に電話かけるってことは、こりゃ本気だな。できれば明日は付き合いたくねぇ」

バイクに乗ると気が強くなる本田だが、それでもやはり両津のムチャクチャには辟易《へきえき》するらしい。

「ん？　なんか言ったか本田？」

「……いや、なんでもねえ」

「そうか。明日はおまえにも活躍の場を与えてやるからな！　わははは！」

「……」

やっぱり巻きこまれるのかと諦《あきら》めつつ、本田はグッとスロットルを開けてバイクを加速させた。

×　　×　　×

大洗サンビーチは、北端から南端まで約2キロという広大な砂浜を持つ海水浴場である。北側が幅広で南に行くにつれて幅が狭くなる扇形のこの砂浜を、生徒会長・角谷杏は戦いの場に選んだ。

戦車道の試合は本来、数キロ四方の広大なフィールドを封鎖し、数台ずつの戦車がチームで戦う。試合の開催にあたっては日本戦車道連盟が各自治体と折衝《せっしょう》し、会場を確保する。今回は戦車道連盟とは無関係の野良《のら》試合である。ゆえに杏が個人的に大洗町と交渉し、サンビーチを試合場として使用する許可を得ていた。

時刻は午後一時。あんこうチームのⅣ号戦車はいま、サンビーチの中央に停車している。

その正面には──ティーガーⅠが停車している。

「よく用意できたねぇ」

二輌の戦車の真ん中に立っている杏は、ティーガーⅠを見て感心した。

「わしに不可能はない」

自慢げな笑《え》みで答える両津。

「ピカピカですね……ちょっと近くで見てもいいですか?」

Ⅳ号戦車の前には、昨日《きのう》の私服姿とは違い揃《そろ》いのパンツァージャケットを着たあんこうチームの五人が整列している。その中にいる優花里が、新車の輝きを放つ両津のティーガーⅠを興味津々《しんしん》の目で見つめ、一歩前に身を乗り出していた。

「おう、いいぞ」

「ありがとうございます!」

優花里は駆け寄り、両津のティーガーⅠをしげしげと間近で見るのだが、すぐさま表情に疑問が浮かんだ。

「あれ? これ……もしかして」

「ああ。プラスチックだ」

「プラスチック!?」

優花里以外の四人も、両津の意外な言葉に驚く。

「昨夜《ゆうべ》徹夜して、３Ｄプリンターで作ったんだよ」

言いつつ両津は、ティーガーⅠの車体を拳でコンコンとノックした。その音は確かに金属の鳴りではなく、分厚いプラスチックのそれであった。

「わしは、特別製のデカい３Ｄプリンターを持ってるんだ。外側はおおむねそれで制作した。主砲はさすがにプラスチックでは発射に耐えられんから、中川のルートで本物のデッドストックを入手したがな。無限軌道などの足回りは、中古の大型重機から剝《は》ぎ取って改造・流用している。あとは、戦車道で使われている被弾自動判定装置と乗員保護のための特殊カーボンも中川のルートで入手して装着済みだから、遠慮せずバンバン撃ってこい。まあさしずめ『タイガー戦車・両津スペシャル』ってとこだ」

「すごいです……戦車を自分で作っちゃうなんて」

感心し、目を輝かせる優花里。

「しかも、ここに付いてるこのシュノーケル……４９５輛しか生産されなかった、最初期型仕様ですね！」

「わかるか？　やはりタイガー戦車は登場当時のインパクトがすごかったからな。この姿こそタイガー戦車だ」

「わかりますとも！　でも、おじさんはなぜティーガーⅠのことを『タイガー戦車』って言うんですか？」

夢中で話していた優花里が、ふと我に返って疑問を口にする。

「うーむ、世代の違いを感じるな……わしらの頃はタイガー戦車と呼んでいた」

「じゃあティーガーⅡは？」

「キングタイガーだな」

「へぇぇ……そうなんですか。じゃあⅣ号戦車は？」

「Ⅳ号戦車はⅣ号戦車だな」

「なるほど、なんか不思議ですね……ところでおじさん、ドイツ戦車に詳しいですね。好きなんですか？」

「ああ、好きだぞ。やはり戦車の本場はドイツだ。バリエーション豊富だし、どれもカッコいいからな。そういえば戦車道でも、ドイツ戦車で統一編成されている学校があるらしいな」

「黒森峰《くろもりみね》女学園ですね。強豪校ですよ」

「ぜひ一度、遊びに行ってみたいもんだ」

「ま、話はそのへんにしてそろそろ始めようか」

世代を超えて好事家《こうずか》どうしの話が盛り上がりつつあるところに、杏が割って入った。

「あ、そうでした。ごめんなさい……」

優花里はあんこうチームの列に戻る。

「こっちはいつでもいいぞ」

両津の右隣には本田、左隣には戦闘服を着た大柄な男が立っている。

「今日はわしと本田、そしてこのボルボ西郷《さいごう》の三人で戦車に乗る」

両津に紹介された左側の男、ボルボ西郷は困惑していた。

「こんな普通の女の子たちが、戦車に乗るのか？」

ボルボはあらゆる武器の扱いに長《た》けた男である。そこを見こまれて両津に召集されたらしい。

「おまえもものを知らんのだなー……戦車道といえば女の子がやるもんだ。甘く見てると一発でやられるから、気を引きしめろ」

「お、おう……」

両津にそう言われても、ピンと来ていない様子のボルボ西郷であった。

「それじゃ、エンジン始動して北と南の端っこまで分かれて。五分後に試合開始ね。ということでよろしく」

「よろしくお願いします！」

杏が段取りを説明すると、あんこうチームが一斉にお辞儀をした。

「よろしくお願いします！」

両津・本田・ボルボの三人も、キッチリお辞儀をする。今日は戦車道の流儀に則《のっと》る、ということなのだろう。

両チームの選手たちがそれぞれの戦車に乗りこもうと駆け出したその時、

「あ、言い忘れてたけど、負けたほうは罰ゲームであんこう踊りね」

思い出したように、なにげなく杏が言う。

「えー⁉」

あんこうチームの五人が、悲鳴を上げた。

「あんこう踊り？　なんだそりゃ？」

両津たち三人は、耳慣れない言葉を聞き、ぽかんとした。

×　×　×

Ⅳ号戦車はサンビーチの南端で待機している。

「あと一分で試合開始だよ」

通信手の武部沙織が、携帯電話の時刻表示を見つつみほに報告した。

「ありがとう、沙織さん。試合が始まったら、一対一で障害物もないからとにかく動き続けないと。麻子さん、大変だけどお願い」

「任せろ」

「華さん、行進間射撃中心《こうしんかん》になっちゃうけど、敵は一輌だけだから積極的に」

「はい」

「優花里さん、いつもより装塡《そうてん》間隔が短くなるけどがんばって」

「わかりました！」

車長の西住みほは、操縦手・冷泉麻子、砲手・五十鈴華、装塡手・秋山優花里のそれぞれに、テキパキと指示を出していく。

「わたしはみんなを手伝うよ。だって今回チーム戦じゃないから、通信手はやることないし」

「ずいぶん積極的だな、沙織」

「そりゃそうよ！　三度もあんこう踊りをやっちゃったら、わたしたちあの踊りが好きだってみんなに思われちゃうよ!!」

「それは大変です!!」

「あの会長のことですから、負けたら絶対にやらされますし……」

「勝つしかない戦いになってしまったな」

「あはは……」

必死であんこう踊りを拒絶する沙織に、優花里・華・麻子も同意し、みほは苦笑した。

「みぽりん、時間だよ」

沙織が、試合開始時刻になったことを告げる。

「うん。じゃあ、始めよう。パンツァー、フォー!」

それを受けたみほが、戦車前進を指示したその時。

ドーン! と激しい衝撃が、Ⅳ号戦車の至近で発生した。

「もう撃ってきた⁉」

みほはキューポラから上半身を出し、双眼鏡でティーガーⅠを視認する。およそ2キロ先にいるティーガーⅠは砲口から煙を上げ、こちらに向かって前進を開始していた。

「惜しい! だがなかなかいい狙いだったぞボルボ。その調子でガンガン撃っていけ! 本田、蛇行しながら距離を詰めろ! 真《ま》っ直《す》ぐ走るなよ!」

両津は次の砲弾を装填しつつ、各員に指示を飛ばす。

両津チームは車長兼装填手が両津、操縦手は本田、そして武器の扱いに長《た》けたボルボ西郷が砲手を務めるという役割分担のようだ。

「蛇行って……こんな感じですか先輩?」

戦車を操るいまの本田は、普段通りの弱気な青年であった。本田が強気に変貌《へんぼう》するのは、バイクに乗っている時だけらしい。

「ダメだ！　角度も速度もワンパターンでは偏差《へんさ》射撃にやられる！　おまえ元暴走族なんだから蛇行は得意なはずだろ！」

「戦車で暴走はしたことないですし……」

「ゴチャゴチャ言わずにやれ！　あとボルボ、手を休めるな！」

「わ、わかった！」

ボルボがⅣ号戦車に狙いを付けて砲撃すると、車内に轟音《ごうおん》が響いた。

すぐさまキューポラから頭を出し、肉眼でⅣ号を見る両津。砲弾はⅣ号の手前に着弾し、水柱ならぬ砂柱が大きく派手に立ち上がっていた。

「次だ！　撃て！」

両津のティーガーⅠは、砲撃を繰り返しながら南進する。

「麻子さん、少しでも視認性を下げるために、山側ギリギリをジグザグに走って」

「わかった」

背景に陸地があるほうが、海側を走るより幾分《いくぶん》は相手から見えづらくなる。みほの指示はそれを意図したものだった。

「始まっていきなり撃ってくるなんて、やっぱり男の人って攻撃的ねー」

「ティーガーⅠの主砲なら、この距離でも当たればこちらの装甲を抜けますからね」

ぼやく沙織に、優花里が説明する。

「それにしてもすごい連射です……人間業《わざ》とは思えません」

優花里と沙織が会話している間にも、二発の砲弾が飛んできていた。それはあんこうチームがいままでに体験したことのない発射速度であった。

その時ティーガーⅠの車内では、両津が片手で軽々と砲弾を持ち上げ、まるで放りこむような動きで装填をしていた。

「気持ちよく連射できるのはありがたいが、戦車砲の装填って普通はもっと時間がかかるものだろう？」

照準器を覗《のぞ》きつつ、疑問を口にするボルボ。武器の扱いに精通しているだけあって、戦車砲に関する知識もそれなりに持っているらしい。

「わしの力をなめるな。この程度のことなら、四時間でも五時間でも続けられる！」

しかしティーガーⅠの主砲で用いられる徹甲榴弾《てっこうりゅうだん》の重量は、10・2キロである。それを片手で軽々と扱う両津の腕力は、やはり人間離れしているとしか言いようがない。

「どうする？　このままでは手数で負けるぞ」

麻子はⅣ号戦車を巧《たく》みに操りながら、後ろのみほに問いかけた。

「……でこぼこ作戦で行こう」

少考していたみほが、顔を上げて指示を出す。

「優花里さん、榴弾発射準備」

「はい！」

「華さん、中央、横一線に何発か撃って」

「わかりました」

華は発射装置を握り、右前方に放たれた榴弾は砂浜に着弾。砂が大きく吹き飛ばされ、砂浜に浅い穴ができる。

「次弾、装填完了です！」

「はい」

「わたしも装填手伝うよ！　うーん……重いけど！」

沙織は砲弾ラックから両手で榴弾を持ち上げ、優花里に渡す。

「助かります武部どの！」

華が数回の砲撃を繰り返した結果、砂浜の南北における中間地点に、フィールドを分断するかのような横に長い窪《くぼ》みと、その前後に吹き飛ばされた砂によって小さな山ができあがっていた。

「向こうさんは、見当外《はず》れな場所を撃ちまくってるが」

照準器を覗きこみながら、ボルボは首をかしげる。

「バカ、あれは即席の戦車壕《ごう》だ。高低差を利用して、何か仕掛けるつもりなんだろう」

両津はみほの狙いを見抜いていた。

「さすがはあんこうチームだ、考えた手を打ってくる。しかしこっちもまだ全力は出してないからな……本田！　右手にあるリミッター解除ボタンを押せ！」

「え？」

「その赤いやつだ、いいから押せ！」

「は、はい……」

本田が右手の赤いボタンを押すと、ティーガーIは突然加速し始めた。

「何ですかこれ⁉」

「わははは！　こいつには中川のF12tdfから引っこ抜いたV12エンジンを積んでいる！　本家のエンジンよりパワーが上なんだよ！」

フェラーリF12tdfは、世界で799台しか生産されていない超高性能モデルである。エンジン出力は780馬力で、後期型ティーガーIに搭載されていたマイバッハエンジンの700馬力を軽く上回る。しかも両津のティーガーIは装甲がプラスチックで、車重はもともとのティーガーIよりはるかに軽い。

「飛ばせ本田！　戦車壕なんざ軽く突破して、やつらの戦車に肉薄しろ！」

「ムチャクチャするなぁ……」

ドドドドド
ザザ!!

本田がしぶしぶといった様子でアクセルペダルを踏みこむと、フェラーリV12気筒エンジンは鋭いレスポンスで履帯《りたい》に力を伝え、両津のティーガーⅠは砂塵《さじん》を巻き上げながら猛然と加速していく。

あんこうチームのⅣ号戦車は、戦車壕に入る進路を取って進んでいた。しかしその時、前方のティーガーⅠがあり得ない加速で戦車壕の向こう側に迫っていた。

「何なのあれ⁉」

「またエンジンを２個積んだりしているのかもな」

驚く沙織に、当たらずとも遠からずな推測を口にする麻子。

「真っ直ぐ穴に突っこんできますけど……みほさん、どうします？」

いつもは落ち着いている華も、さすがに困惑しているようだ。

「戦車壕を迂回《うかい》して、波打ち際《ぎわ》を通って背後に回ろう」

どんな時でも次の手を考えるのが、西住みほだった。

麻子は進路を東に向け、海岸線を目指す。

ティーガーⅠは戦車壕の直前まで到達していた。その前方でⅣ号戦車が左、すなわち東の海岸線へと向かって側面を見せて進行している。

「回りこむつもりか……正面を塞《ふさ》いでもいいが、もし接触したらこっちはイチコロだな」

相手は本物のⅣ号戦車、こちらの外装はプラスチックだ。硬さも重量もまるで違う。ヘタをすれば、車体が当たっただけで大破しかねない。

「本田、このまま戦車壕を越えて、Uターンして相手の背後を狙え！」

両津のティーガーⅠは砂の山を越え、谷に入り、ふたたび向こう側の山を越える。重量が軽くエンジンパワーがあるので、楽々といった感じである。

その時みほたちのⅣ号戦車は、波打ち際の水に履帯を洗われながら、ようやく戦車壕の真横を通過しつつあるという状況だった。

「いまだ！　旋回してもう一度戦車壕を突破する！　ボルボ、主砲を右に向けておけ！」

左回りに大きくUターンし、ふたたびティーガーⅠは戦車壕に向かう。

「西住どの！　ティーガーⅠはもう転回を終えてます！」

優花里は焦り、叫んだ。

Ⅳ号戦車は戦車壕を迂回して北側に出てきたばかりで、まだ旋回体勢にすら入っていない。つまり、戦車壕を挟んではいるが敵に背後を取られている状態である。

「華さん、七時方向の砂山を撃って！」

「はい！」

走行方向から見ると後ろを撃つことになるが、華は常にティーガーⅠに砲口を向けていたので、砲塔旋回にそれほど時間はかからない。ゼロ距離・水平で放たれた砲弾は、砂山の一部を吹き飛ばした。

ちょうどその時、両津のティーガーⅠは戦車壕に入る瞬間だった。

吹き飛ばされてできた砂山の隙間《すきま》から、その姿がよく見える。

「優花里さん、徹甲弾で！」

「はい！」

「撃て！」

華が発射装置を握り、砲弾が発射された。必中の間合いである。しかもティーガーⅠは戦車壕の登りに差しかかっていた。いかにパワーウエイトレシオに優れる両津のティーガーⅠといえど、砂地の登坂《とはん》となると足は鈍る。みほが即座に下した判断は、見事としか言いようがないものだった。

しかしその瞬間、両津のティーガーⅠは、あろうことか真横に動いて砲弾を回避した。

「……⁉」

あんこうチームの全員が、あまりの出来事を目の当《ま》たり《あ》にし、呆気《あっけ》にとられた。

この時両津は本田を押しのけて、操縦席に座っていた。

「わははは！　見たか！　こういう時のために、車体の腹に予備の駆動システムを装備しておいたのだ！　左右に進めるようにな！　戦車が真横に動くなんて、予想もできないだろう！　わはははは！」

まさに得意の絶頂である。

「先輩、卑怯《ひきよう》すぎますよ……」

「こんな動きをするものは、もはや戦車と呼べんだろう……」

呆《あき》れかえる本田とボルボ。

「何を言う！　履帯が外れても走る戦車だってあるんだ。真横に動いたくらいで戦車であることを否定される道理はない！」

この人に道理を説かれたくない、と心の底から思う本田とボルボだったが、ふたりともそれを口に出してもムダであることをよくわかっているので、もの言わずただただ呆れるばかりである。

「本田、運転を替われ。戦車前進だ！　ボルボは戦車壕を越えたら撃ちまくれ！」

「はいはい……」

もはや言い返す気力も失っている、本田とボルボであった。

「あんなのアリなの⁉」

「仕方ないですね……昨日《きのう》もそうでしたけど、なんか『ルール無用！』って感じのおじさんでしたから……」

ラジコン戦車道の時と同じように憤《いきどお》る沙織を、達観とも諦念とも取れる口調でなだめる優花里。

「どうする？　一旦距離を取るか」

麻子の提案にみほは少考し、こう言った。

「……ううん、ここで決着をつけよう。でこぼこ作戦に、ばさばさ作戦を追加します！」

みほの力強い言葉に停滞した空気が一掃され、華・沙織・優花里・麻子の瞳に力が宿る。

「１８０度転回しながら、ティーガーⅠの手前に榴弾を打ちこんで！」

「はいっ！」

みほ以外の四人が、一斉に返事をする。

「撃て！」

号令一下、優花里は沙織の助けを借りつつ次々と装塡し、華はそのたび正確に、同じ場所に撃ちこみ続ける。あんこうチームは連携によって、両津のティーガーⅠに匹敵する発射速度を得ていた。

「わわっ！　前が見えませんよ先輩！」

「いいから突破しろ！　あとボルボも撃て！」

「撃てと言われても、砂煙で前が見えなくて照準できんぞ」

「アクセル踏んでますけど、進みませんよ～」

「なに⁉」

ティーガーⅠの車内で、両津たちは混乱していた。

「撃ち方やめ！」

みほが命じ、Ⅳ号戦車の砲撃が止《や》む。

砂煙が晴れるとそこには、前半分が砂に埋まったティーガーⅠの姿があった。

「なるほど……砂をばさばさかけるから、ばさばさ作戦だったんですね」

感心する優花里。

「正面からだと砂が邪魔をして抜けないので、わたしたちも戦車壕に入って、真横からティーガーⅠを撃破します」

みほの整然とした指示を受け、Ⅳ号戦車が前進を始める。

「先輩！　来ますよ！」

「両津、相手は目と鼻の先だというのに、砲塔が回らんぞ！」

Ⅳ号戦車は小さい山を越え、戦車壕に入ろうとしている。

ティーガーⅠは前半分が埋まっているので、砲塔は回らない。真横に動く機構の作動も、ままならない。

「いちいちビビるな。後ろが空いているだろ。バックで戦車壕を出たらこっちのもんだ！」

本田はギアをバックに入れ、アクセルを踏みこんだ。しかし。

「先輩ぃぃぃ！　バックじゃ砂山を登れませんよ！」

「何を言ってるんだおまえは？　タイガー戦車は後進も四段変速なんだ。ちゃんとギアを選べば……あっ」

はたと思い出したような顔で、両津は固まった。

「しまった……ギアボックスはフェラーリのものを左右にひとつずつ付けたんだった……後進は一速しかない……」

みるみる顔面蒼白《そうはく》になっていく両津。

あんこうチームのⅣ号戦車が、戦車壕に入ってティーガーⅠの真横に来る。

「撃て！」

至近距離で発射された砲弾はティーガーⅠの側面ど真ん中に命中し、プラスチックの外装は粉々に砕け飛び、防護用カーボンだけになった車体から白旗が飛び出した。

×　　×　　×

大洗曲《ま》がり松《まつ》商店街を、フラットの荷台のトラックがゆっくりと走っていく。

その荷台の上で、ピンクの全身タイツを着用した両津・本田・ボルボの三人が、あんこう踊りを踊っていた。

「武器も身につけずに、しかも全方位からの衆目に晒《さら》されるのは耐えがたい……」

ボルボはすっかり縮こまっている。

「せ、先輩！　携帯のカメラで撮られてますよ僕たち！　ネットで流されたら、署のみんなにも知られちゃいますよ！」

観衆の数人が、携帯電話でムービーを撮影しているようだ。それを発見した本田は、怯《おび》えに怯えている。

「ガタガタ言うな！　罰ゲームなんだからやるしかないだろう。ていうかこの踊り、なかなか面白いじゃないか」

本田とボルボはおっかなびっくりだが、両津は堂々と楽しげに踊っている。

「あははは！　両津さんうまいね～！　こんどお祭りがあるからさ、また踊りに来てよ！」

「おお、祭りと聞いたら黙っちゃいられないな！　ぜひ呼んでくれ！」

罰ゲームなのになぜか一緒になって踊っている立会人、杏の誘いを、ふたつ返事で了承する両津であった。

「なんていうかその……暑苦しいよね、見た目が」

沙織は正直な感想を述べた。

あっああんあん♪

「はい……沿道のお客さんたちも、不思議なものを見ているような感じですね」

優花里は気の毒そうに言う。

「珍獣を見物するようなものか」

淡々と、優花里が避けたのであろう言葉を言い放つ麻子。

「これ、誰も得をしませんよね……」

それを言ってはおしまいだろう、という結論を華が出し、

「あ、あははは……」

フォローの言葉が見つからないみほは、やはり苦笑《にがわら》いするしかなかった。

×　×　×

大洗駅舎は、夕日を受けてオレンジ色に染まっていた。

「わしらは電車で帰る。タイガー戦車の残骸《ざんがい》は、あとで中川の会社が回収に来る手はずだ」

あんこうチーム五人と杏の見送りを受けつつ、両津たちは帰途に就《つ》こうとしている。

「実物大の戦車で思う存分戦うのは、面白かったぞ」

あれほど勝利への執念を燃やしていた両津だが、いまはまるで憑《つ》き物《もの》が落ちたようにす

つきりとした表情になっていた。

「わたしたちも、勉強になりました」

「あんな試合、普通の戦車道では絶対に経験できませんし」

みほと優花里も、砂浜での戦いの感想を口にした。

「ほんと、戦車が真横に動いた時はびっくりしたよ」

「ひどかったな、あれは」

「大人の恐ろしさを垣間《かいま》見た思いです」

言葉には少しトゲがあったが、沙織・麻子・華は三人とも笑っていた。

「ははは。そういえば、わしらのタイガー戦車がバックに弱いことも読みきってたのか？」

ふと思い出したように、両津が問う。

「いえ、それはわかりませんでした。でも前進するより速く後進できる戦車はありませんし、あの状況なら、素早く行動すれば撃たれる危険は低いと思って」

「なるほどな……あとはだ、わしらが前半分埋まったところで上から踏みに来れば、もっと手っ取り早く勝負はついたはずだが。それに、蛇行しながら車体をぶつけに来るっていう手もあったんじゃないか？　わしらの戦車がプラスチックでできていることは、最初に言ってあったからな」

両津はふたつの疑問を口にした。

みほは、少し考えてからこう答えた。

「それは、戦車道ではありませんから」

微笑《ほほえ》んで言うみほ。あんこうチームの他の四人も、そして杏も微笑んで頷《うなず》く。

「ほらね先輩、恥ずかしくないんですか？　みほさんたちはこんなに正々堂々戦ってくれたのに」

本田は両津を諭《さと》すのだが、両津は小さくなるどころか、むしろ胸を張った。

「どんな手を使っても勝つのがわしのやり方だから、恥ずかしくはない。恥ずかしくはないが……」

スッと右手を差し出す両津。

「文句のつけようもない負けだ。すごい腕前だった。それに、わしらと違ってチームワークも良さそうだ。鍛え直してくるから、また勝負してくれ」

「はい、喜んで！」

みほが右手を重ね、そこに優花里、沙織、華、麻子も手を伸ばし、重ねた。

「おじさん、また戦車の話をたくさんしましょう！」

「ああ、東京の葛飾にある、亀有《かめあり》公園前派出所に来てくれたら、いつでもいくらでも話すぞ！」

そう言ってニヤリと笑い、両津が踵《きびす》を返して改札口へと向かったその時。

はるか遠くから、猛スピードで接近する轟音《ごうおん》が聞こえてきた。

「あれは……戦車？　だよね？」

突然の出来事に戸惑う沙織。

「ま、まさか……」

両津はなぜか、額《ひたい》にイヤな汗を滲《にじ》ませている。

「しかし、メチャクチャ速いなあの戦車」

麻子が言うとおりその戦車はあっという間に近づき、肉眼で形が判別できる距離に来た。

「あれは……T－14ですよ！　ロシアの最新鋭戦車っ！　最高時速は90キロです！」

優花里は歓喜した。まさかこんな戦車に、ここ大洗でお目にかかれるとは。

「ねえおじさん！　すごいですT－14ですよ！」

同好の士である両津に声を掛ける優花里だが、両津は返事をしない。

「どうしたんですか、おじさん？」

すると接近するT－14の前方ハッチが開き、中年男性が上半身を出すなりこう叫んだ。

「両津はどこだ——っ!!」

「ひぃ！　部長！」

両津は脱兎《だっと》のごとく駆け出した。

「くそっ、中川がバラしたのか!?」

「マズいですよこれは！」

「ああ！」

本田とボルボも両津を追って逃走する。

「今日という今日は絶対に逃がさんぞ、両津ーっ！」

両津の上司である大原《おおはら》部長を乗せたT－14は、逃げる三人にあっという間に追いつき、並走しながら7・62mm機関銃を乱射する。

「うわぁ……あれ実弾ですよね……」

「いいんでしょうか……」

「ま、両津さんなら二、三発当たっても死なないから、大丈夫なんじゃないかな」

ドン引きする優花里と華だが、杏は鷹揚《おうよう》だった。

「ぶ、部長！　落ち着いて下さい、話し合いましょう！」

「おまえのようなバカと話すことなどない！　まる二日も仕事をサボって茨城で遊び倒すとは……この大バカ者がーっ！」

怒りに震える大原部長の叫びが、大洗にこだまする。

「おーい！　わしらはこのまま、逃げながら東京に帰るからな！　また会おう！」

両津の声は、ギリギリであんこうチームと杏に届いた。

そして彼らはぐんぐん遠ざかり、道の彼方《かなた》へと消えた――

「嵐のように去って行ったねー」

ぽつりと杏が呟《つぶや》くと、

「ムチャクチャだけど、なんだか面白いおじさんだったね」

「忘れられない試合になったな」

沙織と麻子も両津の印象を口にし、

「砲撃の技術も高かったですし」

「戦車の話であんなに盛り上がれる人はめったにいないので、また会いたいです……」

華と優花里も口々に、両津の感想を述べた。

「あの人がもし女子高生だったら、全国優勝してたかも……」

「バイタリティがすごいからねー。ほんと、女子高生じゃなくてよかったよ。あんなのが出てきてたら、私たち優勝できなかったかもしれないし」

「戦車道が乙女《おとめ》のたしなみで、よかったですね」

あり得ない想像を巡らせるみほだが、わりと本気で安堵《あんど》する杏と華だった。

「じゃ、私たちも学園艦に帰るか。遅れるとまた風紀委員がうるさいし」

歩き出す杏に、ついていくあんこうチーム。

「あのおじさん、次の帰港日にも大洗に来ませんかね？」

「さあ……どうかな？」

歩きながら期待に満ちた目で問う優花里に、微笑みながら返事をするみほだった。

〈おわり〉

不合理な二十四

初野 晴

『ハルチカ』シリーズ

静岡《しずおか》県にある清水南《しみずみなみ》高校の吹奏楽部を舞台とした青春ミステリ。ＫＡＤＯＫＡＷＡから『退出ゲーム』が第一作として刊行。主人公ハルタとチカの名前を愛称とした『ハルチカ』シリーズとして読者に愛されている。２０１６年にはＴＶアニメーション化、同年に実写映画化も発表された。

初野 晴

こち亀といえば、フェラーリに住む一家のエピソードに腰を抜かした覚えがあります。他人の視線やツッコミを気にしないで、なにかに夢中になれるひとは素晴しいです。

扉・本文イラスト　山中《やまなか》ヒコ

1

【清水南《しみずみなみ》高吹奏楽部。厳しい予算で乗り切るための仕分け会議】

削減案①二年の穂村《ほむら》さんの個人練習スペースを2／3カット。

各部員からのコメント。

成島《なるしま》「ただでさえ無駄な妄想力でなんとか補ってください」

芹澤《せりざわ》「1／3の活用のヒントは……縦の空間とでもいっておきましょうか」


わたしははっと我に返る。

不意に、どこにいるのか、わからなくなっていた。晴天の下、コンビニの前のガードレールに腰を預けたまま顔を上げる。部活動の無駄を削減する仕分け会議で、なんでわたしの名前が出てくるのよ、予算と練習スペースは関係ないでしょ、と思ったけど、夢でよかった。……ふう。常日頃後ろめたいことがあるような自虐《じぎゃく》的な夢だった。

毎朝六時起きで部活漬《づ》けの日々を送っていれば、昼夜問わず、気を抜いた途端に眠気に引きずりこまれるときがある。うつらうつらとしながら、一時の白昼夢に耽《ふけ》るのも、しょっちゅうだった。

いけないいけない。自己紹介しないとね。

みなさん、こんにちは。わたしの名前は穂村千夏《チカ》。清水南高校二年生、所属している部活は吹奏楽部で担当楽器はフルート。中学時代はバレーボール部に所属していたんだけど、年中無休、二十四時間営業の日本企業のようだった活動に嫌気が差して、高校入学を機に密かに憧れていた吹奏楽部に入部したんです。まさか吹奏楽部も年中無休だったなんて知らなかったんですよ！

しかも南高吹奏楽部は廃部寸前の崖っぷちに立たされていた。部員集めに奔走《ほんそう》し、廃部の危機をなんとか乗り越えたわたしたちは、顧問の草壁信二郎《くさかべしんじろう》先生の指導のもと、地区大会にさえ部員不足で出場できなかった状態からわずか十六か月で奇跡の東海大会初出場を果たした。結果は参加賞レベルの銅賞だったけど、堂々と胸を張れる成果だといっていい。

それが夏休み——先月末の出来事だ。

高校生活は三年間。ちょうど折り返し地点で、わたしたちの挑戦はまだまだつづくけど、二学期がはじまった九月の第一週の日曜日、部活が急きょ休みになった。休みといっても、いつもなら各々自主練という名目で集まるが、夏休みをほとんど潰《つぶ》した部員たちは、この日くらいは……という感じで予定を次々と入れた。

わたしも例外ではなく、冒頭の（不意に、どこにいるのか、わからなくなっていた）という言葉につながるのです。

そう、いま、東京にいるの。静岡《しずおか》の清水じゃないんですよ。葛飾《かつしか》区亀有《かめあり》文化ホールでプロ交響吹奏楽団の公演があって、そのチケットがたまたま学校経由で手に入った。こんな形でタイミングが合うなんて滅多にないし、これを逃《のが》したら卒業まで上京する機会はなさそうだし、プロの演奏も生で聴いてみたいし、「えいや」と遠くまで足を延ばそうと思った。

そうと決まれば、せっかくだから日帰り旅行気分で楽しもうと、いつも通り朝六時に起きて、静岡駅から東海道新幹線ひかりに乗って上京した。新幹線って好きだ。日常から全力で逃走する感じ、離れゆく感じが楽しい。

で、現在に至る。

わたしはコンビニのガラスに映った自分の姿を見て、己《おのれ》の馬鹿さ加減に落ちこみ、はあ、とため息をつく。冒頭の（不意に、どこにいるのか、わからなくなっていた）という言葉はここにも関係するのです……

「チカちゃん、待った？」

一緒に上京したハルタ——上条春太《かみじょうハルタ》がトイレから戻ってきた。わたしは彼のことをハルタと呼び、彼はわたしのことをチカちゃんと呼ぶ。六歳まで家が隣同士で、高校で再会を果たした幼なじみだ。九年ぶりに会った彼はホルンを吹いていて、廃部寸前だった吹奏楽部を立て直した功労者でもある。

高校生のくせに家庭の事情でひとり暮らしをするハルタは、わたしの家に晩ご飯目当てで遊びにくることが度々《たびたび》あり、お母さんと仲が良かった。今回の上京は、彼が同行するから交通費を出してもらえたようなものだ。

彼は立ちどまり、わたしの頭からつま先まで無遠慮に眺めてつぶやく。

「やっぱり学校の制服だと目立つね……」

「あんたもよ……」

ふたりは同時に頭を垂れる。新幹線に飛び乗ってから、いつ、い、いつも通り制服姿だったことに気づいた。習慣とは恐ろしい。なんのことはなく、日常から逃走できなかったのです。せんせーい、ここに天然を超えたおっちょこちょいがいまーす、と子供みたいに揶揄《やゆ》されても仕方がない。

くじけるわけにはいかず、わたしたちは東京駅に到着後、制服姿のまま上野《うえの》のアメ横、浅草寺《せんそうじ》の仲見世《なかみせ》通りの観光を強行した。おかげで外国人観光客にやたら写真を撮られた。

ハルタがやれやれといった仕草で、片手で前髪を掻《か》き上げる。

「かめありリリオホール（葛飾区亀有文化ホールのこと）は、線路を挟んだ駅の向こう側だよね？」

「うん」

コンビニの前でたむろする中学生くらいの女の子たちが、肩をつつき合いながら、ハルタに視線を寄越《よこ》しているのがわかった。無理もない。身長はわたしより低いけれど（わたしは一六五センチですよ）、顔立ちはクラスにひとりかふたりいるような恰好《かっこう》いい男子とは次元が違う。さらさらの髪にきめ細かい白い肌、二重《ふたえ》まぶたに長い睫毛《まつげ》、整った顔、大きな目、聡明な眼差《まなざ》し、と女のわたしが心から切望したパーツをすべて持って生まれている。そのくせナルシストの印象はまったくなく、自分の容貌《ようぼう》に頓着《とんちゃく》していない。もうなんというか、存在そのものがわたしの十代に喧嘩《けんか》を売っているタイプなのだ。

え？　わたしはどうかって？　学校の通信簿で判で押されたように「明朗活発」と書かれてきたといえばわかってもらえますか？

面倒なのはここからで、女性に一生不自由しなさそうなハルタは、わたしと同様に吹奏楽部の顧問の草壁先生に片想いをしていて、卒業まで抜け駆けしないという協定を半《なか》ば無理やり結んでしまったのだ。この間、怖いもの見たさでわたしたちの関係をノートに書いてみたら（♀→♂←♂）となって、椅子から転げ落ちそうになった。女のわたしが負けたらどうしたらいい？　機械の身体でも手に入れたらいいの？　彼は親友であるわたしにどんな心の傷もつけたくないけど、奪われるくらいなら三枚下ろしにしてさばいてしまいたいという危険な想いに悩んでいるらしい。

そんなこんなで最近、悟りを開くようにまでなってしまった。わたしたちの間では、男だの女だの、あんまりたいした問題じゃないって。男にも女にも面白い人間とつまらない人間の二種類がいるだけだろうって。自然体が一番で、男を無理に強調しても、女を無理に強調しても、ロクなことがない。たとえば……

「あんた、どこに行ってたのよ」

わたしはハルタの制服を指でつまんで移動する。コンビニのトイレを借りていると思いきや、通りの方向からやってきたので不思議に思った。

「え？」と彼は肩にかけたショルダーバッグを揺らしながらこたえる。「コンビニのトイレが使用中で、我慢できなかったから、近くの公園まで行っていたんだけど」

うとうとしていたから気づかなかった。「ふうん」

「それよりさ、チカちゃん」

「なあに？」

「東京ってすごいよね」

彼が目を輝かせて喋《しゃべ》るので、わたしは頬《ほお》に両手をあてて頭をふる。

「お願いだから、そんなお上りさんみたいなことをいうのはやめて。いや、田舎《いなか》者は認めますけど！」実は東京の景色に見とれて、何度か車やバイクにはね飛ばされそうになった。

まあまあ、とおかまいなしにハルタはつづけた。「交番の前にランボルギーニ・カウンタックが停まっていたんだ」

「へ？　カウンタック？」

「黄色のＬＰ４００なんてはじめて見た。狭い道だと塀で擦《こす》らないか心配だ」

記憶と想像力を駆使して、巨人の手で押し潰したような平べったいスタイリングを頭の中でイメージする。

「ああ、あのゴキブリみたいな車？」

「いまチカちゃんは全国のスーパーカーファンを敵にまわしたよ。とくに梅澤春人《うめざわはると》先生は激おこだ」

「なにが、激おこ、よ」

「ガルウィング知らないの？」

「チキンウィングなら知っているけど」

「男のロマン、女子供にゃわかるまい、か」

「見えないところで楽しみなさいよ。女子供にとって車の種類はどうでもいいの。カルビーとか森永乳業がつくっても抵抗ないし！」

彼の詭弁《きべん》を圧殺した。

「あーあ。いわなきゃよかった」

と、ハルタが先を歩いていく。

まだ残暑が残る陽気で、ふと空を見上げると、建設中のマンションがあった。一方では入り組んだ路地、庭のない二階建ての長屋のような小住宅、寂《さび》れたクリーニング屋や布団《ふとん》屋が軒《のき》を連ねて、昔ながらの風情《ふぜい》を漂わせている。なんというか亀有は、新旧ふたつの顔を持つ町だ。三十メートルほど離れたところに、昭和っぽい古い型のポストが見える。

お昼ご飯は食べたし、公演開始までどこで時間を潰そうか迷う。わたしはデイパックからガイドブックを出して開いた、駅周辺でお金のかからなそうな散策ポイントは、亀有香《か》取《とり》神社か、ゆうろーどという歴史が古そうな商店街に思える。ハルタに意見を求めようとしたときだった。

「おーい、おまえら」

背後から野太い声に呼びとめられて同時にふり向く。反応したのは、こちらが縮み上がるような声だったからだ。そんな声、清水の日常ではなかなか聞かない。

警邏《けいら》中の警官がガニ股《また》で近づいてきた。ひと目でそうとわかる恰好をしているんだけど、何度も眉を顰《ひそ》めてしまう。素足にサンダル履《ば》きで、両腕とも袖をまくり上げているからだ。しかもその腕と手の甲には剛毛が生えている。なにより特徴的なのは首から上で、角刈りの髪型、ゴリラみたいに凹凸がはっきりしている顔立ちはまだしも——

「眉毛」

「つながっているね」

と、ハルタとこそこそ話し合う。

2

警官は小柄だったが、わたしたちでもわかる「ただ者じゃない」感を漂わせていた。服の上からでも筋肉質ということは伝わるが、たぶんトレーニングによってつけられた分厚い筋肉ではない。日々の全身運動でつけられたような無駄のない筋肉だ。

その警官が眼前に立つ。彼は凝《こ》りをほぐすように肩を軽く動かした。相手が老若男女《ろうにゃくなんにょ》関係なく、チンピラだろうと、化け物だろうと、対処できる自信がその仕草にある気がした。

「この辺じゃ見ない学校の制服だな」

わたしたちは首を縦にふる。

「デート中か？」

わたしたちはぶんぶんと首を横にふった。それからふたりの視線が同じところでとまる。警官はなぜか片手に、箱形の小さな檻《おり》を提《さ》げていた。とても奇妙だ。

あの……と上目遣《うわめづか》いでハルタがたずねる。「本物の警官ですか？」

疑われた警官は、がはは、と屈託《くったく》なく笑った。ベルトに収まった手錠や無線機、警棒など、正規の警官のようには見える。

彼は腰に手をあてていった。「警官マニアや偽物ならリアルを追求するよ。わしみたいな恰好《かっこう》はしない」そういえば制帽を被《かぶ》っていなかった。サンダルも、自分だけが特別であるかのように堂々と履《は》きこなしている。奇妙な理屈だが、どこか納得した。

「でも」とハルタが食い下がる。「外見は大事ですよね」

でも、という明確な否定の言葉をいわれても、彼は嫌な顔ひとつしなかった。

「うむ。大事だ」

「職務質問のときは、外見で判断しますよね」

「あれは外見じゃなく、挙動を見ているんだ。あと足元、たとえば靴だな。昔とくらべて最近はファストファッションがあって服はびっくりするくらい安く買える。どんな制服もオークションで手に入る世の中になったし、コスプレが流行《はや》ったせいで自分でつくる素人《しろうと》も出てきた。本物の人間観察のプロは、上ではなく、下を見るよ」

相手が高校生でも淡々と、辛抱《しんぼう》強く、それでいて懇切《こんせつ》丁寧に教えてくれる。わたしはハルタを肩でつんつんと押し、このひとガチの警官っぽいです、とアイコンタクトを送った。お、おう、と彼も緊張して身構える。

話を収束させるように、警官はわたしたちの足元を指さしてつづけた。「ずっと歩き通しのようだったから声をかけたんだよ。さっきしまったのはガイドブックか？　修学旅行ではぐれて困っているんなら力になるが」

どうやら親切なひとのようだ。まずわたしが早口で説明して誤解を解くと、彼は顎《あご》に手をあてて感心する。

「へえ、清水からきたのか。清水といえば海道一の大親分、清水次郎長《しみずのじろちょう》ゆかりの地だな」

「は、はい……」と、かしこまってこたえる。信用してもらうため、生徒手帳を見せた。

今日は間違って制服を着てきちゃったけど、こうして身分証明が簡単にできたので、よしとする。

「これからどこ行く？」

「かめありリリオホールのコンサートまで時間があるので、亀有香取神社か、ゆうろーどを攻めようかと思いまして」

「ゆうろーどの商店街なら、焼だんごか、メンチカツがお勧めだ」

落語家みたいに口に物が入っているような喋《しゃべ》り方をするので食べたくなった。このひと、伝え方が巧《うま》いなあ。お昼ご飯が足りなかったのか、そばで黙って聞いているハルタのお腹《なか》がぐぅと鳴る。

「観光なら、ちょっと遠いが、柴又帝釈天《しばまたたいしゃくてん》は外《はず》せないぞ。高校生ならバスを使えばいい。なにかトラブルに巻きこまれたら、亀有公園前の派出所に飛びこむか、両津《りょうつ》の名前を出していいからな。巡査長の両《りょう》さんの知り合いっていえよ」

ガニ股《また》でやってきた警官は、豪快なガニ股で去っていった。

「亀有公園前の派出所って、カウンタックが停まっていた交番だよ」

ハルタがぽつりといい、

「そうなんだ」

と、わたしは驚く。

両さんっていうのか……。ふたりで顔を見合わせた。エネルギッシュというか、声が普通のひとよりひとまわり大きかった。知らない土地で、話のネタになりそうな大人と思いがけず出会えて得した気分になる。じゃあ行こうか、と踵《きびす》を返すと、

「おーい、待て待て」

サンダルの音とともに、また背後から呼びとめられた。両さんだ。さっきの檻を掲げていた。

「この辺を歩いて、もしリスを捕まえるようなことがあったら連絡してくれ」

そういってメモ帳に携帯電話の番号を書き殴り、破って寄越《よこ》す。わたしとハルタはきょとんとし、口を揃《そろ》えていった。

「リス？」

聞き間違えでなければ、尾がふさふさでドングリを頬張《ほおば》る小動物だ。

「種類はニホンリスだよ」まいったんだよなあ、といいたげに両さんは頭の後ろのほうを掻《か》いている。「移動動物園から七匹逃げ出して、いま探しているんだ」

「あの」気になったのでわたしは聞いてみた。「手にしているのはなんですか？」

「これか？　ネズミ捕りの檻だよ。使えるかと思って」

「はあ」

「相手はすばしっこいから無理しなくていいからな」

と再びガニ股で去っていった。日曜なのに警官って大変そうだ。両さんの肩幅の広い背中を見つめながら、「変わったひとだね……」とわたしは素朴な感想をもらす。

「変わり者なら、学校で腐るほど見てるじゃないか」

生徒会からマークされているブラックリスト十傑《じゅっけつ》の面々を思い出した。

「まあ、そうだけど」

「それに両さんって、ゴリラの遺伝子が入っているようで、もういっそのことウホウホ吠えたほうが幸せになれるんだろうけど、むちゃくちゃ優秀な警官だよ」いったいなにが気に食わないのか、けなしているのか誉めているのかわからない言い方だった。「ちゃんと仕事しているし」

「仕事ってリス探し？」

「違うよ。さっきのチカちゃんとの会話」

「へ？」

「相手がぼくたちみたいな高校生だからオブラートに包んだんだけど、軽いお喋りの中で職務質問をさりげなく果たしちゃっているんだ。チカちゃんの素性《すじよう》も、目的も、これからの行き先も、全部持っていかれた」

「うそ」

「まあ、一応余所者《よそもの》だし、未成年だからね」

「なにも違反してないよ？」

「両さんもわかっているよ。たぶん警官の本能がそうさせちゃったんじゃないかな」

三度《みたび》、両さんが去っていった方向に目をやる。不思議と嫌な気がしない。あんなひとに守られているこの町が羨《うらや》ましくなった。

ハルタの気配が消えたので首をまわす。いつの間にかすたすたと先を歩いていた。ショルダーバッグを小脇に抱え、この場から逃げ出すような落ち着かなさがある。テレビドラマでよく観る、多額の現金を持ち歩いてびくびくキョロキョロと挙動不審になっているひとに近い。待って、とわたしは追いかけて横に並んだ。

「ねえ、ねえ、ハルタ。どうしたの？」

彼は背中を丸め、はあ、と盛大なため息を落としている。

「ねえ、ちょっと」

「………………」

彼の沈黙に焦《じ》れたわたしは悪ガキを相手にする幼稚園の保母さんみたいに、ぶつよ、と手を上げた。ハルタは急にぴたっと立ちどまり、周囲に目を配ると、脇にあるコインパーキングの敷地に飛びこむ。

なんなのよ、とわたしはついていく。停車中のワゴン車の陰でハルタはしゃがみこんでいた。彼は担いでいたショルダーバッグをアスファルトの上にそっと置いて、ファスナーを開く。中から愛くるしい齧歯《げっし》類の小動物がひょこっと顔を出した。灰褐色《はいかっしょく》で、ピンと立った耳、たえず鼻をぴくつかせ、長くふさふさした尾を上下に揺すっている。喉から声が出そうになった。どこからどう見てもリスだ。ハルタはつぶらな瞳を向けるリスに話しかけた。

「……おまえ、移動動物園から逃げ出したのか」

わたしは彼の肩をつかんで、ぐるりと自分のほうを向かせる。

「どうしたのよ、このリス」

「トイレに寄った公園で捕まえたんだ。うちの生物部に売ろうと思って、チカちゃんを待たせている間に電話して売買契約を結んだんだよ。ニホンリスだから五千円払ってくれるんだって」

警官を前にして後ろめたかった理由はこれか。

「いやあ、いやあ」

パニックに陥《おちい》ったわたしは頭を抱えて叫ぶ。

「だって今月生活費足りないし」

「不審者はあんたか」

「もう限界だ、チカちゃん。亀有から逃げよう」

逃げるかっての、とわたしはハルタの首をぎりぎりと絞め上げた。

3

幸いにも両さんの連絡先を知っていたので、すぐ電話をした。鼻息を荒くしながら「犯人《ホシ》を捕まえました。これから連行します」といいたいのを堪《こら》え、合流場所を確認した。両さんは、わたしたちがどこにいるのかをすぐ把握して道順を教えてくれた。職業柄なのか、要点を押さえた話し方だった。おかげで一度で覚えられたし、メモを取らずに済んだ。

ハルタの腕をロックして五分ほど歩く。古い家並みにはところどころ歯抜けのような更地《さらち》があり、そのひとつのコンクリート敷きの空き地に、2トントラックが停まっていた。黄色と橙色《だいだいいろ》を基調とした目立つ色使いで、荷台のアルミバンにでかでかと「ふれあいファーム」というロゴがプリントされている。

わたしたちの到着とほぼ同時に両さんがやってきた。それからのハルタの謝りっぷりは見ものだった。地面に額《ひたい》をつけて平伏する姿は、まさに謝罪の最上級で、これ以上頭を下げるには、穴を掘って頭を埋めるしかない。

「申し訳ございませんでした。迂闊《うかつ》にも、不覚にも、出来心だったんです。お金に目が眩《くら》んだぼくが悪かったんです。弁解の余地もありません。どのように扱おうとも、どんな目に遭わされようとも、構いません。ぼくなんか……ぼくなんか……生ゴミよりも劣る汚れた生き物です。明日からゴミ屋敷クズ太郎に改名して、呼吸するのも国民の許可を取って生きていきます。ぼくは、ぼくはぁ……」

彼の懺悔《ざんげ》アピールは、お釈迦《しやか》様が唱える卑下慢《ひげまん》の域に達していた。かわいそうに、未曾《みぞ》有《う》の茶番に付き合わされた「ふれあいファーム」の職員たちがおろおろしている。中学校の社会科の先生みたいに七三分けと眼鏡《めがね》が似合う中年男性と、各パーツが全部丸くてイカリング状の唇をした若い男性が、「逃がしたこっちが悪いんだから」「ほら、もう顔を上げて」と、吸盤のように地面にくっつくハルタをなだめている。

「コントだな」と、両さんは腕組みして総括する。

わたしはうなだれて、「こんなバカでも、ホルンは上手《じようず》なんですよ」と、精一杯のフォローを試みた。

「ホルンってあれか。ウルトラセブンの主題歌に流れてくるプァオーってやつか」

「ウルトラセブンがなんなのかよくわかりませんけど……」

「だよなあ」両さんはサンダルを鳴らしてハルタに近づいていくと、彼の背中をばんと平手打ちして、がははと笑う。「ありがとよ、捕まえてくれて」その大らかさに救われた思いがした。

よかったじゃん、ゴミ屋敷クズ太郎、とわたしはハルタを羽交《はが》い締《じ》めにする恰好《かっこう》で立ち上がらせる。お母さんになった気分で彼の汚れた制服をぱんぱんとはたいた。

「……いったいどうやって捕まえたのよ？」

「公園のフェンスにしがみついていて、カブトムシみたいに簡単に獲《と》れた」

なにがなんだか。2トントラックのそばでは、両さんと職員ふたりが向かい合って今後の方針を話している。

「結局、回収できたのは七匹のうち三匹か」

両さんは角刈りの頭をがりがり掻《か》きながらいう。

「申し訳ありません。逃亡中なのはあと四匹になります。非常に困ったことになりました」

七三分けの年配職員が弱りきった表情でこたえている。

まだこの場を離れるのに気兼《きが》ねする雰囲気があったので、わたしとハルタは手持ち無沙汰《ぶさた》でぽつんと立つ。気づいたイカリングの若い職員が手招きしたので、彼のあとをついていく。回収したリスが入ったケージがあった。一般家庭でも置けそうな木製ケージで、上下運動が大好きなリスが跳《は》ねまわっている。耳の先からぴんと伸びた房毛が特徴的だ。全部で三匹。もちろんハルタが捕獲したリスも含まれていた。

「せっかくだからきみも触《さわ》ってみる？」とイカリングの若い職員がケージの入口を開く。
「だいじょうぶなんですか？」わたしは首をまわして聞いた。
「今度はちゃんと見ているから問題ないよ。ファームで生まれ育ったリスだから噛《か》みつい
たりしないし、人懐《ひとなつ》っこいから」
ハルタが容易に捕まえたことを思い出す。わたしはひざを折って恐る恐る手を入れてみ
た。ケージの中をぐるりと一回転したリスが、長くふさふさした尾をふって、ぴょんと手
のひらに飛び乗ってくる。リスの毛が触れている部分から、ほんのりとした温かみが伝わ
った。
「やだっ、かわいい！」
リスは手のひらの上で、頬袋《ほおぶくろ》から出した落花生をかじりはじめた。瞬《まばた》きをしない、つぶ
らな黒曜石《こくようせき》のように輝く目が、ぱちっと開いている。
「かわいい、かわいい！」
わたしはかわいいを連呼するポンコツに成り果てた。イカリングの若い職員が、こんな
ものもあるよ、とヤングコーンを渡してくれる。わたしはドキドキしながらヤングコーン
を与えてみた。リスはなんと、ヤングコーンを丸ごと頬袋に詰めこんでいった。愛らしい
顔が真横に伸びて変形する。
「やんっ、一本丸々入っちゃったっ」

歓声を聞きつけたのか、両さんもやってきてのぞきこんだ。

「二本目、いけるんじゃないか？」

ヤングコーン二本目に果敢にチャレンジするリスを見て、わたしの腰が砕けそうになる。

一方で気を取り直したハルタがイカリングの若い職員に話しかけていた。

「移動動物園って、他になにがいるんですか？」

「今日は鳥と小動物のリクエストだから、他にはモリフクロウとガチョウとオウム、ウサギとモルモット、ミニブタとヤマアラシかな」

「へえ」

「両さんから聞いたけど、きみたちの学校は静岡だよね。静岡なら出張エリア内だから、興味があれば文化祭とかで利用してよ。料金も相談に乗るからさ」

イカリングの若い職員がハルタに名刺を差し出した。律義に営業活動しているところに感心する。

「ったく、ヤマアラシが逃げなくてよかったぞ」会話に両さんが加わった。

「ですよね。下手《へた》すれば閉園レベルですから」

ハルタが追随するので、わたしはリスの尾をもふもふと撫《な》でまわしながら聞いてみる。

「……そんなにヤマアラシってまずいの？」

「パトカー出動で、見つけても近づかないよう住民に呼びかけなければならん」両さんがこたえてくれた。「付近の学校や自治会に一斉メールや、チラシを配る必要もあるしな」と、淡々と警察にかかる仕事の負荷を説明し、そこから間接的にヤマアラシの危険性をうかがい知ることができた。

「どこかの移動動物園で実際にありましたね」

ハルタが両手を頭の後ろのほうで組んでいい、両さんが感心する。

「よく知っているな。半《なか》ば伝説と化した事件だよ。貴重な前例を残してくれたからな」

わたしはイカリングの若い職員に顔を向けて、そうなんですか、と目で確認した。首肯《しゅこう》する彼を見てぞっとする。

「よかったなあ」両さんはニカッと笑った。「逃げたのがこんなかわいいリスで。いまヤングコーン三本目いってるぞ」

「いや、いや、よくないですよっ」

七三分けの年配職員が割って入ってきた。

両さんがネズミ捕りの檻《おり》を掲げて一歩前に出る。

「人海戦術で探してやるから安心しろ。下町にはこれが沢山あってな、協力を呼びかける」

「それはありがたいんですが、もう間に合わなくて」

「間に合わない?」両さんの太い眉が動く。「どういうことだ」

「いや、その……」

「亀有じゃわしは顔が広いから、誰かが捕まえて飼い始めたとしてもだいたいわかるぞ」

なんとなくそんな気がするので、両さんに任せればいいと思う。

「いや、それが、その……」

七三分けの年配職員は説明しづらいなにかを隠しているようだ。

身体中の息を吐き尽くすようなため息とともに秘密を打ち明けてくれたのはイカリングの若い職員だった。

4

イカリングの若い職員は、ごくりと唾《つば》を飲みこむ仕草を見せる。

「うちのニホンリス、稼《かせ》ぎ頭《がしら》なんですよ」

「なに?」と、両さん。

「午後は二件の予約が入っていまして、二件ともニホンリスの展示が条件なんです」

企業秘密だぞ、いうな、いうな、と取り乱す七三分けの年配職員を、わたしとハルタが協働して引き離す。両さんはこくりとうなずいて、

「よし。面白そうだからつづけろ」

「うちのニホンリス、金運のリスと呼ばれていまして、展示した会社やイベントが繁盛す

るってジンクスがあるんです。わざわざ遠くからお参りにおとずれるお客さんもいるくらいで……」

「あれか？　エロ本の最後のページの広告に載っている幸運のネックレスやパワーストーンみたいなものだろ？　札束が詰まった浴槽に入れるみたいな。うちの本田《ほんだ》が五千円で購入して幸運がおとずれるのを待っているぞ」

両さんが苦笑《にがわら》いをしていた。

「あれと一緒にしないでください！」七三分けの年配職員が声を荒らげる。「せめて商店街の幸運の招き猫くらいのピュアなイメージでお願いします」

「なにが、ピュアだ」すっかり呆《あき》れ果《は》てた両さんが、制服のズボンのポケットをまさぐりながら近くの自動販売機まで歩いていく。缶ジュースを三本買った。戻ってきた両さんは二本をわたしとハルタに投げ渡してくれる。「百歩譲って金運があるとして、残ったリスを展示すればいいだけのことじゃないか。なにが困るんだ？」

わたしたちは、いただきます、と缶ジュースのプルトップを開けて、やり取りを聞き入る。

「大問題ですよ！」

「待て、待て」と両さんは七三分けの年配職員の言葉を遮《さえぎ》った。そしてイカリングの若い職員のほうを向いて、折り曲げた人差し指でさす。「おまえがいい。おまえが説明しろ」

わたしもそう思った。

それでは、とイカリングの若い職員が空咳《からぜき》をして喋《しゃべ》る。

「順序立てて話しますと、ニホンリスは貴重な動物なんですよ。都道府県によってはレッドリストに入っています」

はいはーいっ、とわたしは元気よく手を挙げる。「レッドリストってなんですか？」

隣で缶ジュースをちびちび飲むハルタが肩を揺らして教えてくれた。「環境省が定めた、日本国内で絶滅のおそれのある野生生物のリストだよ」

「だな」と両さんがつづく。「厳密にいうと、採取の罰則はないぞ。社会に警鐘を鳴らす役割と考えたほうがいい。ツキノワグマやヤマメもリストに入っているくらいだから」

理解が浸透したところで、ハルタをきっと睨《にら》みつける。だから捕まえたニホンリスを学校の生物部に売ろうとしたのか。金の亡者の足をぐりぐり踏んだ。すみません、すみません、と彼が謝る。

イカリングの若い職員が説明を再開した。

「数がめっきり減ったニホンリスを二十四匹、まとめて出張展示するところがミソなんです。リスは夢占いの中では金運と財産運がアップする動物でして――」

と、回収したリスの入ったケージを指し示した。ケージの中で、ヤングコーンを三本、頬袋《ほおぶくろ》に詰めこんだリスが「え？」という変顔を向けている。

「――あのように頬袋に食べ物を蓄える習性から、金運の中でも、貯蓄する運気が上昇するといわれています。臨時収入や一発逆転のギャンブル要素ではなく、日本人好みの堅実な金運アップ動物なんです」

　ふむふむ、なるほど。

「次に数字の二十四です。世の中には幸運の数字《ラッキーナンバー》というものがありまして、二十四はその強数の中で最も強い数字、五大吉数のひとつなんです。ちなみに五大吉数とは、十五、二十四、三十一、三十二、五十二の数字が該当して、それぞれ得られる幸運が異なります。二十四は最強の財運を持つ数字なんです」

　いよいよイカリングの若い職員の話は佳境に入った。

「いまや貴重なニホンリス、動物夢占いにおける縁起の良さ、最強の財運の二十四。これら三つを合わせた金運アップ商法を、うちの会社ではやっているんです」

　七三分けの年配職員が、乱した服を直しながら両さんの前に立つ。

「わかっていただけましたか」

「なにが企業秘密だ」

　と、両さんが七三分けの年配職員の頭を思いっきり叩いた。その弾《はず》みでかつらがずり落ち、見てはいけないものを見てしまった気まずさにわたしとハルタは視線を逸《そ》らす。そそくさとかつらを元に戻す彼は、いろいろな理不尽な怒りがない交ぜになったような叫び声を発した。

「まだ四匹が亀有で逃走中なんです！　二十四マイナス四の二十匹では、午後の顧客からクレームがつくんですよ。下手《へた》すると違約金が発生します！」

「あらゆることが自業自得だと思うんだが」

落ち着き払った両さんの口調は冷たく、七三分けの年配職員が肩を落として四《よ》つん這《ば》いになる。

レッドリストやら、五大吉数やら、自分の不勉強ぶりを考えると、これ以上は沈黙を守っていたほうが謙虚なのだが、つい気の毒になってきたわたしは、「かわいそう……」と安い同情の台詞《せりふ》を口にしてしまう。

砂漠で慈《じ》雨《う》のごとくの眼差《まなざ》しを七三分けの年配職員が向けてきたので、いや、こっち見ないで、とわたしはハルタの背後に隠れ、彼の制服をちょいちょいと引く。

ハルタが嘆息し、すこし考え、打開案を出した。

「別に四匹足りなくても問題ないんじゃないですか？」

「え？」と七三分けの年配職員が仰《の》け反《ぞ》り、眼鏡《めがね》のブリッジを指で押し上げる。もう一度彼は「え？」とくり返した。

「面白そうだな」両さんの横顔に笑《え》みが浮かぶ。このひとの判断基準のひとつは、面白いか面白くないか、である気がした。「四匹足りないのに、どう始末つけるんだ？」

「始末をつけるもなにも」ハルタはリスの入ったケージを指さした。「さっきから観察しているんですけど、リスはハムスターのような小動物と違って、上下にも激しく動きまわりますよね。なかなか一箇所に留《とど》まってくれないし、動き出したらすばしっこくて目で追うのも大変です。もっと大きめのケージに二十四匹入った場合、そもそも数えること自体が困難になりますよ」

わたしはまぶたを閉じて想像してみる。確かに空間を自在に動きまわる二十四匹のリスをケージの外から数えてみろ、といわれても無理な気がした。ハルタを見た。彼はひと呼吸置いて、また喋る。

「逃げた四匹が捕獲されるまでの間、二十四匹います、といい張ってもだいじょうぶじゃないんですか？　どうせわかりっこないんですから」

「いいね。そういう腹の据《す》わった考え方は好きだ」両さんはにやにやしてうなずき、「高校生が貴重なアドバイスをくれたぞ。どうする？」と七三分けの年配職員に急場の決断を求めた。

実はそのことですが……と、イカリングの若い職員が控えめに口を挟む。有能そうな彼の発言は、こちらが身構えてしまう。

「わちゃわちゃと活発に動くリスの数がわかりにくい、とはおっしゃる通りで、顧客からクレームが入ったことがあります。以来、社長の指示で、リスの金運フォーメーションを組んでいまして」

金運フォーメーション……

わけのわからない造語が出てきて、両さんもハルタも苦々しい顔つきになった。

両さんが顎《あご》を動かし、つづけろ、と無言で先を促《うなが》す。

「要はリスの展示方法の工夫です。うちの稼ぎ頭ですし、来場者のみなさんが御利益《ごりやく》を賜《たまわ》りたいわけですから、それらを同時に解決できる方法をとりました。いま図面を持ってきますので、お待ちください」

彼はきびきびとした足取りで2トントラックのリア扉を開け、中に入っていく。戻ってくる間、所在なさげに佇《たたず》む七三分けの年配職員に両さんがいった。

「デキる新人じゃないか」

「うちの派遣社員です。ちなみに私は正社員で」

「世も末だ。交代しろ」

「そんな」

イカリングの若い職員が小走りでクリアファイルを持ってきたので、両さんとハルタとわたしは頭を突き合わせる形でのぞきこむ。

「こ、これが金運フォーメーション……」

こみ上げてくる静かな笑いをわたしは必死に堪《こら》えた。

「真上から見た図で、リスを三匹ずつ入れたケージを八個、ロの字型に並べているんです。

【リスの金運フォーメーション】
俯瞰図

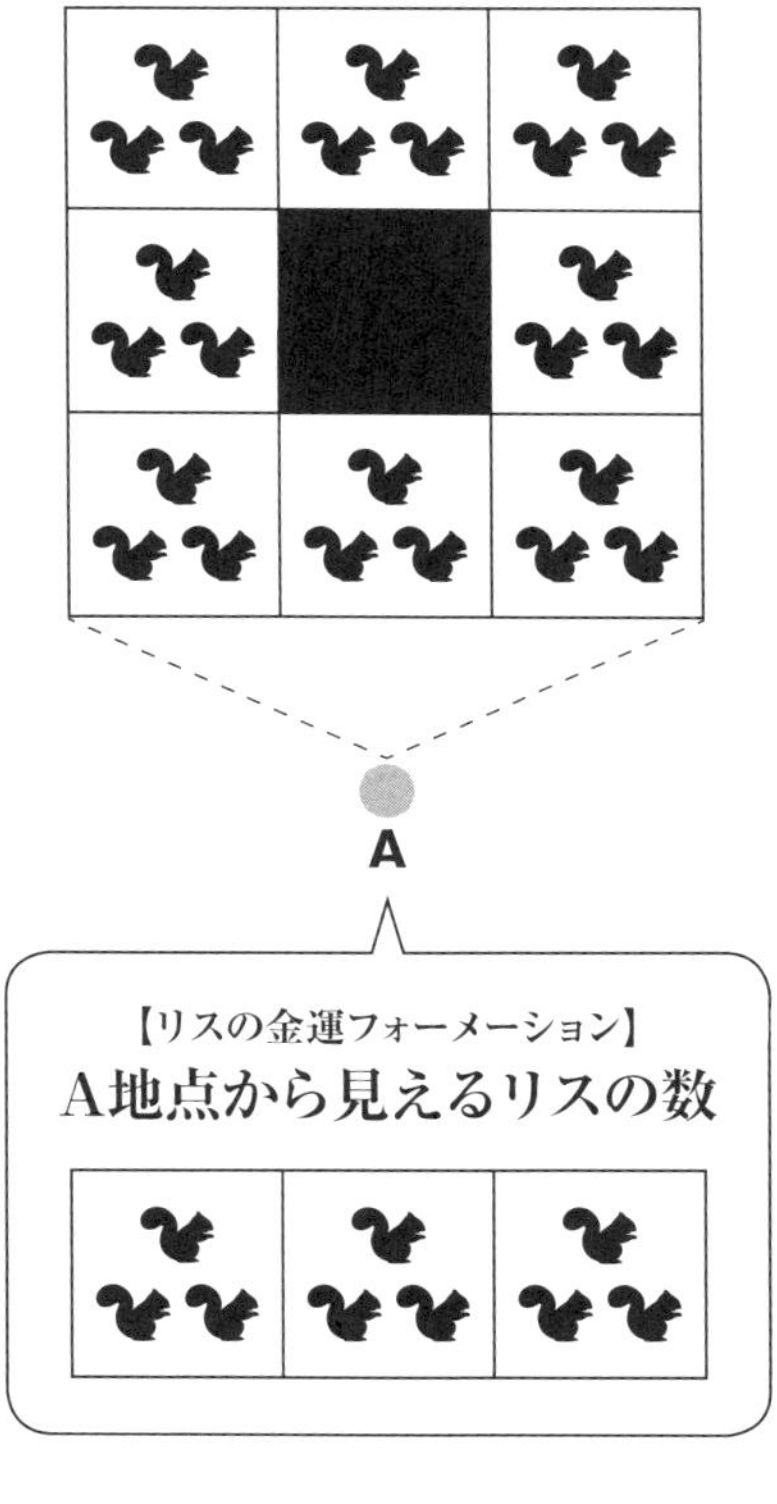

中心の黒い部分は、こちらで用意した張りぼての柱になりまして、すこしでも多くの来場者のみなさんに見てもらえるよう、各辺から眺められる仕組みにしています。神棚のように拝ませろ、というのが社長の指示ですので、すべてのケージを高めの位置に配置していますから完璧《かんぺき》でしょう」

確かに二十四匹という五大吉数の数がわかりやすいし、来場者が混雑してもさばける。というか、夢とふれ合いの出張動物園はどこにいったんだ。

「これだと、一匹でも欠けたら丸わかりじゃないですか」

聞いてないよ、といわんばかりにハルタが抗議した。

「面倒臭い工夫をしやがって」

両さんが辟易《へきえき》している。

「わかっていただけましたか。リスが四匹も欠けるという事態が！」七三分けの年配職員が両手の拳を握りしめて喚《わめ》き立《た》てる。「ピンチもピンチ、大ピンチなんです！」すべてにおいてなんか過剰だ。

こういうことはまだ自分の胸に収めておいたほうがいい気がするが、いまは頭の中がそれ一色で染まってしまい、他のことが考えられなくなった。いわずにはいられない。いってみる。

「いい加減、もう帰っていいですか？」

「おお、そうだった」両さんが混沌《こんとん》状態から出口を見つけたような顔をした。「おまえら、かめありリリオホールに行く用事があるんだったよな。よし、迷わないようホールのエントランスまで送ってやるよ」

七三分けの年配職員が口をあんぐりと開け、足元をふらつかせている。他力本願、他人の褌《ふんどし》で相撲《すもう》を取る者の末路だ。うん、勉強になった。

予定があるのを知らずに、引《ひ》き留《と》める形になって申し訳ありませんでした、とイカリングの若い職員が高校生のわたしたちに頭を下げる。相当困って切羽詰まっている最中なのに恐縮してしまう。

彼は両さんにも謝っていた。

「リスを逃がしたのは、こちらの自己責任ですので」

「おいおい。若いのに自己責任なんて言葉使うなよ。思いもよらない事態はどうしても起こってしまうものなんだ」

「いえ、ご迷惑をかけていますから」

「こっちは仕事だよ。だいたいわしだってだれかに迷惑かけて生きているんだぞ」

ふたりのやり取りをわたしは黙って見つめる。それまでとくに深刻そうでなかった両さんの顔が、不意に真面目な面持《おもも》ちになった。

「さっき、午後の予約が迫っているようなことをいっていたな?」

いわれて彼は腕時計に目を落とす。

「はい。移動時間をさっ引いて、あと十分くらいしか亀有にいられません。いったん戻ってこられるのは午後三時半頃です」

「わかった。戻ってくるまでに、リスは頑張って探しておくから」

「あの……」彼はいい出しにくそうに、いったん口ごもる。「できるだけ、急いでもらえますか」

「まあ、金運フォーメーションを組めないと、そっちが困るだろうからな」

「そうじゃなくて」彼は首をふって否定した。「リスはファーム生まれで野生でのエサの取り方を知りません。それに体力の限界を知らないから、逃げれば逃げるほど、疲れ果てて死んでしまいます」

ジュースを飲み干したハルタが、指と手の腹で缶を潰《つぶ》した。なにか思うことがあるような目でイカリングの若い職員を見すえる。

「チカちゃん、まだ十分くらいここにいてもだいじょうぶかな」

「まあ……」

よし、と気合を入れたハルタが両さんと彼の間に入り、威勢の良い声を出した。

「あと十分間、粘りましょうよ」

すこし身体を退《ひ》いた両さんが目を剝《む》く。

「なんとかしたいのは山々だが時間が足りなすぎるぞ。わしは構わないが、いますぐ手分けして残り四匹を探すのか？」

ハルタはふり向いて、「チカちゃん、ごめん。ケージのリス、見ておいて」と叫び、顔を戻した。それから男三人で事態を打開するための話し合いがはじまる。

交ざる機会を失ったわたしは疎外感からケージのリスの尾をもふもふと撫《な》でまくった。それに飽きると、どこに焦点を合わせるでもなく、ぼんやりと彼らの話が終わるのを待つ。

冷静に考えれば、四匹の捕獲は案外簡単かも――

気になる会話があった。

でもすぐには無理だ。どうする？――

ああだこうだと三人の意見がぶつかり合い、やがて両さんとハルタが激しくいい争うようになった。そりゃあねえだろっ、とか、蛇《じゃ》の道は蛇《へび》ですよっ、などと不穏な応酬《おうしゅう》がつづいてしばらくしたあと、イカリングの若い職員の声が響いた。

「すごい、すごい。その新フォーメーション、いけますよ！」

新フォーメーション？

いまや四匹が欠けた状態で、最強の財運を示す五大吉数の二十四匹体制ではなくなったのだ。

なんだろう、とわたしは首を伸ばす。目の前を通り過ぎる影があった。ぼおっとした七三分けの年配職員が前傾姿勢でよたよたと歩いている。邪魔だからどこかに行ってほしかった。

5

上京の目的であるプロ交響吹奏楽団の公演が終了し、かめありリリオホールをあとにした。プログラムにコンクールの自由曲の定番がいくつも入っていたし、高校からフルートをはじめたわたしには楽しめた。

やはりＣＤで聴くのと実際とでは音の伝わり方が全然違う。月並みの感想だけど、木管の音色は、音の粒がきれいに揃《そろ》って客席まで飛んでくる印象を受けたし、金管のアタック（音の出だしを強く出すこと）も、びっくりするくらい優しく響いて聞こえた。プロオケは根本的に音色と響きが違う。途中で指揮者が交代したけど、指揮棒のふり方ひとつで音楽の曲調が変わってしまうところは改めて驚かされた。

先を歩くハルタをちらっと見る。彼は南高吹奏楽部ではソリストとして通用する部員だ。この時期、いまさらプロオケの演奏を聴いて勉強する必要はなさそうだし、やっぱりわたしに付き合ってくれたのかなあ、と申し訳なく思う。

腕時計を見ると午後三時半を過ぎていた。

ハルタの足取りが早くなる。彼も両さんと同じタイプで、面白いことは絶対見逃さない、という強い意志にあふれている。ある意味、夏休みを控えた小学生みたいだ。彼にとって今日のメインイベントはどう考えてもあれなので、今度はわたしが付き合うことにする。

「ねえ、ねえ」

と、道すがら声をかけた。

「なに、チカちゃん」

「……例のリス、探すの手伝うの？」

「ぼくらには無理だって。清水ならともかく亀有の町を知らないし、ふたり揃って迷子になるのが関の山だよ」

「だよね」

「だいじょうぶだよ。いまごろ両さんがなんとかしてくれているから」

「そういえば」一緒に歩きながらわたしは思い出す。「四匹の捕獲は案外簡単かも、って相談していたよね？」

「うん。協議の結果、一箇所に限定して罠を張ることに決めた」

「……罠？　一箇所？」わたしは眉を顰《ひそ》める。

「ほら、若い職員がいっていたじゃないか。野生でのエサの取り方を知らないって。檻《おり》の外に出てみたものの、お腹が減れば、エサのある檻に戻ってくるんだよ。檻が恋しくてたまらないんだ」

　公園のフェンスにしがみついていて、カブトムシみたいに簡単に獲《と》れた――ハルタの言葉が脳裏によみがえる。公園のフェンスを檻だと勘違いしたのだ。

「だからリスが逃げた最初の地点に、重点的にネズミ捕りの檻の罠を仕掛けることにした。おそらく何度か戻ってきているはずで、そのタイミングで檻がないと、すごすごとまた逃げる。チャンスは限られているんだ。たぶんあれから一、二時間が勝負だと思う」

「それ、両さんがやってくれているの？」

「町中からネズミ捕りの檻を集めてくれるんだって。エサはヤングコーン一択で」

　逃亡の果てに、お腹が空きすぎて、檻の中で必死にヤングコーンを頬袋《ほおぶくろ》に詰めるリスを想像した。かわいすぎてわたしはもだえ死にそうになる。

「うまくいきそうな気がするね」

「両さん頼みだよ」

「……でも移動動物園のひとたちは気の毒だなあ。今日はお金儲《もう》けできなくなっちゃったから」

「それも解決した」

　わたしはふり向き、「は？」と声を上げた。顔の前で手を横にふる。「いやいや、四匹足りないでしょ」

「うん。足りない」

「五大吉数の二十四匹体制は無理なんじゃない？」

「あの金運フォーメーションだよね。図面とにらめっこしているうちに、四匹くらい欠けてもなんとかなるんじゃないか？　って思えてきた」

「い、い、い、い、い、いや、い、け」


「物理的に無理だって。無理無理。バカなわたしでもわかるもん」

「欠けた四匹を埋めればいいわけでしょ」

平然と喋《しゃべ》るハルタを見て、わたしは立ちどまった。ふと記憶がよみがえる。そりゃあねえだろっ、蛇《じゃ》の道は蛇《へび》ですよっ、という応酬《おうしゅう》を両さんと彼はしていた。

「……できるの？」

ハルタはショルダーバッグの中から、今日の公演のチラシを取り出した。図を描ける場所を探しているようだったので、わたしは彼の腕を引っ張る。バスの停留所に空いたベンチがあった。ひざまずいたハルタがチラシに素早くペンを走らせる。

「チカちゃん、いまから目を瞑《つむ》って」

「……う、うん」戸惑いながらも従った。風が吹いて、すっかり伸びた髪が顔にかかる。

「例のリスの金運フォーメーションを頭の中で思い浮かべて」

「……うん」リスが三匹ずつ入ったケージを八個、ロの字型に並べた図をイメージする。

シンプルな図形なので割と簡単にできた。

「あのフォーメーションは正方形だよね」

「……うん」

「一辺に何匹いた？」

「……三×三で九匹」

「どの辺も九匹だったよね」

「……う、うん」

「神棚のように拝む形ですこし高めの位置に配置しているというから、来場者から見えるリスは常に一辺に九匹だ」

「……うん」四匹も欠けたら、その前提が崩れてしまうのではないか。わたしのただでさえ無駄な妄想力でも補えないぞ。

「これが新フォーメーションだよ」

わたしは目を開いた。彼が描き終えた図を見て一瞬、頭の中が空白になる。

「ふえっ、ほえっ？」

軽いパニック状態に陥《おちい》り、バカな子になったような反応をした。慌《あわ》ててリスの数を指で数えて息を呑《の》む。二十四……

「最終的に両さんが大笑いして、**『これで文句をいうような洒落《しゃれ》のわからない来場者は銃殺だな』**っていってくれたからだいじょうぶだよ、きっと。あの若い職員も**『任せてくだ**

【リスの金運フォーメーション❷】

俯瞰図

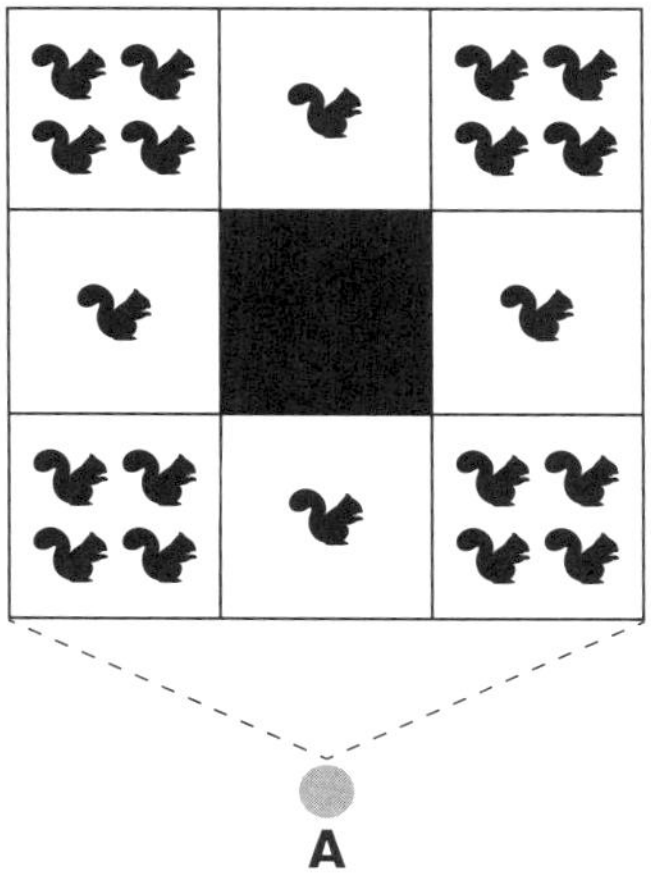

【リスの金運フォーメーション❷】

A地点から見えるリスの数

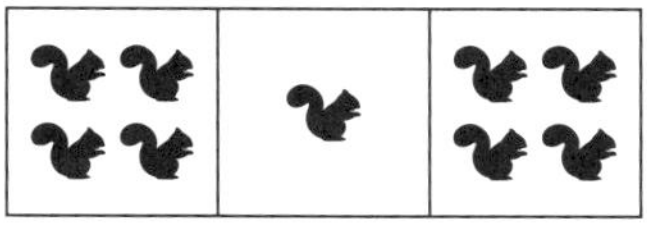

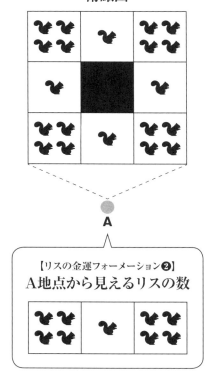

さい。やっちゃいますよ、乗り切りますよ』って喜んでいたし」

　ハルタが大きなため息に身を揺らして脱力気味にいう。

　こんなのアリなの？　わたしは唖然《あぜん》としたまま、結果をすぐ確かめたい衝動に駆られた。こんな子供騙《だま》しが通じちゃう世の中だったら……なんか素敵だ。そもそも占いや金運商法だって似たようなものではないか？

　ハルタと一緒にさっきの合流場所に到着すると、「ふれあいファーム」の2トントラックが停まっていた。イカリングの若い職員がわたしたちに気づき、嬉々《きき》とした表情で両手を挙げてマル印をつくる。あれでうまく誤魔化《ごまか》せたのだ。

「おう、おまえら」

　眩《まぶ》しげに目を細めた両さんが声をかけてきた。ハルタの首に太い腕をまわし、ぐいと引き寄せてささやく。

「……あの新フォーメーションの正体がわかったぞ。江戸《えど》末期の柳亭種彦《りゅうていたねひこ》の随筆、『柳亭記』の中にある『盗人隠し《ぬすっと》』だよな。盗人の数を増やす悪巧《わるだく》みの話だが、おまえは数を減らした」

「土壇場で新しいアイデアなんて生まれませんよ」

「教養が身を助けるってやつか」

　と、両さんの口元がほころぶ。

肝心なことをわたしはたずねた。

「逃走中のリスはどうなったんですか？」

おお、それだ、それ、と両さんがふり向く。「それがよ、傑作でさ……」我慢できないように大笑いした。「四匹のはずが、八匹になって戻ってきたんだよ」

「は、八匹？」

わたしは目を丸くした。見ると、七三分けの年配職員が2トントラックの車体にしなだれかかるようにして身体を預けている。減っても増えてもショックのようだった。

「亀有に野生のニホンリスがいたんだ……」

ハルタも驚いている。

「たぶん逃げた四匹が仲間を見つけて呼んだんじゃないかな。都会はリスが生きていくのに大変だろうから」

両さんはいい、制服のポケットから折り畳んだ紙を取り出した。

ハルタが瞬《まばた》きをくり返して見つめる。

「それは？」

「二十八匹バージョンで、わしも新フォーメーションをつくってみたんだ」

悪戯《いたずら》っぽい笑《え》みを浮かべて両さんは紙を広げる。図面を見たハルタとわたしとイカリングの若い職員は、思わず噴《ふ》き出《だ》してしまった。

【リスの金運フォーメーション❸】
俯瞰図

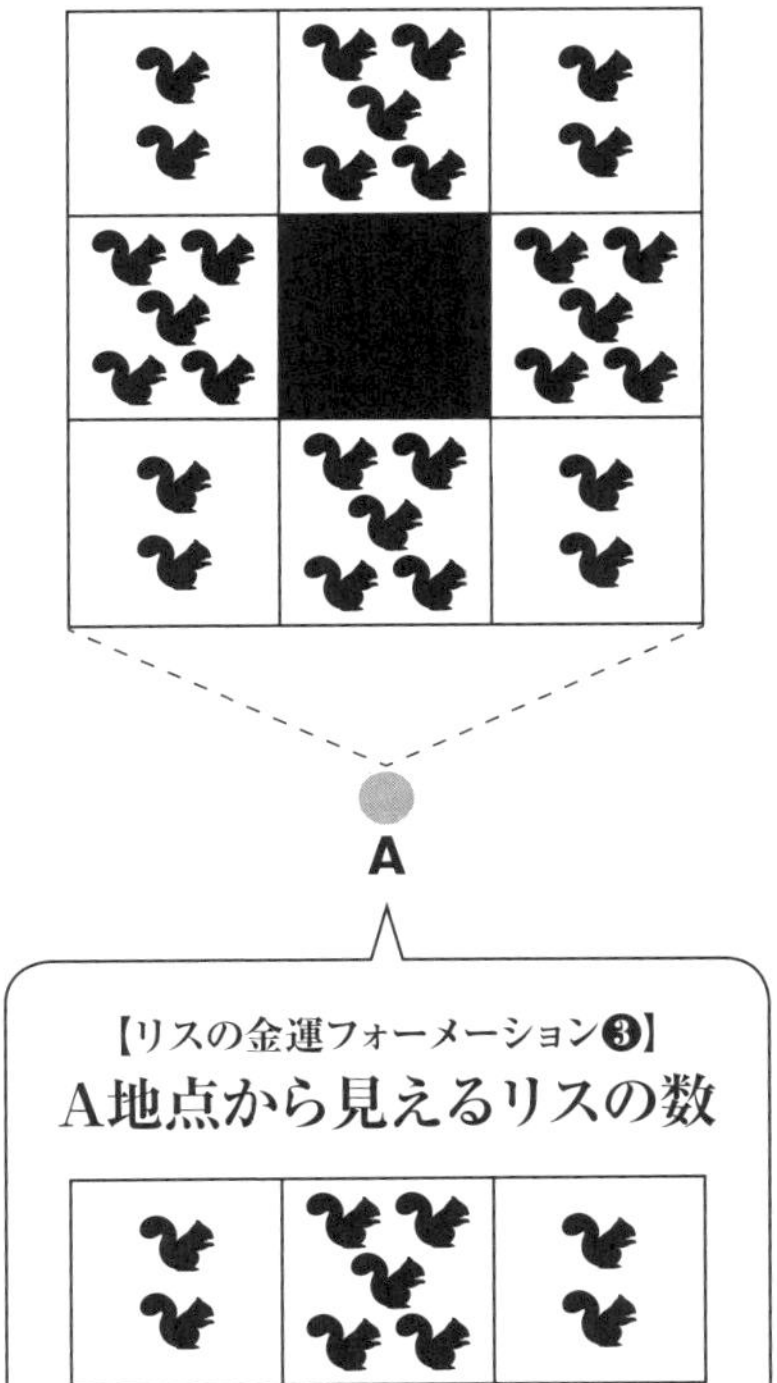

＊　＊　＊

以上で、わたしたちと両さんが出会った話はおしまい。あれから両さんは、亀有名物の焼だんごのお土産《みやげ》をわざわざ買って持たせて駅まで見送ってくれた。「人生思った通りにいかないから、もう会うことはないかもな。いまいっておくぞ。コンクールってやつ、頑張れよ」とは別れ際の両さんの弁で、あのひとらしいエールだと思う。

でもね。

亀有に行けば会えちゃうんでしょ？

いつか、「わっ」と驚かせてあげるんだから。

〈fin.〉

謎解きは葛飾区亀有公園の前で

Higashigawa Tokuya
東川篤哉

集英社

『謎解きは
ディナーのあとで』

小学館《しょうがくかん》から刊行された小説作品。Ｓっ気のある執事とお嬢様刑事を主人公としたミステリシリーズ。コメディと本格的な謎が同居した作風は、多数の読者の耳目を集めてシリーズ累計は３８０万部を突破した。櫻井翔《さくらいしょう》、北川景子《きたがわけいこ》を主演にＴＶドラマ化、映画化もされている。

東川篤哉

私にとって、両さんといえば、あくまでもギャグ漫画の主人公らしいハチャメチャなおまわりさんって感じですね。

扉・本文イラスト　中村佑介《なかむらゆうすけ》

1

それは七月のとある土曜日。葛飾区亀有公園前派出所《かつしかかめあり》は普段と変わりない午前のひとときだった。フランス人の母を持つ美女、秋本《あきもと》・カトリーヌ・麗子《れいこ》巡査は椅子に腰掛けて女性誌に没頭中。イケメン巡査、中川圭一《なかがわけいいち》は中年太りの紳士を相手にして真面目に道案内。美人でもイケメンでもない、どちらかといえば強面《こわもて》の中年巡査長、両津勘吉《りょうつかんきち》は彼特有のデスクワークに集中していた。

だが何事もない日常は「パン」という乾いた破裂音によって突然破られた。麗子は輝く金髪を揺らして両津を見やった。

「いまの音、なにかしら？　ひょっとして銃声？」

「ん、銃声だと⁉」

両津はデスクワークの手をいったん止めると、怪訝《けげん》そうに眉根を寄せた。いや、違う。この言い回しは正しくない。なぜなら両津の太く濃い眉毛は最初から一本に繋《つな》がっているので、これ以上、眉を寄せることは不可能なのだ。実際には、眉をひそめて考えこむ素振りを見せた、というのが正しい。そんな両津は麗子の視線を振り払うように片手を振った。

「違うぞ。わしじゃない。わしは撃ってないからな。今日のところは、まだ一発も――」

まるで、これから何発か撃つ予定があるみたいな言い草だ。麗子は呆《あき》れながら制服の腰に手を当てた。

「誰も両ちゃんが撃ったなんていってないでしょ！」

「そうか。だが、わし以外に誰が撃つんだ？　中川か？」

先輩にいきなり名指しされて中川はギクリとした表情。中年紳士も驚きの視線で目の前の巡査を見詰めている。中川は慌《あわ》てて首を振りながら、「違いますよ。僕は真面目に仕事してるじゃないですか。銃には指一本触れていません。今日のところは、まだ――」

と、やはりこれから撃つ予定があるみたいな言い方。そして中川は何事もなかったような顔で、再び紳士に向き直った。「えっと、そう、亀有団地への道でしたね。だったら、この道を真《ま》っ直《す》ぐ……」

太鼓腹の中年紳士は「え!?　ああ、はいはい」と頷《うなず》きながらも、巡査たちの奇妙な会話が気になった様子。気味悪そうに横目で麗子たちのことを見ている。

まあ、無理もない。いまの両津たちの会話を素直に解釈するならば、この派出所では発砲事件が日常茶飯《さはんじ》事であるかのように聞こえたはずだ。警察のイメージダウンもはなはだしい。麗子は思わず溜《た》め息《いき》をついた。

だが、それはともかくとして――

実際、両津自身が認めるとおり、この平和な亀有公園前で午前中から銃声を響かせている輩《やから》が存在するというならば、第一候補は葛飾区で最も危険な男、両津勘吉その人に違いない（ちなみに第二候補はガンマニアの中川、第三候補は両津の失態に激怒した際の大原《おおはら》部長だろう）。

しかし少なくとも、いまの音は両津によるものではない。なぜなら今朝《けさ》の両津は出勤早々から本業そっちのけで、戦車模型制作という快適なデスクワークに没頭中。その両手はスウェーデン陸軍S型戦車の主砲の角度調整に余念がなく、そのため腰のホルスターにぶら下げた拳銃には、いっさい触れる機会がなかったのだ。確かに今日の両津はまだ一発も撃ってはいない。――だとすれば、いったい誰が？　いや、そもそも、あれは本当に銃声だったのかしら？

首を傾《かし》げて麗子は腕組み。その耳に再び乾いた音が「パン」「パン」と続けて二度響く。

「きゃッ」と短い悲鳴をあげる麗子。

するとその声に驚いたのか、両津の口からも「わあッ」と大きな叫び声。その瞬間、彼の太い指先はあらぬ動きをして戦車の主砲をウッカリへし折っていた。

「あーッ、馬鹿馬鹿！　おまえがいきなり変な声出すから――」

「それどころじゃないでしょ！」

麗子は両津の剛毛に覆《おお》われた腕を取ると、類人猿のごとき彼の身体を無理やりデスクから引《ひ》き剝《は》がした。

「やっぱり銃声よ。なにかあったんだわ」

「亀有公園のほうから聞こえたみたいです。いきましょう先輩！」

中川も真顔で叫ぶ。もはや紳士への道案内など、どーでも良くなったらしい。

だが両津はなおもデスクワークに未練があるらしく、浮かない表情だ。

「ちっ、面倒くせえ。どーせ近所のクソガキがモデルガンでも撃ってんだろ」

「まさか。両ちゃんじゃあるまいし――」

「まさか。先輩じゃあるまいし――」

図らずも麗子と中川の声が重なった。実際、遥か遠い昭和のご時世ならいざ知らず、いまどき公園でモデルガンを撃って遊ぶ子供など滅多にいない。いるとするなら、やはり両津勘吉ぐらいのものだろう。もっとも中年街道まっしぐらのこの男の場合、《クソガキ》ではなく、ズバリ《不良中年》と呼ぶべきだろうが。

まあ、そんなことはともかくとして――

麗子は両津を引き連れて派出所を飛び出した。中川も後に続く。『亀有公園前派出所』とはいうものの、その実、亀有公園は派出所の前にはなく、むしろ裏手に位置している。派出所の建物をグルッと回って進むと、そこが亀有公園だ。

そこは意外なほどに閑散《かんさん》としていた。陽射《ひざ》しを遮《さえぎ》るものの少ない公園は、夏の太陽に照らされて、朝から物凄《ものすご》い暑さだ。それを嫌って、あまり誰も寄りつかないのだろう。ブランコ、滑り台、シーソーにジャングルジム。定番の遊具が並ぶ公園には、クソガキはおろか不良中年の姿さえ見当たらない。

と麗子がそう思いかけた、そのとき中川が公園の片隅を指差して叫んだ。

「あッ、あそこに人が！」

見れば、そこは砂場である。本来ならば子供たちが砂遊びに興《きょう》じているはずの一角に、男の姿があった。身体中を砂まみれにしながら、ごろごろと砂場で転げ回っている。その光景を見て、両津が不思議そうに首を捻《ひね》る。

「なんだアイツ、寝藁《ねわら》の上でたわむれるサラブレッドか？」

「違うわ。苦しがっているのよ」麗子は男のもとへと駆け寄った。「大丈夫ですか？」

心配して声を掛けた次の瞬間、「ああッ」麗子は思わず口許《くちもと》に手を当てた。

男はおそらく二十代。身長は百七十センチ程度で、ひょろりとした痩《や》せ型。顔立ちはまあまあ整っていて、髪の毛は黒い。鼻の付け根のあたりに目立つホクロがある。着ている服は青いジーンズに白いTシャツ。ただし、その左肩の部分は血で真っ赤に染まっていた。

「大変だわ。すぐに止血しないと！」麗子は慌ててあたりを見渡した。だが砂場には男のものらしい黒いショルダーバッグがあるばかりだ。麗子は両津の首に掛けたタオルを指差していった。「両ちゃん、それ使って！」

「ああ、これか。よし！」ひと声叫んで、両津は首からタオルを取る。傷口は左肩の背中側らしい。Tシャツのその部分に小さな穴が開いているのだ。両津はタオルを傷口に押し当てる。若い男の顔が苦痛に歪《ゆが》む。タオルは見る見るうちに血で赤く染まっていった。

「おい麗子、救急車を呼べ。大至急だ！」

いわれるまでもなく、麗子はすでに一一九番に通報中だった。

両津は男の顔を覗《のぞ》きこみながら尋ねた。「いったい何があったんだ、おい！」

「う、撃たれた……い、いきなり後ろから……」息も絶え絶えに男が答える。

「馬鹿、喋《しゃべ》るな！　出血が酷《ひど》くなる！」両津が傷口をギューッとタオルで押さえつける。

たちまち男の口から「ぎゃあああぁぁッ」という断末魔のごとき悲鳴がほとばしった。

「ひ、酷い……そっちから質問してきたくせに……」

「それもそうか」と両津は申し訳ないとばかりに頭を掻《か》く。ただでさえ苦痛に歪む男の顔が、激しい恐怖になおさら引《ひ》き攣《つ》る。見かねたように中川がいった。

「駄目ですよ、先輩。怪我人《けがにん》に悪戯《いたずら》しちゃ。本気で痛がっていますよ、彼」

「悪戯じゃない。止血なんて全然経験ないから、正直、加減が判《わか》らないだけだ。――そんなにいうなら中川、おまえやれ」

難しい役目を後輩巡査に押しつけると、再び両津は男に尋ねた。「背後から銃で撃たれたんだって？　で相手は誰なんだ。男か女か？」

「たぶん男だ……顔は見なかった……後ろから一発撃って……去り際にまた撃って……そのまま逃げていった……」そして彼は右手を持ち上げると、ブランコのある方角を弱々しく指差しながら、「アッチだ……アッチに逃げた……」

「駄目だ、それ以上、喋るな！　本当に出血多量で死んでしまうぞ！」

今度は中川が男の傷口をタオルでギュ、ギュ、ギューッと押さえつける。再び男の口から「ぎゃおえぇぇぇッ」と悲鳴があがり、それっきり男はウンともスンともいわなくなった。ひょっとすると死んだのかもしれないが、たぶんあまりの痛みに気絶しただけだろう。麗子はこの不運な若者に心からの同情を寄せた。もっとマトモな警官に救助されていれば、ここまで理不尽な苦痛を味わうことは絶対なかったはずだ。「ああ、なんて可哀想な被害者なの……」

呟《つぶや》きながら合掌する麗子。その傍《かたわ》らで両津は雄々《おお》しく立ち上がると、太い眉を決然と持ち上げた。「よし、コイツのことは中川に任せた。救急車がきたら連れていってもらえ」

「いいですけど、先輩はどうするんですか」

「わしは犯人を追う。まだそう遠くにはいってないはずだからな」

いうが早いか、両津は不運な男がアッチと指差した方角に猛然と駆け出す。

「あ、待ってよ、両ちゃん、あたしもいく！」

麗子は両津の背中を追うように走り出した。

2

公園を飛び出すと、目の前に伸びるのは狭い路地だ。不運な青年の指先は、この道を示していた。両津と麗子は迷わず、その路地に足を踏み入れていった。

しかし数十メートル進んだところで、停車中の車が二人の行く手を阻《はば》んだ。

どう見ても並みの車ではない。全長七メートルほどもあろうかという規格外のフォルム。それは下町の風景にはまったく馴染《なじ》まない高級リムジンカーだった。しかもその巨大な車体は一方通行の狭い路地で、斜めになって停車中である。結果として、路地は完全に通行不能の状態に陥《おちい》っていた。

「なんでぇ、畜生、邪魔な車だな。おいおい、知らないのか、葛飾区は五年前からリムジンカー禁止だってこと！」

五年前だろうが五十年前だろうが、葛飾区にそんなルールはない。日本中探したって、ないだろう。いつものことだが、両津のいうことは滅茶苦茶である。

と、そのとき車の脇にしゃがみこんでいた男がすっくと立ち上がって、麗子たちへと顔を向けた。「これは失礼いたしました。なにせ国立《くにたち》から参りましたヨソ者でして、こちらの決まりを知らないものですから。何卒《なにとぞ》お許しを――」

スラリとした体軀《たいく》をダークスーツに包んだ長身の男。年齢は三十代か。端整な顔立ちに知的な銀縁眼鏡《めがね》が良く似合っている。ひと目見るなり麗子は、「あら、いい男」と目を開き、両津は「むッ、怪しい奴め」と敵意を剝《む》き出《だ》しにした。

さっそく両津は謎の男へと歩み寄って嫌がらせ――ではない、職務質問をおこなった。

「どうしたんだ、こんなところに馬鹿でかい車を止めて。故障か？」

「それがどうやらパンクのようで……釘でも踏んだのかもしれません……」

スーツの男は平然と答えてはいたが、その両手は高々と頭上に掲げられていた。なぜなら職質する両津の右手に、黒光りする拳銃ニューナンブM60が握られていたからだ。麗子は慌《あわ》てて両津の耳に囁《ささや》いた。「両ちゃん、その銃、仕舞ったら？　どう考えたって、不良警官がお金持ちのリムジンを襲撃してるようにしか見えないわよ」

「そうか？　これがわしの普段の職質スタイルなんだがなあ」と恐ろしい言葉を口にした両津は、構えた銃を渋々と腰のホルスターに戻した。「まあいいや。それより、あんたに聞きたいことがあるんだ」

両津がようやく質問に移ろうとした、そのとき――「どうしたの、影山《かげやま》？」

リムジンの後部ドアが開いたかと思うと、やや気取った調子の声が響く。やがてピンヒールを履《は》いた若い女性が、優雅な仕草で路上に降り立った。背中の開いた真紅のドレス。

腰のあたりまで大胆に切れこんだスリット。そこから垣間《かいま》見える両脚はスラリと長く美しい。艶《つや》めく髪には花の髪飾り。見るからにお嬢様然とした美女の登場に、両津の口からは「お、いい女」と男らしい本音が漏れ、麗子の口からは「むッ、怪しい女」と警戒する声が飛び出した。となれば今度は麗子が職務質問する番だ。さっそく麗子は謎の美女へと歩み寄った。

「あなた、誰？　名前をいってもらえるかしら」

「あら、ひょっとして職務質問⁉　このわたしに⁉」謎の美女はV字に開いた胸元に手を当てて意外そうな表情。そして微《かす》かな笑《え》みを覗《のぞ》かせながら、「いいわ。名乗るほどの者じゃないけど、隠す理由もないから教えてあげる。わたしの名前は宝生麗子《ほうしょうれいこ》。住所は国立市。葛飾に住む友達の結婚式に向かう途中だったんだけど、車が立《た》ち往生《おうじょう》してしまったの。きっと釘でも踏んだんだわ。ちなみに、この男は影山といって、宝生家の執事兼運転手なの。これでいいかしら？」

臆《おく》することなく答える美女。その様子を眺めながら、麗子はなおさら警戒感を強めた。仮にも制服姿の巡査に職質を掛けられて、こうも平然と振る舞えるなんて、単なるお嬢様ではあり得ないことだ。

疑念を抱く麗子の傍《かたわ》らで、両津が手帳を開きながら聞き返す。

「ふむ、宝生麗子ね。えーっと、宝生麗子の麗子は麗子と同じ麗子でいいのか？」

両津の問いに、宝生麗子と名乗る女性は《意味不明》という顔。だがそれも無理はない。麗子は状況を説明した。「わたしは秋本麗子。こっちは両津巡査長よ」

「あら、あなたも麗子なのね」麗子の前でもうひとりの麗子が頷《うなず》いた。「判《わか》ったわ。それで、いったい何が聞きたいわけ？」

「ほら、あそこに公園が見えるだろ」両津がいまきた方角を指差す。数十メートル先に公園のブランコが見えた。「亀有公園だ。あそこで、たったいま拳銃を使った傷害事件が起こった。そこで聞きたいんだが、あんたたち、いつからこの場所に車止めてたんだ？」

「ついさっきよ。あなたたちがやってくる、ほんの二、三分前ね」

「じゃあ、ひょっとして誰か見かけなかったか。公園から逃げてきた奴を」

「逃げてきた人ねえ。そういえば、ひとり若い男がきたみたい。ねえ、影山」

「おっしゃるとおり。チェックの半袖シャツを着た二十代くらいの茶髪《ちゃぱつ》の男が、公園のほうから参りました。なにやら急いでいる様子でしたが……」

たちまち両津の声が裏返った。「そ、そいつだ。間違いない。で、その茶髪の男、どうしたんだ？　このリムジンを跨《また》いで通ったのか？」

両津なら迷わず土足でボンネットの上を歩くだろうが、他の人はそんな真似はしないはず。案《あん》の定《じょう》、影山は首を左右に振った。

「いえいえ、その若い男は、この道が通行不能と見るや、手前でUターンして、また公園のほうへと戻っていったのでございます。その先は、さあ、どちらに向かわれたものか、わたくしにも見当が付きかねますが」

「そうか。じゃあ、仕方がねえなあ」諦め顔で呟《つぶや》いた両津は、しかし次の瞬間鋭い目で執事を睨《にら》みつけた。「けどホントか。まさか嘘《うそ》じゃねーだろーな？」

「嘘などつきません。わたくし誠実さだけが取《と》り柄《え》の真面目な執事でございますよ」

この台詞《せりふ》に、宝生麗子の唇が微かに動く。彼女は「嘘つき！」といったようだ。

両津の追及はなおも続いた。「どうも怪しいな。ダークスーツに鋭い目つき。執事っていうよりボディガードか、凄腕《すごうで》のスナイパーって感じだぞ。ひょっとして拳銃くらい持ってんじゃねーのか」

「まさか拳銃だなんて。わたくしが持っているのは、これだけでございます」

執事は懐《ふところ》に隠し持った二十センチ程度の黒い棒状の物体を示した。それをしげしげと眺めた両津は、「ふーん、特殊警棒か。じゃあ違うな——って、おい！」と、いきなり叫んで影山に詰め寄った。「なんでただの執事が、こんな物騒なもの持ち歩いてんだよ！　てめえ絶対ただ者じゃねーな！」

「いえ、わたくし、ただの執事でございますが」影山はキョトンとした顔だ。

どうやら影山という男、両津とは違う意味で普通じゃないのかもしれない。

そんな二人の噛《か》み合《あ》わない会話に業を煮やしたように、宝生麗子がいった。

「そこまで疑われれちゃ仕方がないわ。こうなったら奥の手を出すしかないわね」

「奥の手⁉」瞬間、執事の端正な顔にハッという焦りの色が浮かんだ。「い、いけません、お嬢様！　おやめください。いかに無実の罪を晴らすためとはいえ、カネにモノをいわせるのはお嬢様の悪い癖でございま――」

「誰がカネにモノをいわせるっていったのよ！」

「おや、違いましたか」

「大違いよ。カネじゃなくてコイツにモノをいわせるの！」

そういって宝生麗子は赤いドレスの胸のあたり――そこに隠しポケットがあるのだ――そこから黒革の手帳を取り出すと、これ見よがしに高々と掲げた。意外や意外、それは正真正銘の警察手帳だった。唖然《あぜん》とする両津と麗子。そんな二人を前にしながら、ドレス姿のお嬢様は堂々と自《みず》らの正体を明かした。

「国立署刑事課の宝生麗子よ。これでも、まだなにか文句があるっていうの？」

瞬間、巡査の麗子は刑事の麗子の前から飛《と》び退《の》いた。両津に至っては土下座せんばかりの勢いで、「ももも、申し訳ありませんでした～ッ」と平伏している。

宝生家のお嬢様は彼らの反応に充分満足した様子で、強気な笑みを浮かべた。

「どうよ、影山。これで判ったでしょ。要するに警察は縦社会ってことね！」

「さすが、お嬢様」と執事は恭《うやうや》しく頭を下げながら、「ですが正直なところ、ただいまの傲慢《ごうまん》な振る舞いで、お嬢様の好感度はガタ落ちではないかと……」

「べべべ、べつに好感度とか、ききき、気にしてないんだから！」

宝生麗子刑事は警察手帳を再び胸元に仕舞いこむ。そして亀有公園のほうに視線を向けながら、好奇心に満ちた表情を浮かべた。「ところで、事件ですってね。きっとこれも何かの縁よ。せっかくだから現場に案内してもらえるかしら」

3

両津と影山、そして二人の麗子。四人は揃《そろ》って亀有公園へと向かった。歩きながら両津が、ここに至るまでの簡単な経緯を刑事の麗子に語る。お嬢様刑事は、その話に大いに興味を惹《ひ》かれた様子だった。――でも、それはそれとして、路地をふさいだリムジンはあのままでいいのかしらん？　常識ある秋本麗子はそう思ったが、自分以外の三人は誰もいっさい心配していないようなので、たぶんあのままでいいのだろう（？）。

ちなみに、『友人の結婚式に参列する』という当初の目的も、いまとなっては宝生麗子刑事の頭の中からすっかり消えてなくなったようだ。

公園に到着してみると、重傷を負った青年が救急車に運びこまれるところだった。様子を見守る中川に、両津が声を掛ける。「おい、どんな具合だ？」

「ああ、先輩、残念ですが、まだ被害者の意識は戻りません」

「そうか。可哀想にな」両津も沈痛な面持《おもも》ちだ。

若者の無事を祈るような、両津と中川の表情。――だけど確か、彼を気絶に追いこんだのは、あなたたちだったわよね。ひょっとしてもう忘れちゃった？

麗子は二人に厳しい視線を向ける。宝生刑事とその執事はストレッチャーに乗せられた青年の顔を見詰めている。そんな中、中川が平然とした顔で続けた。

「実は身許《みもと》を示すものがないかと思って男のポケットを探ってみたんです。そしたら社員証がありました。『御下烈《おげれつ》塗装工業』という会社の社員らしいですね。名前は荻野真一《おぎのしんいち》。住所は公園の近くのアパート。財布の現金は手付かずのままのようです。――あの、ところで先輩、そちらの美女は？」

「国立署の刑事さんだそうだ――ってコラ！　握手なんかしてる場合じゃないだろ！」

両津の叱責《しっせき》よりも早く、中川は美人刑事との肉体的接触を果たしていた。「まったく抜け目のない奴だな。銃を持った凶悪犯が逃走中だっていうのに」

「いえ、安心してください先輩、犯人は銃を持ってはいませんよ」そういって中川はハンカチに包み持った凶器を示した。銀色に輝く自動拳銃だ。「ブランコの傍《そば》に落ちているのを見つけたんです。犯人は銃を捨てて、丸腰で逃走したんですね」

両津は手袋をした両手で銃を受け取り、鼻面に銃身を向けた。

「ふむ、確かに発射された直後らしい。火薬の匂いがプンプンするぞ」犬のように鼻を鳴らして、両津は銃口の匂いを嗅《か》ぐ。いま、この瞬間になにかの弾《はず》みで銃が暴発したなら、両津の鼻は跡形もなく吹っ飛ぶことだろう。彼の軽率な行動を、麗子はヒヤヒヤしながら見守る。両津は慣れた手つきで自動拳銃の弾倉を抜き取った。「どうやら三発ほど発射されているようだな」

　確かに、八連発式の弾倉に残りの銃弾は五発のみだった。

　麗子は自分の頭を整理するように呟《つぶや》いた。「銃声は最初に一発。その後、たて続けに二発聞こえたようだった。これで合計三発。残った弾の数と合うわね」

「うむ、つまり亀有公園の銃撃事件は、ざっとこういうことだな」といって両津は事件の流れを語った。「まず犯人は荻野真一を背後から銃で射殺——」

「両ちゃん、被害者はまだ死んでないわよ。勝手に殺しちゃ駄目じゃない」

「ああ、判《わか》った判った。いいいから話の腰を折るなって」両津はヒラヒラと手を振って前言を修正した。「まず犯人は荻野真一を背後から銃で撃ち、重傷を負わせた。それから立ち去り際に、さらにもう二発を連続して発射。ただし、これは被害者には命中していない。もともと逃走のための威嚇《いかく》射撃だったのかもしれないな。そして犯人はブランコの傍で銃を捨て、公園の敷地を出ると、路地へと逃げこんだ。しかし、その道は宝生刑事のリムジンが通せんぼしていたので、犯人は仕方なく引き返して、別の道へと逃走していった。どうだい、これで間違いねえかな――いや、間違いございませんかね、宝生刑事？」

「そうね、とりあえず矛盾はないみたい」と、お嬢様刑事は慎重に頷《うなず》いた。

巡査の麗子は、あらためて中川に確認した。「圭《けい》ちゃんは見なかったの？　半袖シャツの茶髪《ちゃぱつ》の男。こっちに戻ってきた可能性もあるんだけど」

「いや、僕は被害者のほうに気を取られていたしなあ」と中川は頭を掻《か》く。

結局、謎の男がどちらに走り去ったのか、それは誰にも判らなかった。

警官たちが、そんな会話を交わす一方、影山は血痕《けっこん》の残る砂場の様子を丹念に見て回っている。その姿は良家の執事というよりは、優秀な探偵のようだ。

「あの人、本当にただの執事なんですか？」巡査の麗子が尋ねると、

「さあ、どうかしらね」と刑事の麗子ははぐらかすように微笑《ほほえ》んだ。

そうこうするうちに現場には新葛飾署のパトカーが続々と到着。たちまち公園全体が黄色いテープで封鎖された。大勢の制服巡査や私服刑事が入り乱れ、現場はものものしい雰囲気へと変わっていく。中川は証拠品の自動拳銃を新葛飾署の私服刑事に手渡し、事件発生直後の様子を語った。その姿を眺めながら、両津は呑気《のんき》そうな声をあげた。

「よし、それじゃあ、ここは中川に任せて、わしらはいったん派出所に戻ろうぜ。こんなところにいたんじゃ熱中症になっちまう」

現場で汗を流す捜査員が聞いたら激怒しそうな台詞《せりふ》である。だが、そんなことは意に介

さず、両津は涼しい顔で派出所への道を進むのだった。

4

派出所に戻ると、そこには秋本麗子の直属の上司、大原部長の姿があった。もともと厳《いか》つい顔をさらに強張《こわば》らせる中間管理職は、一同の姿を目にするなり、「コラ両津！」といきなり両津勘吉のみを単独指名して怒鳴りつけた。「両津、きさま、今度はいったいなにをやらかした！」

もちろん両津はキョトンだ。「え⁉ 今日はまだなにもやらかしてないですが」

「んなわけあるか」部長は両津を睨《にら》みつけながら、「じゃあ、なんで亀有公園が警官とパトカーでいっぱいなんだ。どうせ、おまえがなにかやったに決まってる」

「『どうせ』って酷《ひど》いですね、部長！ 勝手に決めないでください！」

まあ、過去の長い長い積み重ねがあるから、部長がそう思いこむのも無理はない。麗子は怒る部長を「まあまあ」となだめてから、状況をかいつまんで説明する。紅潮していた大原部長の顔色は、見る見るうちに平静に戻っていった。

「なんだ、そうか。つまり、おまえたちが事件の第一発見者。そして、そちらの二人――宝生刑事と影山氏――が犯人の目撃者っていうわけだ。そうだな？」

「そうです、部長」と両津が得意げに胸を張る。「やっと納得してくれましたか」

「うむ、いちおう判《わか》った。疑ってスマン」と素直に頭を下げる大原部長。だが次の瞬間、ふと暗い表情を浮かべた彼は、「いや、待てよ。まず第一発見者を疑えというのが犯罪捜査の基本だ……」と呟《つぶや》いて再び疑惑の目を両津へと向けた。

疑心暗鬼にもホドがある！　麗子は心が寒くなるのを感じて、隣の刑事に小声で尋ねた。

「国立署にはいませんよね。ここまで部下を信用しない上司なんて」

「そうねえ」と宝生刑事も呆《あき》れ顔だ。「困った上司なら、うちにも約一名いるわよ。風祭《かざまつり》警部っていう白いスーツで恰好《かっこう》つけた金持ちの御曹司《おんぞうし》がね。だけど、こちらの上司とは違うタイプみたい。――なんだか派出所勤務って大変そうねえ」

所轄《しょかつ》署勤務の麗子がボソリと呟く。だがその何気ない発言に、派出所勤務の麗子はカチンときた。――なに、いまの言い方！　自分が所轄署の刑事だからって、偉そうに！

そんな麗子の怒りを見て取ったのか、影山が宝生刑事の耳元で囁《ささや》く。「お気をつけくださいお嬢様。いつものことですが、ナチュラルに上から目線でございますよ」

「そ、そんなことないわよ。わたしはむしろ《謙虚すぎる刑事》っていわれてんだから」

「…………」どこが謙虚よ。そうまでいうなら、その謙虚すぎる所轄署刑事の力量とやらを拝見させていただこうじゃないの！　秋本麗子は椅子に座り、ナチュラルに高飛車な態度で脚を組むと、目の前の女刑事に問い掛けた。「ところで事件の話ですけど、いったい

今回は出番のない風祭警部と両津勘吉

動機は何なのでしょうね。犯人はどんな目的があって、荻野さんを銃撃したのかしら？」

麗子の《タメ口寸前》の態度に、今度は所轄の麗子がカチンときた表情。黙って椅子に腰を下ろすと、美人巡査への対抗意識を丸出しにして、同じように脚を組む。そして相手の目を見据えながらいった。「そうねえ。平凡だけど、物盗り《ものと》の犯行なんて、いかが？」

「物盗り⁉」秋本麗子は余裕の半笑いで応じた。「犯人は被害者の財布には、手をつけていないんですよ。圭ちゃんのいったこと、聞いていなかったんですか」

刑事の口から一瞬「うッ」という呻《うめ》き声。だがすぐに「それぐらい知ってるわよ」と取《と》り繕《つくろ》うようにいって、彼女はスリットから覗《のぞ》く美脚を揺らした。「犯人は財布を奪う目的で荻野さんを撃った。しかし、思いがけず大きな音が響き渡ったために怖くなって、なにも盗まずに逃げた。そういうことだって、あると思うの。要するに『財布が奪われていないから物盗りの犯行じゃない』なんていう決めつけは単純すぎるってことね」

「うッ……わ、わたしのどこが単純ですってえええ……」

「あら、そういうつもりでいったんじゃないのよ」刑事の麗子は勝ち誇るような笑《え》みを浮かべた。「ところで、今度はあなたの意見を聞かせてもらえるかしら」

「そ、そうね。物盗りじゃないとすれば、動機は怨恨《えんこん》かしら。被害者は会社員らしいから、ビジネス上のトラブルを抱えていた可能性は充分あると思うわ。同じ会社の同僚や取引先の誰かから、密かに恨まれていたとか——」

秋本・カトリーヌ・麗子と宝生麗子

「あらあら、酷い決めつけだこと。あの青年、真面目そうな顔してたわよ」

「おやおや、顔で善人か悪人か判るなら、両ちゃんなんて、とっくに逮捕されてるわ」

「コラコラ、女同士の争いに、わしを巻きこむな！」

両津は太い眉毛を逆立てながら二人の麗子に猛抗議。そして彼女たちに背を向けると、今度は影山の耳元に小声で囁いた。「――にしても、どう思う、あんた？　麗子って名前の女は、全員あんなふうに気が強いのかな？」

影山は眉一本動かさずに答えた。「いえ、あのお二人は特殊な存在でございましょう。おしとやかな麗子さんも、どこかにきっといらっしゃるはずですから」

「ちょっと影山！　気が強いって誰が特殊ですって！」

「両ちゃん！　誰が特殊ですって誰のこと！」

さっきまで反目し合っていた二人の麗子が、今度は声を揃《そろ》えるようにして両津と影山を一喝《いっかつ》する。二人の男は美女たちの鬼気迫る様子に気押されて、一気に壁際まで後退。女たちは、さらに不機嫌《ふきげん》な顔で男たちににじり寄る。

と、そのとき――「あれ、なにやってんですか、先輩たち」

派出所に舞い戻ってきた中川が、不思議そうな声をあげた。

「よ、よお、中川か。いいところに戻った」渡りに船とばかりに、両津は中川のもとに駆け寄った。「どうだった？　事件のこと、いろいろ聞かれたんだろ？」

「ええ。でも質問されてばかりじゃ面白くないんで、こっちも情報収集してやりましたよ。なかなか興味深い情報が入りました。まず、あの拳銃ですがね」

「ああ、例のオートマチック銃な」

「実は昨日《きのう》の夜十時ごろ、千葉《ちば》県で拳銃を使った強盗事件が発生したらしいんです。襲われたのは閉店後の喫茶店『ケレル』。犯人は男性の二人組で、売上金数万円を奪って逃走。その際、威嚇《いかく》のために銃を一発撃っています。で、問題はその銃なんですが、どうやら自動拳銃らしいんですよ。しかも色はシルバー」

「ん、じゃあ今回の事件と同じってことか？」

「ええ。被害者の肩に刺さった弾丸と、喫茶店で撃たれた弾丸。両者を比較すれば、一発で判明するはずですが、たぶん間違いないのではないかと」

「葛飾区の隣は、もう千葉県だもんね。きっと関連性があるわ」

巡査の麗子も二人の会話に首を突っこんだ。「千葉県の拳銃強盗が葛飾区にやってきて、また別の事件を起こしたということかしら」

「いや、むしろ強盗犯のアジトが葛飾区にあるのかもしれんぞ」

両津の言葉に、中川も頷《うなず》いた。

「それで思い出したんですけど、先輩、昨日の夜のこと思えていますよね。ほら、午後十一時ごろに公園付近で挙動不審の男に声を掛けたじゃありませんか」

「ああ、そういや夜のパトロール中に、そういう奴がいたっけな。この件とは関係ないと思ってたんだが……」

「その話、初耳よ」麗子は興味を持って尋ねた。「それ、どんな男だったの？」

「黒い服を着た若い男だった。公園沿いの歩道を歩いているときに、わしらと一瞬目が合ったんだ。男はすぐに目を逸《そ》らして、こちらに背中を向けた。その様子が妙に怪しかったんで、職務質問しようとして声を掛けたんだ。『おい、そこの君、待ちなさい』ってな。そしたら、その男、待つどころか突然ダッシュで逃げ出しやがった。もちろんわしと中川もすぐに追いかけたんだが――」

「見失ったのね」

「仕方がなかったんだ。勢い良く角を曲がったところで、酔っ払いのサラリーマンとぶつかってな。路上に転がって一瞬目を離した隙《すき》に、もう相手はどこかに走り去っていたんだ。それから、しばらく周囲を捜してみたが、結局その男に出会うことはなかった。そのときは、あまり重要視していなかったんだが、いまにして思うと……ん⁉」両津は何事か思い出したようにハッとした表情を浮かべた。「そういや、あの男の髪、茶色だったな」

「そうなんですよ、先輩」と中川が頷く。

「茶髪《ちゃぱつ》の男ですって⁉」麗子の声が裏返った。「今日の事件で現場から逃げていった男も茶髪だったはず。てことは、ひょっとして圭ちゃんたち、昨夜のうちにそれと知らず犯人と遭遇していたってこと？」

「そうなんだ」中川が悔しそうに呟く。「くそ、あのとき捕まえておけば！」

「確かにな。でも判らん。その逃げ出した茶髪男は、なんでまた翌朝になって、亀有公園で銃撃事件を起こしたんだ？　普通なら公園には近寄ろうとさえ思わないだろうに……あれ、どうしたんです、部長？」両津は傍《かたわ》らで呆然《ぼうぜん》と立ち尽くす大原部長に、怪訝《けげん》そうな視線を向けた。「なに、ちょび髭《ひげ》はやしたモアイ像みたいに固まってんですか。わしらにまだなにか文句でも？」

「い、いいや、そうじゃない！」そう叫んだ瞬間、大原部長の両目から感極まったかのような涙が溢《あふ》れ出《だ》した。「わ、わたしは感激しているのだ。普段は事件を起こしてばかりの君たちが、建物を壊してばかりの君たちが、拳銃を乱射するばかりの君たちが、いまだけは真剣に事件を解決しようとしている。そのことが、わたしには凄《すご》く新鮮なのだ。ああ、これは夢じゃないのか……もし夢なら永遠に覚めないでもらいたい……」

よほど興奮しているのか、目の幅で流れる滝のような涙を、大原部長は拭《ぬぐ》おうともしない。そんな上司の姿を部下たちは苦々《にがにが》しく眺めるばかり。すると麗子の耳元に宝生刑事が顔を寄せて、不思議そうに尋ねてきた。「ねえ、あなたの上司は、さっきから何をいっているの？　事件を起こして建物を壊して拳銃を乱射しているって、いったい誰のこと？」

それは主に両津のことなのだが、派出所の恥を晒《さら》すわけにもいかないので、麗子は曖昧《あいまい》に答える。「はは、ホント何をいってるんですかねえ、部長は……」

派出所に響く妙に乾いた笑い声。と、そのとき――「あの、両津様」

片隅から恭《うやうや》しく呼び掛ける声。両津は黒服の執事のほうを向くと、自分の顔を指差しながら、「あん、『両津様』って、わしのことか⁉」

もちろん、ここには両津勘吉様の他に『両津様』は存在しない。影山は「さようでございます」と丁寧に頷いてから、いきなり提案した。「両津様、もしよろしければ、少しお時間いただけませんか。ぜひ参りたいところがあるのですが」

「はあ、参りたいところって、どこだ？　帝釈天《たいしゃくてん》か？」

執事のいう『参りたい』は『参拝』の意味ではないだろう。案《あん》の定《じょう》、影山は首を振って違う行き先を告げた。「わたくしが参りたいのは千葉県でございます」

5

それからしばらくの後。江戸川《えどがわ》に架かる新葛飾橋を渡る一台のミニパトの姿があった。車内には三人の警官とひとりの一般人の姿。ハンドルを握るのは秋本麗子。助手席には両津勘吉。後部座席に陣取るのはドレス姿の宝生麗子刑事と執事の影山だ。ちなみにミニパトは、亀有公園に駆けつけた警察車両の中から両津が選び出し、「これ借りるぜ」のひと言で拝借したものである。

橋を渡れば、そこは千葉県。車は順調な走行を続け、やがて目的地に到着した。とある繁華街の片隅。そこにある小さな店舗が影山の指定した場所だった。

「喫茶店『ケレル』か」助手席から降りた両津が看板の店名を読み上げた。「昨夜《ゆうべ》、強盗に遭った店だな。でも、ここで何するんだ？　珈琲《コーヒー》でも飲むのか？」

「無理よ、両ちゃん」麗子は店の玄関を指差した。「本日、臨時休業ですって」

なにせ強盗に入られた翌日なのだ。通常営業でないのは無理もない話である。

「ですが、入れそうです」影山は扉のノブを回した。「誰かいれば良いのですが」

「すみませーん、お店の方、いますかーぁ」宝生刑事が店の奥に向かって叫ぶ。

すると白いワイシャツに黒いズボンを穿《は》いた初老の男性が、店の奥から顔を覗《のぞ》かせた。どうやら喫茶店の店主らしい。店主はドレス姿の麗子とダークスーツの影山を見て、一般客と勘違いしたのだろう。「すみません、本日休業なんですが」と、いったんは二人を追い払いかけたが、その背後に控える制服姿の両津と麗子の姿を見るなり、「ああ、警察の方ですか」といって四人を店内に招き入れた。「まだなにか聞きたいことでも？　昨夜の事件については、もうすべてお話ししたと思うんですが……ええっと、千葉県警の方ですよね？」

「はい、見てお判《わか》りのとおり」と影山がサラリと余計な嘘《うそ》をつく。

「いえ、違います違います」刑事が慌《あわ》てて警察手帳を示す。「国立署の宝生です」

「え、国立署?」

と当惑する店主に対して、さらに巡査たちが追い討ちを掛けるように「亀有公園前派出所の両津です」「同じく秋本麗子です」と無関係な地名を挙げる。

店主はたちまち混乱した顔になり、酸欠の魚のようにポカンと口を開けた。

「はあ、国立署の刑事さんと亀有のおまわりさんが、なぜ千葉に?」

「う〜ん、事情を話せば長くなるんだが……」両津は腕を組むと、傍《かたわ》らの執事に顔を向けた。「おい、あんた、この店主に聞きたいことがあるんだろ」

「はい。といっても、お尋ねしたいことは、ただひとつですが」といって影山は眼鏡《めがね》越しの視線を、あらためて店主へと向けた。「昨夜の強盗について、どのような外見をした二人組だったのか。その点をお教えいただきたいのです」

「二人組の見た目ってことですか。それなら千葉県警の人たちに散々説明したんですけどねえ。まあ、いいや。お答えしましょう。ええっと、二人組の片方は痩《や》せていて、もう片方はお腹《なか》が出たタイプでした。性別は男です。身長は二人とも百七十センチ前後でしょう。なんとなく痩せたほうが若くて、太ったほうが中年男っていう印象でしたけど、これは単に体型的なイメージなのかもしれません。実際は二人とも目深《まぶか》に帽子を被《かぶ》り、大きなマスクをして、黒いサングラスを掛けていましたからね。ほとんど顔は見えませんでした。二人とも着ているものは黒っぽい服で……」

「いや、服装は結構です」影山はアッサリいって、焦点を顔に絞った。「先ほど、ほとんど顔は見えなかったとおっしゃいましたが、『ほとんど』ということは多少見えていた部分もあるのですね。たとえば耳とか鼻とか」

「ええ、もちろん耳は完全に、鼻もマスクの上から半分程度は覗いていましたよ。――え、そこに特徴はなかったかって⁉　さあねえ、耳はちゃんと顔の横にあったし、鼻だって顔の真ん中にあったはず……」

だが次の瞬間、店主はハッとした表情になって「いや、待てよ」と自分の鼻を撫《な》でた。それを見た両津は「ん、どうした？」と店主ににじり寄った。「鼻がどうかしたのかい？まさか顔の横っちょに付いていた、とか？」

「ちょっと、両ちゃん！」麗子は両津の脇腹を小突く。「話の腰を折らないで！」

ウッと呻《うめ》く両津。その前で店主は記憶を手繰《たぐ》るように顎《あご》を撫でた。

「いま思い出しましたよ。二人組の痩せたほう、その鼻の付け根のあたりに目立つホクロがありました。マスクにもサングラスにも隠れていない部分にね」

答えながら店主は自分の顔のその部分を指で示す。瞬間、両津の口から驚きの声が飛び出した。「なんだって。顔のその部分にホクロがある男っていやあ！」

思い当たる人物はひとりだけだ。亀有公園で重傷を負った彼――

「荻野真一だわ」

ということは、彼は単なる被害者ではなく、強盗犯のひとりだったということか。予想外の展開に麗子は愕然《がくぜん》とした。「いったい、どういうことなの？」

すると、いままで黙っていた国立署の宝生刑事が突然「判った！」といってパチンと指を弾く。一同の視線が集まる中、彼女は堂々と自説を語った。

「荻野真一は二人組の強盗犯の片割れだった。そして、その荻野が亀有公園で何者かに銃撃された。ならば事件の構図は歴然としているわ。すなわち、これは仲間割れによる犯行よ。共犯者の口を封じるためか、それとも分け前を独り占めするためか。理由はともかくとして、二人組の片方がもう片方を裏切ったのよ。要するに荻野真一を襲撃したのは、太ったほうの強盗犯ってことね」

「なるほど」両津は掌《てのひら》を叩いて叫んだ。「確かに、そういう事件らしいな」

「そうね。宝生刑事のいうとおりみたい」——なんか悔しいけどね！

麗子は心の中で呟《つぶや》きながら、それでも彼女の推理に一目《いちもく》置かざるを得ない。

すると巡査たちの反応に気を良くしたのだろう。宝生刑事は執事に向かって、

「どうよ、影山、わたしの推理。我ながら筋が通っていると思うんだけど」

拍手喝采を求める舞台女優のように、ドレスの袖を左右に広げる。

すると彼女の忠実な執事は、「さすが、お嬢様」と恭《うやうや》しく一礼。そして彼なりの賞賛の

言葉を続けた。

「確かにお嬢様の説は筋が通っており、今回の事件の構図を上手《うま》く説明しているように思われます。なによりも『凶器が拳銃である』という今回の事件の最大の特徴が、お嬢様の推理によれば違和感なく説明できる。その点が最大の長所でございましょう」

「ありがとう、影山。ならば後はもう、強盗犯の片割れを見つけ出すばかりね」

だが宝生刑事がそういった次の瞬間、「しかしながら」と冷たく響く執事の声。

影山は眼鏡越しの涼しい視線を、目の前の宝生刑事に真《ま》っ直《す》ぐ向ける。そして、いきなり耳を疑うような言葉を口にした。

「しかしながら、お嬢様、まことに残念なお知らせではございますが、お嬢様の推理はとんだ的外《まとはず》れ。まことに笑止千万《しょうしせんばん》でございます」


一瞬、水を打ったように静まりかえる店内。初老の店主は呆気《あっけ》に取られ、秋本麗子と両津勘吉は思わず息を呑《の》む。そんな中、宝生麗子刑事はドレスの肩を震わせながら、「ふ……ふふッ」と何かが壊れたような低い笑い声。そして突然顔を上げると、目の前の執事に叫んだ。「あたしの推理が笑止千万ですって！　どーいう意味よ、笑止千万って！」

「おや、御存知ありませんか。『笑止千万』とは、やさしくいうと『これが笑わずにいられようか』『思わず笑っちゃうぜ』というぐらいの意味でございますよ」

「やさしくいわなくていいっつーの！　ていうか、あんた全然やさしくないから！」

激憤《げきふん》を露《あらわ》にしながら、執事につかみかかろうとするお嬢様刑事。その身体を両津と麗子が二人がかりで取り押さえる。宝生刑事は髪飾りを揺らし、ハイヒールで床を蹴りながら、

「放しなさい！　武士の情けで、せめて一太刀《ひとたち》！」と、まるで松の廊下のお殿様のごときご乱心ぶり。彼女の滅多やたらに振り回す肘《ひじ》や拳は、本人の意図とは関係なく、何度も両津の頭を小突き回していた。たまらず両津は荒れ狂うお嬢様から距離を取ると、

「――畜生！　まったく、なんてえ乱暴な刑事さんなんだい！」

殴られた頭をさすりながら、両津は涼しい顔の執事に喰って掛かった。

「おいコラ、責任取れ！　そもそも、このお嬢様は、仮にも現職の刑事なんだろ。その推理を小馬鹿にするからにゃ、あんた、事の真相が見えてんだろうな」

「ええ、おおよそのところは」

「え、マジかよ⁉　じゃあ聞かせてもらおうじゃねえか、あんたの推理を」

「よろしゅうございます。が、ここでは店にも迷惑でしょうから」影山は余裕の態度で提案した。「謎解きは亀有公園前派出所で――いかがでございますか」

両津は「ああ、そこがいいや」といって顔の前で親指を立てた。

6

再びミニパトを飛ばして、四人は亀有公園前派出所に舞い戻った。中川圭一や大原部長も加わる中、いまだ怒り冷めやらぬ宝生刑事が、あらためて自分の執事に詰め寄った。

「さあ、影山、さっそく聞かせてもらおうじゃないの。わたしの唱える《仲間割れ説》のどこが笑止千万《しょうしせんばん》なのか。まずは、それを説明してちょうだい」

「なに、考えるまでもございませんよ、お嬢様」

影山は淡々とした口調で説明を開始した。「仮にお嬢様のおっしゃるように、これが強盗犯たちの間での仲間割れだったといたしましょう。しかし、たとえそうだったとしても、わざわざ亀有公園で争う必要はないではありませんか。亀有公園には派出所が隣接していて、そこには怖い顔をしたおまわりさんがいるというのに――」

そういって影山はそっと両津を見た。両津は大原部長を見た。大原部長は両津を見た。

影山は何食わぬ顔で続けた。「おまけに犯人の用いた凶器は拳銃です。撃てば必ず大きな音が響く。たちまち派出所から警官が駆けつけてくるのは、誰の目にも明らかなこと。それを承知で発砲するとは、犯罪者の行動として、あまりに軽率ではありませんか」

そう、それだ！　と秋本麗子も胸の中で手を叩いた。今回の事件で麗子が密かに抱《いだ》いていた違和感。その正体を、影山の言葉は言い当てていた。なぜ犯人は派出所の傍《そば》の公園で事件を起こしたのか？　犯行に相応《ふさわ》しい場所は、他にいくらでもあったはずなのに――

「それは確かに疑問に思うところね」宝生刑事は渋々と頷《うなず》いた。「だけど影山の説に従うなら『誰も亀有公園で拳銃など撃つはずがない』っていう結論になるわよ。それじゃあ今回みたいな銃撃事件なんて、そもそも起こらないじゃない」

「さすが、お嬢様、鋭い指摘でございます」影山は謎めいた笑《え》みを浮かべると、「ところで両津様」といって今度は中年巡査長のほうを向いた。「昨夜、千葉に現れた強盗犯の痩《や》せた男。同じく昨夜、亀有公園付近の路上から逃げ出した茶髪《ちゃぱつ》青年。そして今朝《けさ》、砂場で重傷を負った会社員。これらが、いずれも荻野真一であることは、もはや間違いないと思われるのですが、いかがでございますか」

「ああ、そうだろうな。髪の毛の色は違うけど、それは強盗した夜だけ髪を染めていたと考えれば、説明はつく。問題はその荻野真一を誰がどんな理由で撃ったかだ。強盗犯同士の仲間割れじゃないとするなら、いったいいなんなんだ？」

さっぱり判《わか》んねえ、と首を捻《ひね》る両津に向かって、影山は指を一本立てた。

「そこで、ひとつ質問がございます。昨夜、荻野真一は公園付近の歩道で両津様たちとバッタリ出くわした。その際、彼の様子に不審な点はございましたか」

「そりゃあ、あったさ。奴はわしらの姿を見るなり、いきなり逃げ出したんだ」

「なるほど確かに、その態度は怪しく思えます。ですが逆に考えるなら、彼が何食わぬ顔で歩いていれば、特に不審に思われる点はなかった、ということではありませんか」

「そ、そりゃあ、まあ、そうだな。見た目は普通の若者だったし」

「それに身許《みもと》もハッキリしております。荻野真一は塗装会社に勤める会社員で、住所は亀有公園の近所のアパート。仮に警官から呼び止められて職務質問を受けたとしても、堂々と答えればべつに問題ないはず。それなのに、なぜ荻野真一は慌《あわ》てて逃げ出したりしたのでしょう。自分の顔写真がすでに出回っているとでも思ったのでしょうか。しかし彼は強盗の際、ほぼ顔を隠していたのですから、その心配もなかったと思われるのですが」

「確かに、わしが奴の立場だったら逃げずに平然と通り過ぎただろうな。だけど実際、奴は逃げたんだ。てことは、アレだ、きっとなにかヤバイものでも持ってたんじゃないのか。一瞬で犯罪者だってバレるようなやつを――あ、そっか、判った！」両津は大きな掌《てのひら》を叩いて叫んだ。「銃だ。奴は鞄《かばん》か服の中に、まだ拳銃を隠し持ってたんだ」

「なるほど、さすが両津様。まさしく慧眼《けいがん》でございます」

「へへ、そりゃあ警官に決まってんだろ。派出所勤務ウン十年だぜ！」

「……馬鹿ね、両ちゃん、『警官』じゃなくて『慧眼』っていってんのよ！」

麗子が耳元で囁《ささや》くと、両津は「ん、ケイガンって誰だ？」と真顔で聞き返す。慧眼とは《鋭い洞察力》の意味だが、いまはそんなことといちいち説明している場合ではない。影山から両津への問い掛けは、さらに続いた。「荻野真一は銃を持った状態で、両津様たちと路上で遭遇して逃走した。だとすれば、彼はどこへ向かって逃げたものと思われますか?」

「たぶん亀有公園だな。荻野はわしらが酔っ払いとぶつかって一瞬目を離した直後には、もう路上から姿を消していた。あの状況から考えるなら、荻野は公園の中に逃げこんだ可能性が高い。うむ、わしなら公園の中に逃げる」

「では、公園に逃げこんだ荻野真一は、そこでなにをどうしたと思われますか」

「そうだな、わしが荻野の立場だったら、まず拳銃を隠すかな。銃さえ手放してしまえば、とりあえず安心だ。逆に銃を持った状態では、不安で歩けないだろう。いつまたパトロール中のわしらと出くわすか判らないわけだから」

どうやら両津の推理は基本、『自分が犯人ならこうする』という犯罪者目線の推理らしい。しかも、過去に彼自身がおこなってきた様々な悪事や悪戯《いたずら》のせいだろうか、犯罪者目線の《両津式推理》は、かなり的確に真理を突いているように思える。——まさに蛇《じゃ》の道は蛇《へび》ってわけね!

思わず苦笑《にがわら》いする麗子の前で、影山は決定的な問い掛けを両津に投げた。

「では両津様、荻野真一は公園のどこに銃を隠したのでございましょうか」

「そりゃ隠し場所はいろいろ考えられるさ。ブランコ、シーソー、滑り台……いや、違うな」首を振る両津は公園にある施設を片っ端から挙げていった。「ジャングルジム、花壇、砂場——あ、そうか！」両津はパチンと指を弾《はじ》いて叫んだ。「砂場だ。わしなら拳銃を砂場に隠す。砂の中に埋めるんだ。これなら一瞬で隠せるし、簡単には見つからない。たぶん荻野もそうしたんじゃないか」

「凄《すご》い。確かに両ちゃんのいうとおりかも……」

呟《つぶや》きながら麗子は妙な胸騒ぎを感じた。知らず知らずのうちに真相に肉薄したような、そんな不思議な感覚だ。

「砂場に拳銃か。なるほど！」中川も何かにピンときたらしい。顎《あご》に手を当てながら、彼は何度も頷いた。「だんだん判ってきましたよ。荻野は砂場に拳銃を隠して、ひとり公園を後にした。そして結局、荻野は僕らと再び遭遇することのないまま、自宅に帰り着いた。砂場に埋めた拳銃のことは、もちろん気になったでしょう。かといって取りに戻る度胸もない。彼は眠れぬ一夜を過ごした」

「そう、そして今日の朝だ」両津が中川の話を引き取って続けた。「荻野は髪の色を黒に戻して、再び亀有公園を訪れた。砂場に隠した拳銃のことが気になったからだ。あるいは強盗の共犯者に、拳銃を回収するよう命令されたのかもしれない。とにかく荻野は公園に現れた。だが、いまは七月。おまけに今日は特に暑い。砂場の砂は直射日光に焼かれて、午前中から相当な熱を孕《はら》んでいた」

「てことは、そこに埋められた拳銃も——」麗子は悪い予感に顔をしかめる。

中川圭一と影山執事

「ああ、そういうことだ」両津は過去ウン十年間に一度もなかったような真剣な表情で頷いた。「荻野は熱い砂の上で、自分が埋めた拳銃を探し回った。だが砂場は広い。拳銃はなかなか見つからなかった。きっと荻野は前の晩に自分が拳銃をどこに埋めたのか、記憶があやふやだったんだな。いつしか荻野は見当違いの場所を探し回っていた。そうする間にも砂の中の拳銃は、どんどん熱を持っていく。そして！」両津は指先をピストルの形にしながら「バーン」と自分の口で擬音を奏《かな》でた。「ついに拳銃が火を吹いたってわけだ」

「暴発したのね。熱くなった砂の中で」

「そうだ。そのとき荻野は銃に背中を向けていた。発射された銃弾は、彼の左肩に背後から命中した。その銃声を、わしらはこの派出所で聞いたってわけだ」

なんという事件だろうか。麗子は思わず唖然《あぜん》となった。被害者と思われた荻野真一は、実は被害者ではなかった。彼は自《みずか》ら砂場に埋めた拳銃で、自らの身体に重傷を負ったのだ。

「まさに自業自得ね」麗子は呟くようにいった。「でも待って。一発目の銃声はそれで説明がつくけれど、じゃあ、その後の銃声は？　誰が銃を撃ったの？」

「え、そ、そりゃあ……」

いままで快調に推理を語ってきた名探偵両津勘吉も、この問いには答えられないらしい。ヒントをせがむ解答者のような視線を、黒服の執事へと向ける。

すると影山はゴホンと小さく咳払《せきばら》いをしてから、中川に向かって問い掛けた。

「中川様。確か、拳銃はブランコの傍で発見されたと伺《うかが》いましたが……」

「ええ、そうでした。拳銃はブランコの傍に転がって――あれ、そういや変だな。なぜ砂場にあったはずの拳銃が、離れたブランコの傍で見つかったんだ?」

「そうか。判ったぞ!」

両津の灰色の脳細胞――いや、オヤジ化が進んだ彼の場合はセピア色の脳細胞かもしれないが――それが再び活動を始めたらしい。彼は叫ぶようにいった。「荻野が投げたんだ。彼が重傷を負ったのは左肩だ。ならば右手で銃を投げられるじゃないか」

「え、荻野が拳銃を投げた⁉」麗子は小首を傾《かし》げる。

「そうだ。荻野は肩に銃弾を受けた瞬間、自分の身に何が起こったのか、瞬時に理解しただろう。と同時に、拳銃の埋まった場所も判ったはずだ。彼は自分の背後の砂の中から、ようやく拳銃を拾い出した。そして咄嗟《とっさ》の機転を利かせて、それをブランコのほうに放り投げたんだ。拳銃がブランコの傍で見つかれば、いかにも犯人がそっちに逃げていったように見えるだろ」

「そっか。存在しない犯人が存在するように思わせる。そのための小細工ね」

麗子の言葉に、中川も深々と頷いた。

「そうか。拳銃を探す荻野は手袋をしていたはず。だったら拳銃をつかんで投げても、彼の指紋は残らない。その手袋は銃を投げ終わった後、鞄の中に仕舞えばいい。ということは先輩、二発目の銃声っていうのも、やっぱり……」

「ああ、それも暴発だ。放り投げられた拳銃が地面に衝突する。その衝撃で二発目の銃弾が発射されたんだな。オートマチック銃なら、あり得ることだろ」

「ええ、可能性は充分に」頷いた中川は、しかしすぐに首を傾げた。「でも先輩、そういう状況だとすると、三発目の銃声はどうなります？　誰がどうやっても、三発目を撃つことは不可能ってことになりませんか……？」

　確かに中川の疑問はもっともだ。公園のほうから響いてきた銃声は三発。最初の一発は単発で、続く二発目と三発目は連続して聞こえた。だが、ブランコの傍に放り投げられた銃が暴発したとしても、発射される銃弾は一発きりだろう。二発連続で弾が発射されるような暴発事件というのは、麗子も聞いたことがない。では、あのとき聞こえた三発目の銃声は、いったいなんだったのか？

　と、そのとき沈黙していた執事が再びゴホンと咳払いをした。「あの、三発目の銃声につきましては、考慮していただく必要はないものと思われますよ」

「考慮しなくていい？」麗子は思わず眉根を寄せた。「どういう意味ですか」

「ご記憶だとは思いますが、念のため確認を」そういって影山は中川のほうを向いた。

「中川様が発見された自動拳銃から、弾は何発発射されておりましたか」

「三発ですね。八連発式の弾倉に五発残っていたから」

「では、よくお考えくださいませ。荻野真一は昨夜、千葉県の喫茶店で一発撃っております。拳銃はその状態で砂場に埋められて、今日の朝を迎えました。そして砂場で一発、ブランコの傍でもう一発、銃弾を発射したのでございます。これで合計三発。発射された弾の数は弾倉の状況と完全に一致しております。ならば、これ以上の弾は発射されていないと考えるべきではありませんか？」

「そ、そうか。だけど、それじゃあ今朝、僕たちが耳にした三発目の銃声は？」

「そうよ。二発目と三発目の銃声が続けて響くのを、わたしも確かに聞いたわ」

揃《そろ》って疑問を口にする中川と麗子。

そんな二人をよそに、突然「ああッ」と派出所に響く素《す》っ頓狂《とんきょう》な声。叫んだのは宝生刑事だ。彼女は嫌な気配でも察したように、自分の執事に不安げな顔を向けた。「か、影山、まさかとは思うけど、その三発目の銃声って……」

「はい、お嬢様、その『まさか』でございます」影山は恭《うやうや》しく頭を下げながら、謎の《銃声》の正体を明かした。「今朝の三発目の銃声と思われている音の正体。それはお嬢様の乗るリムジンのパンクした音でございます。公園で二発目の銃声が『パン』と響いた、その直後に、お嬢様のリムジンがパンクして『パン』と破裂音を立てた。そのため、一発の銃声が連続する二発分の銃声に聞こえた。それだけのことでございます」

「そ、それだけのことって！」宝生麗子刑事は執事に詰め寄って確認した。「それって、つまり公園で暴発した二発目の銃弾が、リムジンのタイヤに命中していたってこと？ タイヤは釘を踏んでパンクしたんじゃなかったの、影山？」

「わたくし、『パンクの原因は釘です』とは一度も申しておりませんよ。『釘でも踏んだのかもしれません』とは申しましたが……」

影山はお嬢様を前に涼しい顔でいってのけた。「それに考えてみれば、これは当然のこと。公園で銃撃事件が起こると同時にリムジンがパンクした。これを単なる偶然として片づけることのほうが無理というものでございます。むしろ公園で発射された銃弾が、数十メートル離れたリムジンをパンクさせた。そう考えるほうが、よほど話がスッキリするではありませんか」

「ス、スッキリっていうより、むしろビックリするわよ、そんな話！」

宝生刑事はいまさらながら恐怖を感じた様子で、ドレスの肩を自分で抱きかかえた。

「ま、万が一、その銃弾がタイヤじゃなくて、後部座席に命中していたなら、ひょっとしていまごろは……」

「はい、お嬢様が救急車で病院へ。そういう展開もあり得たかと」

その光景を脳裏に思い描いたのだろう。「ああ、なんて恐ろしい事件……」

お嬢様刑事は見る見る青ざめた顔色になり、ブルブルと震えだすのだった。

7

こうして亀有公園を揺るがした謎の銃撃事件は、ほぼ解決した。

結局のところ、今回の事件は荻野真一のひとり相撲《ずもう》だったわけだ。彼はその事実を覆《おお》い隠すため、自分が被害者であるように装い、『男が自分を撃ってアッチに逃げた』というような嘘《うそ》を、警官たちの前ででっち上げたのだ。

「じゃあ、事件直後にリムジンのほうにやってきた茶髪《ちゃぱつ》の男というのは――？」

残された謎について秋本麗子が尋ねると、影山はアッサリこう答えた。

「それは単なる通りすがりの青年だったものと思われます。たまたま髪の毛の色が昨夜の強盗犯のひとりと同じだったために、話がややこしくなりましたが、彼は事件とはなんの関係もございません。おそらくイヤホンで音楽などを聴いていたため、公園での銃声が彼の耳には届いていなかったのでございましょう」

「そういうことだったのね」――にしても、なんて奇妙な事件だったのかしら！

麗子は心の中で深い溜《た》め息《いき》をついた。

事件は様々な偶然が重なり合った結果として出現した、ある種の奇跡だった。その奇跡によって、可哀想な被害者は邪悪な犯人へと成り得たのだ。あるいは犯人が被害者となったのか。いや、そもそもこの事件に被害者も犯人も存在しなかった、というべきなのか。その点は迷うところだが、しかし今回の事件における最大の奇跡は他にある。

それは偶然放たれた銃弾が通りすがりのリムジンを強引に呼び止め、その結果としてお嬢様刑事と執事探偵を、この亀有公園前派出所に招き寄せたことだ。

この二人との奇跡の遭遇がなければ、普段ほとんど警官らしいことをしない両津勘吉と中川圭一が、あのように頭脳をフル回転させる場面はなかっただろう。無論、大原部長が部下たちの活躍に歓喜の涙を流すことも絶対なかったはずだ。――これを奇跡と呼ばずして、なんと呼ぶのか!

そう確信する麗子の隣で、大原部長は流れる涙を拭《ぬぐ》いながらいった。「よし、いまの君たちの推理。新葛飾署の連中に聞かせてやろう。連中きっとビックリするぞ」

そして大原部長は自《みずか》ら亀有公園へと駆け出していった。きっと公園にいる刑事たちの前で、得意げに真相を語るのだろう。まるで自分の手柄のように!

一方、充実感溢《あふ》れる表情の両津と中川は互いの肩を叩きながら、

「今回の中川の活躍、なかなか見事だったじゃないか!」

「そういう先輩こそ、実に素晴らしい推理でしたねえ!」

と二人で健闘を称《たた》え合っている。

どうやら自分たちの力で事件を解決に導いたと、本気で思いこんでいるらしい。執事探

偵のアシストがなければ、こうはいかなかっただろうに！

心の中でそう呟《つぶや》く麗子。と、そのとき――

麗子の視界の片隅を、見覚えのある男性の姿が横切った。「おや」と思って派出所前の路上に目を向けると、そこには恰幅《かっぷく》の良い中年紳士の姿。その視線が一瞬、麗子の視線と重なった。すると次の瞬間、中年紳士は目を逸《そ》らして、そそくさと派出所前から立ち去っていった。「あら、いまの人は……」

「お知り合いですか」影山が中年紳士の背中を見送りながら聞いてくる。

「ええ、先ほど道を聞きにきた人です。中川君が教えてあげていたんですけど、ちょうどそのとき例の銃声が響いて、それで対応が中途半端なままになって……あの人、ちゃんと目的地に着けたのかしら」

麗子は紳士の背中を見詰める。その隣で影山が呟いた。「彼、太っていますね」

「え⁉　ええ、どちらかというと、そうですね」

恰幅が良いともいうが、太っているともいえるだろう。

「身長はざっと百七十センチ程度。荻野真一とほぼ同じなのでは？」

「そうかもしれませんけど――え、まさか！」影山のいわんとするところを察して、麗子は唖然《あぜん》となった「まさか、あの紳士が？　あのとき道を聞きにきたのは偶然ではなかったというんですか？」

「あり得ない話ではありませんよ」影山は淡々と語った。「そもそも荻野真一は昨夜、一瞬とはいえ、両津様と中川様に遭遇しております。荻野真一が亀有公園の砂場を訪れて拳銃を回収しようとするとき、もっとも心配したのは、この二人の存在に違いございません。ひょっとしたら顔を憶《おぼ》えられているかもしれませんからね。そこで強盗犯の太ったほうの片割れが一肌脱いだ。中年紳士に化けて自《みずか》ら派出所を訪れ、巡査たちを引きつけておく。その間に荻野真一は砂場を捜索する。そういう役割分担だったのかもしれません」

「な、なるほど」と麗子は頷《うなず》いた。確かにあの場面、両津は戦車模型に夢中だったから問題外だとしても、中川が公園のほうにふらふらと足を向ける可能性はあった。その危険性を潰《つぶ》しておくために、影山のいうような小細工がなされたのだとすれば——「じゃあ、あの男が昨夜の強盗犯の片割れ。荻野真一の共犯者ってことですか！」

「いいえ、これはあくまで想像の範囲を出ない話。なんの証拠もございません」と慎重に付け加える影山。だが、そのとき麗子の背後から、慎重さなど微塵《みじん》も感じさせない両津の声が鳴り響いた。

「いいや、証拠など関係ない。わしが問い詰めてやる！」

決然と言うが早いか、両津は派出所を飛び出す。そして遥か向こうを歩く中年紳士に対して大声で叫んでいった。「おおい、そこの人、待ってくれ。ちょっと話があるんだ！」

そんな両津の視線の先で、中年紳士が一瞬ギクリと肩を震わせ、こちらを振り向く。

だが次の瞬間、男は前を向くと脱兎《だつと》のごとく逃走を開始。驚いた両津の口から「ああッ、あの野郎、逃げやがった！」と憤怒《ふんぬ》の叫びが湧き上がる。と同時に彼の右手は腰のホルスターからニューナンブM60をすでに引き抜いていた。「やっぱり最後はこうでなくっちゃな。――おい中川、おまえもこい！　奴を逃がすな！」

「待ってました！」そう叫んで派出所を飛び出す中川の手には、マトモな警官なら絶対持たないはずの44マグナムが握られていた。「いきましょう、先輩！」

「油断するな、相手も銃を持っているかもしれん」両津が駆け出すと、

「なーに、銃撃戦なら望むところですよ」そういって中川も後に続く。

やがて亀有公園前で鳴り響く数十発の銃声――

突如として勃発《ぼつぱつ》した市街戦の音を聞きつつ――

「ねえ、影山」宝生麗子刑事は呆《あき》れ顔で呟いた。「わたしたち、二発や三発の銃声で『あーでもない』『こーでもない』って騒いでいたのが、なんだか馬鹿みたいじゃないかしら」

「確かに……おっしゃるとおりでございます、お嬢様……」珍しく困惑を露《あらわ》にしながら、影山はお嬢様に一礼する。そして、もうひとりの麗子のほうを向くと、真面目な顔でこう尋ねてきた。「失礼ながら、亀有公園前派出所はいつもこうなのでございますか？」

ええ、いつもこうなんですよ――って、正直にそう答えるべきかしら？

遠くで響く銃声を聞きながら、秋本麗子は返事に迷うばかりだった。

〈了〉

Post script

石原 宙

今回の執筆依頼を頂いた時、ともに愛する作品なので喜んでお受けしましたが、後になって苦しみました。何しろ〝生ける伝説〟『こち亀』×『おそ松さん』です。どちらのファンにも喜んでほしいと考えだすと、重圧が凄いのです。

瀕死の私を助けてくれたのはキャラクター達でした。両さんはいつもの調子で「わしに任せとけわはははは！」と言うし、おそ松はおそ松で「まー何とかなるって」と他人事みたいに笑います。どう考えても罠ですが、そのいい具合に適当な感じが肩の力を抜いてくれ、果たしてできた本作です。楽しんでもらえたら嬉しいです。

やめい!!
わしが！署長《しょちょう》を説得《せっとく》する
東京の うまい水

Post script

秋田禎信

そうなんですよね、おっしゃりたいことは分かります。なんでここでオーフェンなんだっていうのは多分、わたしも含めて関係者全員にとって永遠の謎です。

二十年前くらいに書いたネタを自分で振り返っていて、懐かしいなあと思うところなんですが、こち亀はドンと四十周年なわけで、そうなると二十年くらいどうってことないなあと。もの凄いことに関わらせていただいて、なんともありがとうございました。

大バカ者！
うわっ
百科辞典
亀有公園前派出

Post script

朝井リョウ

ここ最近、一人の小説家として「エンタメよりも、社会に一石を投じるようなものを書かねば……！」と勝手に何かを背負っていたので、約六年前に書いたドエンタメを、国民的漫画とコラボして書くという依頼には少し戸惑いました。しかしプロットを書き始めると、何でもありの両さんというキャラクターの偉大さがエンジンとなり、懐かしい面々が動く動く。久しぶりにチア男子たちに触れたことによって、パソコンの前でうんうん唸っていた私が応援されたような気持ちです。小説はやはり楽しんで書くべきでした。

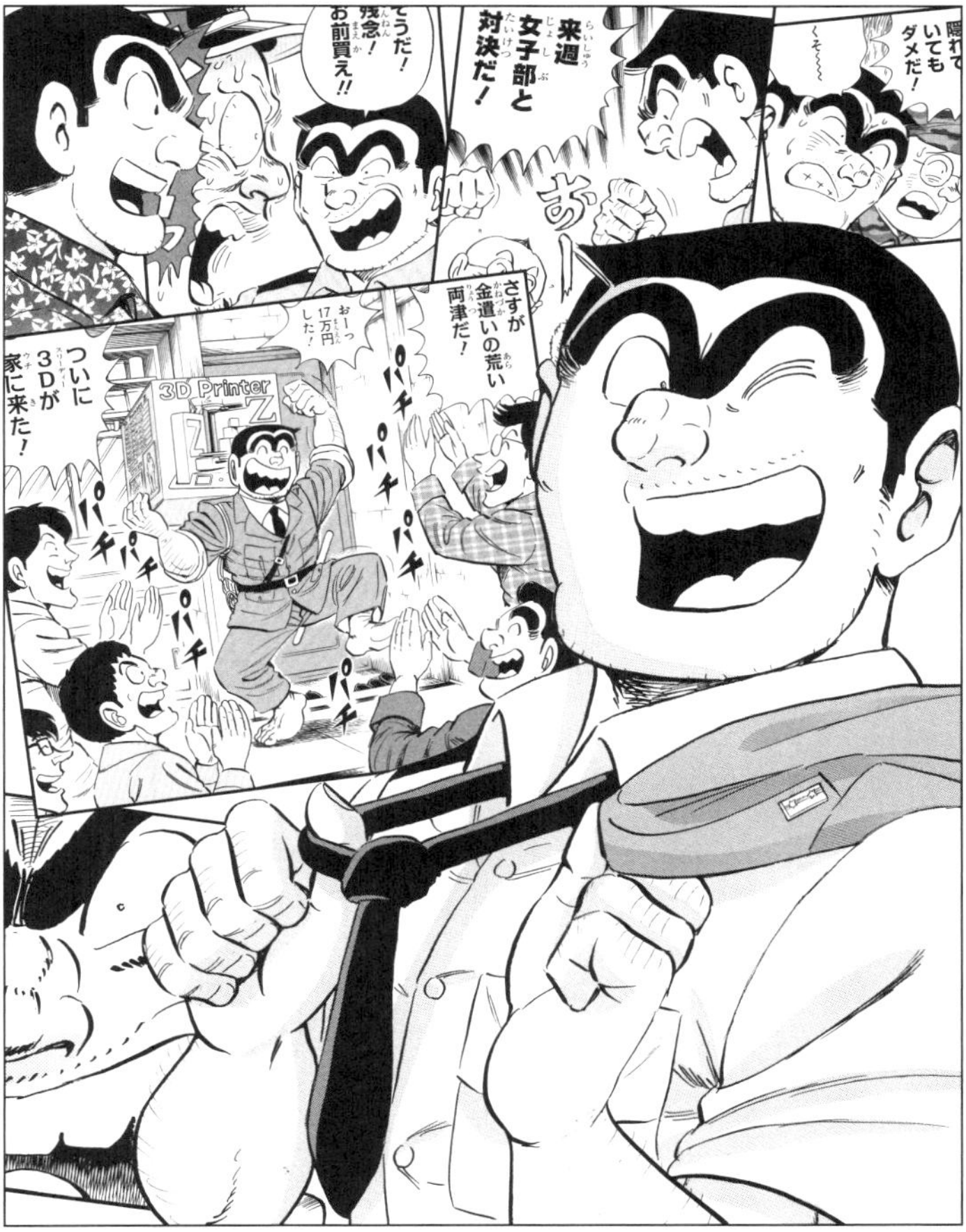
隠れていてもダメだ!
くそ〜〜
来週《らいしゅう》女子部《じょしぶ》と対決《たいけつ》だ!
あっ!
そうだ! 残念《ざんねん》! お前《まえ》買《か》え!!
さすが金遣《かねづか》いの荒《あら》い両津《りょうつ》だ!
おーっ17万円《まんえん》した!
パチ パチ パチ パチ
ついに3D《スリーディー》が家《ウチ》に来《き》た!
3D Printer Z
パチ パチ パチ パチ

Post script

岡田邦彦

ガルパンのほうはドラマCDや文字コンテンツなどをこの数年間いろいろ書かせてもらってきたのですが、まさか自分が物心着いた頃からずっとある漫画『こち亀』のキャラでお話を書くことになるとは……と最初はビビり気味でした。でもいざ着手してみるとネタはすんなり決まるし、おまけに両さんたちはガルパンの世界に「いて当然」みたいにすんなりと馴染んでくれたので、とても楽しく書けました！

お前《まえ》の事《こと》だよ!
げっ
部長《ぶちょう》!!
すでに手遅《ておく》れだ!
きの話と料金《りょうきん》の額《がく》だと犯人《はんにん》はQ2《キューツー》ダイヤルをしている!たぶん!
麗子《れいこ》が
ばか
そうやって自己主張《じこしゅちょう》した方《ほう》がいい!

V S . K O C H I K A M E

Post script

初野 晴

本編の没ネタ。当初は両さんの同僚の戸塚金次《とつかきんじ》を出そうと考えていました。以下は彼の職務質問（？）を受けるチカちゃん。

「ちょっと待て」

「はい？」

「……いまどきの女子高生は無駄に足が長いな。それじゃあ逆上がりのときに苦労しただろう？」

「急ぎますんで」

「気を悪くしたらすまなかった。……それにしても、いまどきの女子高生は無駄に目が大きいな。それじゃあ自転車に乗るとき全速力で漕げないよな？　目に虫が入っちゃうよな？」

「あの。急ぎますんで」

あっ!
来《き》た!
漫画《まんが》の世界《せかい》での年数《ねんすう》は今年《ことし》が何年目《なんねんめ》!?
勘吉《かんきち》
ノーマルか!
いえ! 車検《しゃけん》があるんでもどしてあって
超信地旋回《ちょうしんちせんかい》!
のビルを
様に!
先輩《せんぱい》! 先輩《せんぱい》!

Post script

東川篤哉

スーパーポリス両さんと後輩の中川、そして美人の麗子さん。この三人を私が書くのは、もちろん初めてなのですが、書いているうちに「なんか初めてじゃない」みたいな気分に。そこで気づきました。私がデビュー時から書いている「烏賊川《いかがわ》市シリーズ」に登場する迷探偵の鵜飼《うかい》、助手の流平《りゅうへい》、大家の朱美《あけみ》さん。この三人のキャラクターや関係性は、実は『こち亀』にその原型があったのですね。お陰で楽しく書くことができました。

お
きいぞ！
んだ!?
うちの会社の
一年ぶりに
東京《とうきょう》に
きたんですよ
ほう
中川《なかがわ》の会社は
舟《ふね》まで
POP'N STAR
メシは
まだか!?

著者紹介

秋《あき》本《もと》治《おさむ》

１９７６年から週刊少年ジャンプで『こちら葛飾区亀有公園前派出所』を連載開始。２０１６年９月17日には連載40周年に到達、コミックスも２００巻が刊行、国民的漫画として愛されている。

石《いし》原《はら》宙《そら》

２０１０年、『くずばこに箒星』で第10回集英社スーパーダッシュ小説新人賞大賞を受賞しデビュー。ＴＶアニメ『おそ松さん』のノベライズを担当している。

秋《あき》田《た》禎《よし》信《のぶ》

１９９１年、ファンタジア長編小説大賞から作家デビュー。Ｊブックスから『血界戦線　オンリー・ア・ペイパームーン』を刊行するなどライトノベル、一般文芸の垣根を越えて活躍する。

朝《あさ》井《い》リョウ

『桐島、部活やめるってよ』にて第22回小説すばる新人賞を受賞しデビュー、同作は映画化もされた。『何者』により、戦後最年少で直木賞を受賞した。

岡《おか》田《だ》邦《くに》彦《ひこ》

アニメーション脚本家。ＴＶアニメ『ハイスクール・フリート』などのシナリオに参加。ＴＶアニメ『ガールズ&パンツァー』では、ドラマＣＤや関連書籍のシナリオを担当している。

初《はつ》野《の》晴《せい》

『水の時計』で横溝正史ミステリ大賞を受賞しデビュー。『１／２の騎士』、『ＰＣＰ-完全犯罪党-孤島の子供たち』など、童話的・幻想的な世界観と青春ミステリが溶け合った小説を発表している。

東《ひがし》川《がわ》篤《とく》哉《や》

推理小説を主に執筆する。コメディ・ギャグと本格的な推理が共存する作風はたくさんの読者を惹きつける。『鯉ヶ窪学園探偵部』シリーズ、『烏賊川市』シリーズなどの人気作は映像化もされた。

『おそ松さん』

原作：赤塚不二夫
監修／協力：おそ松さん製作委員会
イラスト：浅野直之・シタラマサコ

『魔術士オーフェン』シリーズ

原作：秋田禎信
イラスト：草河遊也
協力：柴田維（TOブックス）

『チア男子!!』

原作：朝井リョウ
イラスト：近藤憲一

『ガールズ＆パンツァー』

原作：ガールズ＆パンツァー製作委員会
原画：杉本功
仕上：原田幸子
特効：古市裕一
ＣＧ：柳野啓一郎（グラフィニカ）
背景：岩瀬栄治（スタジオ・ちゅーりっぷ）
イラスト：槌居
協力：バンダイビジュアル株式会社／株式会社アクタス

『ハルチカ』シリーズ

原作：初野晴
イラスト：山中ヒコ
協力：山田剛史（KADOKAWA）

『謎解きはディナーのあとで』シリーズ

原作：東川篤哉
イラスト：中村佑介
協力：三橋薫（小学館）／沼田洋介（飛鳥新社）

初出　VS.こち亀　こちら葛飾区亀有公園前派出所ノベライズアンソロジー　書き下ろし

VS.こち亀　こちら葛飾区亀有公園前派出所ノベライズアンソロジー

2016年9月22日　第1刷発行

原作　秋本治
小説　秋田禎信　朝井リョウ　石原宙
岡田邦彦　初野晴　東川篤哉

装丁　櫛田圭子（Banana Grove Studio）
編集協力　長澤國雄
担当編集　六郷祐介
編集人　浅田貴典
発行者　鈴木晴彦
発行所　株式会社　集英社
〒101-8050　東京都千代田区一ツ橋2-5-10
編集部 03-3230-6297
読者係 03-3230-6080
販売部 03-3230-6393（書店専用）

印刷所　図書印刷株式会社
製本所　加藤製本株式会社

Printed in Japan

ISBN978-4-08-780795-0 C0093